新 潮 文 庫

氷の城で熱く抱いて

上　巻

サンドラ・ブラウン

法 村 里 絵 訳

氷の城で熱く抱いて

上巻

主要登場人物

リリィ・マーティン………アトランタの雑誌編集長
ベン・ティアニー…………アウトドア物を手がけるフリーのライター
ダッチ・バートン…………クリアリィ警察署長。リリィの元夫
スコット・ヘイマー………ハイスクールのフットボール選手
ウェス・ヘイマー…………スコットの父。フットボールのコーチ
ドーラ・ヘイマー…………スコットの母
ウイリアム・リット………ドラッグストア経営者。薬剤師
マリリィ・リット…………ウイリアムの妹。ハイスクールの英語教師
リンダ・ウェクスラー……ドラッグストアのソーダファウンテン係
ケント・ベグレイ…………FBI 支局担当特別捜査官
チャーリー・ワイズ………FBI 特別捜査官。通称〈ホート〉
キャル・ホーキンズ………町で唯一の散砂車の持ち主。飲んだくれ
トリー・ランバート………誘拐事件の最初の犠牲者
ベッツィ・カルフーン……2人目の犠牲者
ローリーン・エリオット…3人目の犠牲者
カロライン・マドックス…4人目の犠牲者
ミリセント・ガン…………5人目の犠牲者

1

その墓は、ひどいものだった。

そして嵐《あらし》は、記録破りのものになるだろうと言われていた。

硬い土が浅くえぐられたようにしか見えないその墓穴は、一週間前に捜索願が出された、茶色いショートヘアの痩《や》せた十八歳の女の子――ミリセント・ガンのために掘られたものだった。長さは、身長一六〇センチの彼女を埋めるのに充分なだけあったものの、深さは――というより浅さは――とても充分とは言えない。春になって土がやわらかくなりはじめたら、掘りなおされるべきかもしれない。ただし、その前に死体がかたづけられることがなかったら。

ベン・ティアニーは、新しい墓から、近くにある他の墓へと視線を移した。数は四つ。林の堆積物《たいせきぶつ》や腐った落ち葉などの下にうまく隠れてはいたけれど、自分が何をさがしているか心得ている者の目には、地面の具合が他とは微妙にちがっていることがすぐにわかる。朽ちて倒れた木に完全に覆《おお》い隠されている墓でさえ、鋭い目を持った人間を欺《あざむ》くことはできない。鋭い目を持った人間。

そう、ティアニーのような。

彼は最後にもう一度、空っぽの浅い墓穴に目を向けると、足下のシャベルを拾ってその場をあとにした。みぞれの白いカーペットの上にブーツの黒い跡が残ったけれど、彼はたいして心配しなかった。予報どおりの嵐になれば、足跡はじきに数十センチの雪に覆われてしまうにちがいない。そして雪がとけたときには、足跡は泥と同化している。

いずれにしても、彼は立ち止まって考えたりはしなかった。とにかく山をおりなければならない。今すぐに。

車は、山頂の間に合わせにしか見えない墓から二〇〇メートルほどの道端に停めてある。山をくだっているとはいっても、深い林の中に道はない。たっぷりと茂った下《した》生《ばえ》がわずかな助けになってはいたけれど、地面はデコボコで危険だったし、視界を妨げるみぞれがその状況をさらにひどいものにしていた。急いではいても、足を踏みはずさないよう慎重に進む必要がある。

予報によれば、嵐は何日かつづくということだった。いくつかの大気状況が重なって、近来にないほどのひどい冬の嵐になる可能性があるというのだ。嵐のとおり道に住む者たちは、警戒するよう、食料品を買っておくよう、旅行を見合わせるよう、すすめられていた。今日、あえて山に入るのは愚か者だけだ。あるいは、かたづけるべき緊急の用事がある人間。

ティアニーのような。

昼すぎに降りだした冷たい霧雨は、氷の粒が混じったみぞれに変わっていた。林の中を風に逆らって進む彼の顔に、氷のひと粒ひと粒がピンが刺さるように吹きつけてくる。彼は背を丸め、すでに感覚のなくなった耳のあたりまで襟を引っぱりあげた。

風がどんどん強くなっていくのが、はっきりとわかった。激しい風を受けて大きく揺れる木々に、リズム棒のようにぶつかり合う裸の枝。風が針葉樹の枝からむしり取った針を、あたりにまき散らしている。その一本が、吹き矢のように彼の頬に飛んできた。

風速一〇メートル、北西の風——彼は思った。無意識のうちに、常に頭のどこかで、まわりの状況を読み取ってしまうのだ。風速、時間、気温、方向——彼には、そうしたものが直感的にわかる。まるで体内に風向計や時計や温度計やGPSが備わっていて、正確な情報が彼の潜在意識に送りこまれているような感じだった。

それは持って生まれた感覚だったけれど、初めからここまでのレベルだったわけではない。大人になってからのほとんどの時間を野外で過ごしてきたおかげで、磨きがかかったのだ。環境の変化について、わざわざ考える必要はない。必要なときに瞬時にしてそれを把握できるその感覚を、あてにしていればいいのだ。

今、彼はその感覚をあてにしていた。ノースカロライナ州でミッチェル山の次に高い山――クリアリィ・ピークの山頂にある、四つの古い墓とひとつの新しく掘られた墓から、シャベルを持って逃げ去ろうとしているところを捕まったら、まずいことになる。

クリアリィ署は、根気強い捜査や事件の解決で評判を得ているような警察ではなかった。それどころか、町の物笑いの種になっていた。署長は、勤めていた大きな街の警察を追いだされてきた元刑事。

そのダッチ・バートン署長の下で働いているのは――きっちりと制服を着こんでピカピカのバッジをつけた、田舎者丸出しの――技量に欠ける警察官たちだ。ほんの数年前まで、彼らはテキサコ駅の裏にあるゴミ容器にスプレー式のペンキで猥褻《わいせつ》な悪戯《いたずら》書《が》きをした犯人を捕まえることに躍起になってきた。

ところが今、クリアリィ署は、五件の行方不明事件を抱えている。彼らは、無能ではあったけれど、小さなコミュニティから二年半の間に五人の女性が消えてしまったのは――たぶん――ただの偶然ではないという結論を導きだした。大都市だったら、この程度の事件は、もっと別のもっと恐ろしい事件の陰に隠れてしまうかもしれない。でも、人口の少ない山の町では、五人の女性が消えるというのは信じがたい事件だった。

　とうぜんながら、行方不明になっている女性たちは殺人事件に巻きこまれたのではないかとも言われている。ゆえに、警察は女性たちの行方ではなく、その死体をさがしてもいた。それが誰かの仕業ならば、その容疑者となるのは、シャベルを持って林の中をさまよっている男。

ティアニーのような。

　これまで、彼はバートン警察署長のレーダーに映ることなく動いていた。その状態をなんとしてもたもちつづける必要がある。

　彼は歩調に合わせて、山頂の墓に埋められた女性たちの特徴を機械的に繰り返した。カロライン・マドックス、二十六歳。豊かな胸に、美しい黒髪に、大きな茶色の目。捜索願が出されたのは、去年の十月。シングル・マザーで、糖尿病の子供の唯一《ゆいいつ》の扶養者。町のモーテルの掃除係をしていた彼女の人生に喜びはなく、骨折り仕事と疲労の絶え間ない繰り返しだった。今、カロライン・マドックスは、ありあまるほどの平和と安らぎを手に入れたのだ。

ローリーン・エリオットも同じだった。独身で、ブロンドで、太りすぎの彼女は、メディカル・クリニックで看護師をしていた。

ベッツィ・カルフーンは、夫に先立たれた主婦で、他の四人より歳《とし》がいっている。

トリー・ランバート。いちばん若い彼女は、最初の犠牲者で、最も美しかった。五人の中で、彼女だけがクリアリィの住人ではない。

ティアニーは、天候はもちろん、たびたび心に浮かぶ思いからも逃れようと、足を速めた。氷が木々の枝を覆いはじめていた。巨礫《きょれき》も氷のせいでうわぐすりをかけたようになっている。クリアリィの町におりる急勾配《きゅうこうばい》の曲がりくねった道は、じきにとおれなくなるにちがいない。彼には、何がなんでもこのクソ忌々《いまいま》しい山をおりる必要があった。

幸い、体内に備わっているコンパスのおかげで道に迷うこともなく、林から出られた。入った場所から六メートルと離れていない。すでに車が、氷とみぞれにうっすらと覆われているのを見ても、彼は驚かなかった。

車に近づいていく彼の鼓動は激しく、その口から冷たい空気の中に荒い息を吐いている。山頂からの道のりは、厳しいものだった。でも、呼吸が荒くなっているのも、鼓動が速くなっているのも、不安の——あるいはフラストレーションの、あるいは後悔の——せいかもしれない。

彼は車のトランクにシャベルを入れた。そして、ゴム手袋をはずしてそこに投げ入れると、トランクを閉めた。車に乗りこんだ彼は、すばやくドアを閉め、吹きつける風から逃れられたことに感謝した。

指先に血が通ってくれることを祈って、ふるえながら手に息を吹きかけ、激しくこすり合わせた。必要に迫られてはめていたゴム手袋は、寒さから手を護《まも》ってはくれなかった。彼はコートのポケットからカシミアの裏地がついた革手袋を取りだして、手にはめた。

そして、イグニションをまわした。

何も起こらない。

アクセルを踏んで、もう一度ためしてみる。エンジンは、うなり声さえあげなかった。それから何度かためしてすべて失敗に終わると、彼はシートの背に身をあずけ、自分が何をまちがえているのか計器が教えてくれることを期待して、ダッシュボードを見つめた。

もう一度、イグニションをまわしてみたけれど反応はなし。近くに埋められている女性たち同様、エンジンも死んでいた。

「クソッ！」彼は手袋をはめた拳《こぶし》でハンドルを叩《たた》き、まっすぐ前を見つめた。でも、何かが見えるわけではない。フロントガラスは、氷のシートに完全に覆われていた。

「ティアニー」彼はつぶやいた。「おまえは、もうおしまいだ」

2

「風が強くなってきたし、みぞれがまじってきた」ダッチ・バートンはそう言いながら、窓のカーテンを引き戻した。「すぐにでもここを出て、山をおりはじめたほうがいい」

「この棚をあと何段か空っぽにする必要があるの。それが終われば、全部かたづくわ」リリィは、つくりつけの本棚からハードカバーを何冊か取りだして、段ボール箱に詰めこんだ。

「きみは、ここに来るといつも読書を楽しんでいたね」

「このコテージがなかったら、次々に出るベストセラーを逃さずに読むことはできなかったわ。ここには、わたしの読書を邪魔するものは何もなかった」

「おれをのぞけばね」彼は言った。「おれは、本を置いて注意を向けてくれるまで、きみを悩ませつづけた」

彼女は床に座ったまま目をあげて、ダッチにほほえみかけた。それでもリリィは、ふたりがこの山の隠れ家でどんなふうに過ごしたかなどという、彼の甘い回想に付き合う気はなかった。初めのうち、ふたりはアトランタでの忙しすぎるスケジュールから逃れるために、週末や休日にここにやって来た。

でも、そのあとふたりは、ただ逃れるためにやって来るようになった。

リリィは今、残っている自分の持ち物の荷づくりをしていた。今日、山をおりるときに、持って出るつもりだった。ここに戻ってくることは、二度とない。それは、ダッチも同じだ。これは、ふたりが共に生きた人生の、最後のページに——エピローグに——なるはずだった。リリィは、ふたりの別れのときを、できるだけ感傷的でないものにしたかった。でも彼は、思い出の小《こ》径《みち》をさまよう気になっているようだった。

過去を振り返ることで彼の気分がましになるとしても——リリィの気分が悪くなるとしても——彼女にはそんなことをするつもりはなかった。ふたりの素敵な思い出は、悲惨な思い出の下に深く埋もれている。そんな思い出をたどっても、傷口を開くことになるだけだ。

リリィは、実際的な問題に話を戻した。「不動産関係の書類は、全部コピーをとっておいたわ。その封筒の中に入ってる。コテージを売って入ったお金の半分を小切手にして、いっしょに入れてあるわ」

彼は、オーク材のコーヒー・テーブルの上に置かれたマニラ封筒を見おろしたけれど、手に取ろうとはしなかった。「だめだよ。そんな金は受け取れない」

「ダッチ、そのことなら話し合ったはずよ」リリィは自分たちの口論もこんなふうにかたづけられればと思いながら、段ボール箱の蓋《ふた》を折りこんだ。

「このコテージを買ったのはきみだ」彼は言った。

「ふたりで買ったのよ」

「しかし、きみの給料があったから買えたんだ。おれの稼ぎでは、とても買えなかった」

リリィはドアのほうへと段ボール箱を押しやり、立ちあがって彼と向き合った。

「このコテージを買ったとき、わたしたちは結婚してたの。このコテージを共有していたとき、わたしたちは結婚してたの」

「ここで愛し合ったとき、ふたりは結婚していた」

「ダッチ――」

「ほほえみとアフガン編みの肩かけだけを身にまとったきみが、モーニング・コーヒーを淹《い》れてくれたとき、ふたりは結婚していた」彼はそう言いながら、アームチェアの背にかかっている肩かけのほうを示した。

「お願い、やめて」

「それはこっちの台詞《せりふ》だ、リリィ」ダッチは彼女に一歩、近づいた。「頼むから、やめてくれ」

「もう終わったのよ。半年前に終わったの」

「撤回すべきだ」

「受け入れるべきよ」

「おれは、絶対に受け入れない」

「それは、あなたの勝手だわ」リリィは口をつぐんで息をつき、声を落とした。「いつもそうなのよ、ダッチ。あなたは、変化を受け入れることを拒むの。そして、それを受け入れられないせいで、何も乗りこえられないの」

「きみとの別れを受け入れるなんて、そんなことはしたくない」彼は言った。

「受け入れて、乗りこえなければだめなのよ」

リリィは彼に背を向けて、空の段ボール箱を本棚の近くに引き寄せると、本を詰めはじめた。でも、さっきまでほどやる気はなくなっていた。とにかく今は、一刻も早くここを出たかった。そうでないと、ふたりの結婚が——決定的に、永遠に——終わったのだと彼にわからせるために、辛辣《しんらつ》なことを言わざるを得なくなってしまう。

張りつめた沈黙を破るものは、コテージのまわりの木々の間を吹き抜ける風の音だけ。枝が庇《ひさし》を打つ回数も強さも、どんどん増していた。

リリィは、彼が先に出ていくことを望んでいた。自分がコテージをあとにするときに、彼にそばにいてほしくなかった。これが最後となれば、彼の気持ちがくずれることも考えられる。リリィは、そんな場面を何度となく切り抜けてきた。そして、二度とごめんだと思っていた。この期《ご》に及んでわざわざそんなことをする必要はないのに、ダッチは終わった話を蒸し返して、別れのときを苦く醜いものにしようとしている。彼にそのつもりがないことはわかっていたけれど、話を蒸し返しても、結婚生活に終止符を打ったのは正しかったとリリィに思わせるだけだった。

「このルイ・ラムーアは、あなたの本だわ」数分の沈黙のあと、本を掲げて彼女は言った。「持っていく？　それとも新しい持主のために置いていく？」

「何もかも新しい持主のものなんだ」彼はムッツリと応《こた》えた。「ペーパーバックを一冊くわえてやっても、惜しくはないね」

「家具つきで売るほうが面倒じゃなかったのよ」彼女は言った。「ここにある家具は、どれもこのコテージに合わせて買ったものだわ。他の家には、ぜんぜん合わない。それに、あなたのところにもわたしのところにも、余分な家具を置くスペースはないのよ。いったい、どうすればよかったっていうの？　他の誰かに売るためだけに、ここから運びだせばよかったの？　だいたい、保管する場所がある？　家具の分も売値にくわえて、いっしょに売ってしまうほうがずっと実際的だわ」

「そういうことではないんだよ、リリィ」

どういうことか、彼女にはわかっていた。彼は、他人がこのコテージに住んで、自分たちのものを使うのが堪えられないのだ。家具をそっくり残していくことで——誰かがそれを使うことで——神聖なものが汚《けが》されるように感じていたにちがいない。プライバシーを——ふたりがコテージで過ごした親密なときを——踏みにじられるように感じていたにちがいない。

何もかも売ってしまうことが、どんなに実際的でも、そんなことはどうでもいいんだよ、リリィ。実際的なんて、クソ食らえ！　他の誰かが、おれたちのベッドでおれたちのシーツにくるまって眠るなんて、どうしたら考えられるんだ？

それが、家具をどうするつもりか話したときに彼が示した反応だ。リリィが決めたことに、彼がいまだに腹を立てているのはあきらかだったけれど、たとえ彼女がその気になっても、それを変更するには遅すぎる。だいいち、彼女にはそんな気はなかった。

ルイ・ラムーア一冊を残して、本棚が空になると、リリィは忘れているものはないかとあたりを見まわした。「あの缶詰――」彼女は、リビングとキッチンを隔てているカウンターの上の食料品を指さして言った。「持っていく？」

彼は首を振った。

リリィは、半分だけ本が詰まった最後の段ボール箱に、その缶詰を入れた。「ガスも水道も電気も、止めていくことになってるの。新しい持主は、春までやって来ないんですものね」そんなことは、彼も知っている。リリィは沈黙を避けるためだけに、しゃべっていたのだ。コテージから荷物が運びだされれば運びだされるほど、沈黙は重くなっていくように思われた。

「最後にバス・ルームにあるものをかたづけなくちゃならないの。それが終わったら、ここを出るわ。ガスも水道も電気も止めて鍵《かぎ》をかけて、約束どおり、町を出る途中で不動産屋に鍵を置いていく」

ダッチがみじめな思いをしていることは、表情を見ても姿勢を見ても、あきらかだった。彼はうなずきはしたけれど、何も言わなかった。

「わたしを待つ必要はないわ、ダッチ。あなたは、町に戻って仕事をしなければならないはずよ」

「部下に任せておけばいい」

「氷と雪が吹き荒れる嵐《あらし》が来るっていうのに？　スーパーマーケットの中だって、交通整理が必要かもしれないわよ」リリィは、空気を軽くしたかった。「長期間の嵐に備えて、みんながどんなに買いだめをするか、わかってるはずよ。だから今、さよならを言いましょう。そうすれば、あなたは先に山をおりられるわ」

「きみを待ちたいんだ。いっしょにここを出よう。かたづけるものがあるなら、かたづければいい」彼はそう言いながら、ベッド・ルームを示した。「その間に、きみの荷物を車に積んでおくよ」

ダッチは段ボール箱を持ちあげて、部屋から運びだした。リリィは、となりの部屋に入っていった。傾斜した天井の下の壁にピッタリ押しつけるように設《しつら》えてあるベッドに、その両サイドに置かれた小さなテーブル。それをのぞけば、家具はロッキングチェアと鏡つきの箪笥《たんす》だけだった。左側の壁には窓がならび、その反対側の壁のうしろにクロゼットと小さなバス・ルームがある。

さっきカーテンを引いておいたせいで、部屋の中は薄暗かった。リリィは、クロゼットの中をチェックした。何もかかっていないハンガーが、見捨てられたようにロッドにぶらさがっている。箪笥の抽斗《ひきだし》にも、忘れ物はなかった。彼女はバス・ルームに入って、その朝使った化粧品をまとめると、ビニール製の旅行用ポーチにしまい、薬の棚に何も残っていないことを確認してベッド・ルームに戻った。

彼女は、ベッドの上に開いておいたスーツケースに、化粧品を入れたポーチを詰めこんだ。そして、スーツケースの蓋を閉じたとき、ちょうどダッチが部屋に入ってきた。

なんの前置きもなく、唐突に彼は言った。「エイミーのことがなかったら、別れることもなかったんだ」

リリィはうつむいて、ゆっくりとかぶりを振った。「ダッチ、お願いよ、そんなことを言うのは――」

「あんなことがなければ、おれたちは生涯いっしょに暮らせたはずだ」

「それはわからないわ」

「おれにはわかる」ダッチは手をのばして、彼女の両手をにぎった。熱い手の中で、彼女の手がひどく冷たく感じられた。「何もかも、おれのせいだ。結婚が失敗に終わったのも、おれのせいだ。おれがもっとちがったふうに事にあたっていたら、きみはおれから離れてはいかなかったはずだ。今になってわかったよ、リリィ。過《あやま》ちを認める。おれは、とんでもない過ちを犯してきた。愚かだった。ちゃんと認めるよ。だから、お願いだ、もう一度チャンスを与えてくれ。お願いだ」

「以前のふたりには戻れないのよ、ダッチ。今のわたしたちは、出逢《であ》った頃とはちがう人間になってしまったの。あなただって、わかってるんじゃないの？　起こった事実を変えることは、誰にもできない。でも、起こった事のせいで、わたしたちは変わったの」

ダッチは、そのひとことに飛びついた。「そのとおりだ。人は変わる。離婚後、おれは変わった。この町に引っ越してきて、今の仕事に就いたことが、おれにとってよかったみたいだ。クリアリィは、アトランタとは似ても似つかない。それでも、おれはここで築くべきものを得た。ああ、しっかりとした基盤を築くつもりだ。ここは、おれの故郷だ。みんながおれを知っているし、みんな親類みたいなものだ。みんなおれのことが好きだし、尊敬してくれる」

「すばらしいわ、ダッチ。ここでの成功を祈ってる。ええ、あなたのために心から祈ってるわ」

リリィはほんとうに彼の成功を祈っていたけれど、それは本人のためばかりでなく、自分のためでもあった。ダッチが自分のことを優秀な警官だと言えないうちは――特に自分でそう思えないうちは――リリィは彼から完全に自由になれない。仕事に、そして自分自身に自信が持てるようになるまで、ダッチは自尊心を護《まも》るためにリリィを頼りつづけるにちがいなかった。クリアリィの小さなコミュニティは、彼が自信を取り戻すチャンスを与えてくれる。リリィは、それがうまくいくことを祈っていた。

「仕事でも、人生でも――」彼は急いで言った。「新たなスタートをきったわけだ。しかし、きみがそこにいなければ、なんの意味もない」

リリィが止める間もなく、ダッチは彼女に両腕をまわしてギュッと抱きよせた。そして、切羽詰まった声で、耳元に口を寄せて言った。「もう一度やってみようと言ってくれ」彼はキスをしようとしたけれど、リリィは顔をそむけた。

「ダッチ、放して」

「ふたりで過ごしたときがどんなにすばらしかったか、おぼえているだろう？　きみが態度をやわらげてさえくれれば、出逢った頃のふたりに戻れるんだ。いやなことをみんな忘れてしまえば、また元のようにやっていけるんだ。あの頃は、互いにふれずにいることなどできなかった。おぼえているかい？」ダッチは、ふたたびキスをしようとした。今回は、その唇を強引に彼女の唇に押しつけた。

「やめて！」リリィは彼を押しのけた。

ダッチは、あとずさった。部屋の中に、彼の呼吸の音だけがひびいていた。「ふれることさえ、許してはくれないんだね」

リリィは、自分を抱きしめるように胸の前で腕を組んだ。「わたしたちは、もう夫婦じゃないのよ」

「一生、おれを赦《ゆる》さないつもりなのか？」ダッチは怒りをこめて怒鳴った。「きみはエイミーのことを離婚の口実に使っているが、ほんとうの理由は別にある。そうじゃないのか？」

「行って、ダッチ。早く出ていかないと――」

「おれの抑えがきかなくなる？」彼は冷ややかに笑った。

「このままじゃ、あなたは自分を傷つけることになる。そうなる前に出ていって」

あくまでも自分の立場を固守しようとするリリィを、彼はにらみつけた。そしてサッと踵《きびす》を返すと、ドスドスと部屋を出ていった。コーヒー・テーブルの上の封筒をつかみ、ドアの近くのコートかけに吊《つる》してあったコートと帽子を取る。でも、それを身に着けるために立ち止まったりはしなかった。彼はコテージを出ると、窓ガラスがふるえるほどの勢いでドアを閉めた。数秒後、リリィの耳にブロンコのエンジンがかかる音が聞こえてきた。それから彼は、大きなタイヤの下の砂利を蹴散《けち》らしながら、スピードをあげて走り去っていった。

リリィはベッドの端に座りこんで、両手で顔を覆《おお》った。その手は、冷たくふるえていた。これで終わった。でもこのとき、彼女は自分が怒りと嫌悪《けんお》だけでなく、恐怖を感じていることに気がついた。

何かあればすぐにカッとなる今のダッチは、彼女が結婚した安らぎを与えてくれる男性とは別人だ。本人は新たなスタートをきったと言い張っているけれど、自棄《やけ》になっているようにしか見えない。自棄になっているから、恐ろしいほどに気分が変わるのだ。

もう彼に会う必要はないと思うと、リリィはホッとした。そして、そう思った自分を少しだけ恥じた。でも、ついに終わった。ダッチ・バートンは、彼女の人生から出ていったのだ。

彼との対決で疲れ果てていたリリィは、ベッドに仰向《あおむ》けに身を倒し、前腕で目を覆った。

⁂

ブリキの屋根に氷の粒があたる音で、リリィは目を覚ました。コテージを売るための最後の手続きにクリアリィに滞在していたこの一週間、ダッチとの口論のせいで、自分で思っていた以上に消耗していたようだ。今日の最後の一戦のあと、身体《からだ》が慈悲深くも心のスイッチをきり、しばらく彼女を眠らせてくれたのだ。

リリィは身を起こし、あまりの寒さに腕をこすった。コテージのベッド・ルームは、さっきまでより暗くなっていた。暗すぎて腕時計を見ることもできない。彼女は立ちあがって窓辺に進み、カーテンを少しだけ開けてみた。入ってきたのは、わずかな明かりだったけれど、それでも時計を見ることはできた。

時間を知って、リリィは驚いた。夢も見ずにぐっすり眠ったのに、ときはたいして経《た》っていなかった。かなり暗くなっていたから、もっと遅い時間だと思っていた。低い雲が山頂を包んでいるせいで、ふつうより早く不気味な暗闇《くらやみ》が訪れたのだ。

地面は真っ白になっていた。みぞれに混じって、白い氷の粒が降っている。気象学者が霧雪と呼ぶものだ。その小さな氷の粒は、レースのような雪よりもずっと厄介そうだった。木々の枝は既にすっかり氷に覆われ、その氷の厚みがどんどん増していくのが目に見えてわかった。強い風が窓ガラスを打っている。

眠ってしまったのは軽率だった。そのミスのせいで、リリィは厳しい状況の中、山道をくだることになってしまった。クリアリィの町にたどり着いても、アトランタまでの長い道のり、天候を気にしながら車を走らせなければならない。ここでの用事が終わった今、リリィは家に戻りたくてたまらなかった。日常の中に身を置いて、自分の人生を生きたかった。オフィスは、たまったペーパーワークとEメールとプロジェクトの沼と化しているにちがいない。どれも、すぐに処理しなければならないものばかりだ。でも、恐怖よりも、待ち受けている仕事に取り組む楽しみのほうが大きかった。

仕事が恋しくなっていたことにくわえて、ダッチの故郷から離れたいという思いもあった。クリアリィの雰囲気や、山に囲まれた美しい地形は大好きだ。でも、町の人たちは、大昔からダッチとその家族を知っている。ダッチの妻であるうちは、みんなリリィを温かく受け入れてくれたけれど、彼と離婚した今、町の人たちはあきらかに冷たくなっていた。

コテージを出ていったダッチが、どんなに腹を立てていたかを思えば、彼のテリトリィを離れるのは、遅すぎたくらいだ。

リリィは急いでスーツケースを表の部屋に運び、ドアの横に置いた。それからもう一度、最後にサッとコテージの中を見てまわり、ガスや電気がきちんと止まっているか、忘れ物がないか、チェックした。

そして何も問題がないことを確認すると、リリィはコートを着て手袋をはめ、ドアを開けた。襲いかかる強風に息もできなかった。ポーチに足を踏みだした彼女の顔に、氷の粒が突き刺さるように吹きつけてくる。目に入らないようにする必要があったけれど、サングラスをかけるには暗すぎた。彼女は目を細めて車にスーツケースを運び、バックシートに積みこんだ。

それからリリィはコテージの中に戻り、大急ぎで吸入器を使った。冷たい空気を吸ったせいで、喘息《ぜんそく》の発作を引き起こすこともある。吸入は、それを防ぐ助けになってくれる。そのあと、彼女はノスタルジックに部屋の中を見まわすこともなく、さっさとドアを閉め、鍵をかけた。

車の中は、冷蔵庫なみに冷えきっていた。エンジンをかけたけれど、除氷装置が温まるまで待つ必要がある。フロントガラスが氷に覆われていては、車は出せない。コートの前をきつく合わせ、その襟の中に鼻と口をうずめ、呼吸が乱れないように意識を集中した。歯がガチガチとなり、ふるえを止めることもできなかった。

ついに除氷装置から噴きだす空気が温かくなって、フロントガラスの氷がとけだした。ここまでとければ、ワイパーで振り払える。でも、だめだった。降ってくるみぞれと氷の量が多すぎて、ワイパーの動きがそれに追いつかないのだ。視界はひどくかぎられるけれど、ある程度まで山をおりないことには状況は変わらない。このまま曲がりくねったマウンテンローレル通りをくだりはじめる以外、ないということだ。

なれた道ではあったけれど、凍ったその道を走ったことはなかった。リリィはハンドルに覆い被《かぶ》さるように身を乗りだして、氷が付着したフロントガラスごしに、ボンネットのエンブレムの先を見つめつづけた。

反対側は断崖《だんがい》だとわかっていたから、ジグザグの道の右側ギリギリを、岩だらけの山の斜面にしがみつくように車を走らせた。ヘアピンカーブでは、息を止めた。

手袋の中の指は感覚がなくなるほど冷たくなっていたけれど、ハンドルをにぎる掌《てのひら》は汗で濡《ぬ》れていた。肩と首の筋肉が燃えるように痛んでいるのは、緊張のせいだ。あまりの不安に、呼吸もどんどん乱れていく。

視界がよくなることを祈って、コートの袖《そで》でフロントガラスを拭《ふ》いてみたけれど、目眩《めまい》を誘うほどに渦を巻いて降ってくるみぞれが、よく見えるようになっただけだった。

山の斜面の林から、車の前にとつぜん人が飛びだしてきたのは、そのときだった。

リリィは反射的にブレーキを踏んだ。凍った道で急ブレーキをかけるのはまずいと、すぐに気づいたけれど、遅すぎた。車は横すべりを始めた。ヘッドライトに照らされた人影が、車をよけようとうしろに飛びのいた。タイヤの回転が止まり、車は人影をとおりすぎて、後部を激しく振りながらすべりつづけた。リリィは、リアフェンダーに衝撃を感じた。人をはねてしまった——あまりのショックに、胃が沈みこむような感覚をおぼえた。

そして、そう思った次の瞬間、車は木に突っこんだ。

3

膨らんだエアバッグに顔を叩《たた》きつけられた直後、息を詰まらせるような粉が車内を満たした。リリィは本能的に、それを吸うまいと息を止めた。シートベルトが、しっかりと彼女をとらえている。

リリィはボーッとなりながらも、そのものすごい衝撃に驚いていた。衝突は比較的、軽いものではあったけれど、それでも彼女は呆然《ぼうぜん》としていた。頭の中で自分の身体をひとつひとつチェックする。どこにも痛みは感じない。ふるえているだけだ。でも、はねてしまった人は……「どうしよう！」

リリィは空気の抜けたエアバッグを払いのけ、シートベルトをはずすと、ドアを押し開けた。そして、外に這《は》いだした彼女は前のめりに転んで、凍った路面に掌と右膝《ひざ》をしたたか打った。痛いなんていうものじゃなかった。

リリィは車につかまりながら、足を引きずってうしろにまわった。脚を道路に投げだすようにして、人が路肩に仰向けに倒れている。強風の中、彼女は片手を目の上にかざして、その様子をじっと見つめた。ピクリとも動かない。ハイキングブーツのサイズから察するに、男性のようだった。

リリィは鏡のような路面をすべるように進み、その人の傍らにしゃがみこんだ。毛糸の防寒帽を、耳も眉《まゆ》も隠れるほど引きおろして被っている。目は閉じているし、胸も動いてはいない。彼女は、その男の首に巻かれたウールのマフラーの下に、それからコートの襟の中に、さらにタートルネックのセーターの下に、手を入れて、脈を探った。

そして脈があることを知った彼女は、つぶやいた。「神さま、ありがとうございます。ほんとうに、ありがとうございます」

でもそのときリリィは、彼の頭の下になっている岩に、黒っぽいしみがひろがっていることに気がついた。咄嗟《とっさ》に、どこから血が出ているのか、頭を持ちあげて調べてみようとした。でも、寸前のところで思い出した。頭に傷を負った人間を動かしてはいけない。それは、応急手当のけっして破ってはならないルールだったはずだ。こういう状態では、背骨を痛めている可能性もある。動かしてしまったら、それを悪化させることになるし、もっと悪ければ致命的な結果を招くことにもなりかねない。

リリィには、傷の程度を知る術《すべ》はなかった。それに、頭の傷は目に見える傷だ。他に、目に見えないどんな傷を負っているんだろう？　内出血しているかもしれないし、肋骨《ろっこつ》が肺に突き刺さっているかもしれないし、内臓破裂や骨折の可能性もある。リリィは、妙に反り返っている彼の姿勢が気に入らなかった。

とにかく助けが必要だ。今すぐに。彼女は立ちあがって、車に戻ろうとした。携帯電話で九一一するのだ。山の上では、たいてい携帯はつながらない。でも、もしかしたら——。

うなり声を聞いて、リリィは足を止めた。あまりにすばやく振り向いたせいで、危うく転ぶところだった。彼女は、ふたたび倒れている男の横にしゃがみこんだ。彼が瞬《まばた》きを繰り返しながら目を開き、彼女を見あげた。リリィは、そんな目を以前に一度だけ見たことがあった。「ティアニー？」

彼は何か言おうと口を開いたものの、吐き気をおぼえたようだった。唇をキュッと引き結んで、何度か唾《つば》を呑《の》み、必死で吐き気を抑えている。彼はふたたび目を閉じ、それから数秒後、また目を開いた。「はねられたのかな？」

リリィはうなずいた。「リアフェンダーにぶつかったんだと思うわ。痛む？」

心の中で身体の様子を探っていたのだろう。少しの間を置いて、彼は答えた。「どこもかしこもね」

「頭のうしろから血が出てるわ。どの程度の傷なのかはわからない。岩に頭をぶつけたみたいね。動かないほうがいいと思う」

彼の歯がガチガチとなりだした。寒さのせいか、ショック状態におちいろうとしているかのどちらかだ。いずれにしても、いい状態とは言えなかった。

「車にブランケットを積んであるの。取ってくるわ」

彼女は立ちあがり、頭を低くして風の中、車に向かって必死で歩いた。あんなふうに、林の中から道の真ん中に飛びだしてくるなんて、いったいあの人は何を考えていたんだろう？　そもそも、こんな嵐《あらし》の中、車もなしに山の上で何をしていたんだろう？

　ダッシュボードの解除装置でトランクを開けようとしたけれど、だめだった。たぶん、電気系統をやられてしまったのだ。あるいは、トランクの蓋《ふた》が凍りついてしまったせいかもしれない。リリィはイグニションからキーを引き抜くと、それを持って車のうしろにまわった。恐れていたとおり、鍵穴《かぎあな》は氷に覆われていた。

　リリィは手探りで路肩に進み、持てる範囲でいちばん大きな石を手に取ると、車のうしろに戻って氷を叩き割った。こういう緊急事態に直面すると、アドレナリンが噴きだして超人的な力が湧《わ》くものだと言われている。でも、そんな力は感じなかった。トランクを開けられるくらいまで氷を砕き去った頃には、息も切れていたし、クタクタに疲れていた。

　荷づくりした段ボール箱をいくつか横に押しのけると、ビニール製のキャリング・ケースに入ったスタジアム・ブランケットが出てきた。ダッチとフットボールを観《み》にいったときに、持っていった毛布だ。秋の寒さは防げても、暴風やみぞれの中で生き延びるには充分とは言えない。それでも何もないよりはましだと、彼女は思った。

リリィは、倒れている彼のもとに戻った。死んだように、じっと横たわっている。彼女は、パニックにおちいって声を張りあげた。「ティアニー？」

彼は目を開けた。「まだ生きているよ」

「トランクを開けるのに手間取ってしまったの。すぐに戻れなくて、ごめんなさい」彼女は彼に毛布をかけた。「こんなものじゃ、あまり助けにならないわね。何か——」

「言い訳に時間を費やすのはやめだ。携帯電話は？」

リリィは、彼に初めて会った日のことを思い出した。そう、彼は主導権をにぎりたがるタイプの男だった。けっこうだわ。今はフェミニストぶっている場合じゃない。彼女はコートのポケットから携帯電話を取りだした。電源は入っていたから、ディスプレイは明るくなっていた。彼女は、そこに示されたメッセージが読めるように、ディスプレイを彼のほうに向けた。『圏外』

「恐れていたとおりだ」そう言って頭を動かそうとした彼は、たじろいで息を呑み、それからガチガチならないようにグッと歯を食いしばった。しばらくして、彼は訊《き》いた。「車は動きそうかい？」

リリィは首を振った。車に詳しいわけではなかったけれど、ボンネットがソーダの缶みたいにグシャグシャに潰《つぶ》れているのだから、動かないと考えるのが妥当だ。

「このまま、ここにいるわけにはいかない」彼は起きあがろうとしたけれど、リリィが肩を押さえて止めた。

「背骨が折れてるかもしれない。脊髄《せきずい》に傷を負ってる可能性もあるわ。だから、動いちゃだめよ」

「ああ、たしかに動くのは危険だ。しかし、このままでは凍え死んでしまう。賭《か》けてみるよ。手を貸してくれ」

彼は、右手をのばした。そして、リリィにしっかりとその手をにぎられながら、必死で身を起こした。でも、長くは座っていられなかった。腰を曲げて前のめりになり、彼女にグッタリともたれかかった。リリィは肩で身体《からだ》を支えながら、彼の肩にブランケットをかけなおし、それからゆっくりとその身を起こしてやった。それでも、彼は頭をあげずに、ガックリとうなだれていた。きっちりと被った防寒帽から新しい血がしたたり、耳の前側にまわって顎《あご》に流れている。

「ティアニー?」彼女は、軽く彼の頬を叩いた。「ティアニー!」

彼は顔をあげたけれど、目は閉じたままだった。「失神しかけているんだと思う。ちょっと待ってくれ。ひどく目眩がするんだ」

ティアニーは鼻から深く息を吸って、口から吐きだした。しばらくして目を開けた彼は、リリィにうなずいた。「少しましになった。立ちあがるのに、力を貸してもらえるかな？」

「無理しないで、ゆっくりやってみて」

「ゆっくりしている時間はない。うしろにまわって、脇《わき》の下に手を入れるようにして支えてほしい」彼女は、ティアニーがひとりで座っていられることをたしかめてから、そっと手を放して、彼のうしろに移動した。「バックパックを背負っていたのね」

「ああ。それがどうかしたかい？」

「倒れてるあなたの姿勢を見て、背骨が折れてるんじゃないかと思ったの」

「バックパックの上に倒れこんだんだ。頭を強く打たずにすんだのは、おそらくそのおかげだ」

リリィは、彼をうまく支えられるように、ストラップをはずして彼の肩からバックパックをおろした。「いつでもどうぞ」

「自力で立てると思う」彼は言った。「きみはそこにいて、ぼくがうしろに倒れそうになったら助けてくれ。いいかい？」

「いいわ」

彼は、腰の横に両手を置いて身体を持ちあげた。倒れないように支えるだけではすまなかった。リリィも、彼と同じくらい頑張る必要があった。必死でその身体を持ちあげて立たせ、それから「ありがとう。もうだいじょうぶだと思う」と言う声を聞くまで、リリィは彼を支えていた。

ティアニーはコートの下に手をのばし、携帯電話を取りだした。ベルトに留めつけてあったにちがいない。彼は、ディスプレイを見おろして顔をしかめた。その唇の動きを読んだリリィは、彼が罵《ののし》りの言葉を吐いたことを知った。彼の携帯電話も使えないということだ。彼は、グシャグシャになった車を示した。「車の中に、きみのコテージに持って帰ったほうがいいものはあるかい？」

リリィは驚いて彼を見た。「あなた、わたしのコテージのことを知ってるの？」

スコット・ヘイマーは、その重みに歯を食いしばった。

「もう少しだ、スコット。頑張れ。おまえならできる。もう一回だ」

腕はふるえていたし、血管はグロテスクなまでに膨れあがっていた。流れだした汗が、ベンチを伝ってマットにしたたり落ち、そのゴムにあたって小さなしぶきをあげている。

「これ以上、無理だよ」スコットはうめいた。

「いや、できる。一一〇パーセントの力を見せてくれ」

ウェス・ヘイマーの声が、ハイスクールの体育館にこだました。ふたりをのぞけば、もう誰もいなかった。他のみんなは、一時間以上も前に家に帰ることを許されたのだ。スコットは、授業が終わったあともずっと――他の選手たちが放課後のトレーニングを終えたあともずっと――体育館に残るよう求められた。選手たちのトレーニング・メニューを決めるコーチは、スコットの父親のウェスだった。

「最大限の力を発揮してほしい」

今にも血管が破裂しそうな気がした。スコットは目に汗が入らないよう瞬きをすると、唾をとばしながら何度か口から短く息を吐いた。上腕二頭筋も上腕三頭筋も大きすぎる負荷をかけられてふるえていたし、胸も爆発しそうだった。

それでもウェスは一九〇キロを――スコットの体重の二倍以上だ――挙げるまでは、彼を解放する気はないらしい。五回が、今日の目標だ。ウェスは、目標を定めることに熱心だった。そして、それを達成させることには、さらに熱心だった。

「ダラダラするんじゃない、スコット」ウェスは苛立《いらだ》たしげに言った。

「ダラダラなんてしてないよ」

「呼吸だ。筋肉に酸素を送りこめ。おまえにはできるはずだ」

スコットは、腕と胸の筋肉に持てる以上の力を発揮させるべく、深く息を吸い、それから短く何度かに分けて吐いた。

「いいぞ！」ウェスは言った。「三センチあがった。いや、五センチかもしれない」

神さま、どうぞ五センチでありますように。

「もうひと頑張りだ。もう一度、押しあげるんだ、スコット」

ふるえる腕にありったけの力を送りこんだスコットの喉《のど》から、思わず低いうなり声がもれた。それでも、バーはなんとかもう三センチあがった。そして、肘《ひじ》をのばして千分の一秒キープしたところで、手をのばしてきた父親のサポートを得て、ブラケットにバーを戻した。

腕は力なく両脇に落ち、肩はベッタリとベンチについた。呼吸を整えようと、胸が大きくうねっている。疲労のせいで、身体じゅうがふるえていた。

「よくやった。あすは、六回に挑戦だ」ウェスはスコットにタオルをわたすと、踵《きびす》を返して電話がなりだしたオフィスに向かった。「シャワーを浴びてきなさい。わたしは電話に出て、それから戸締まりを始める」

スコットの耳に、電話に向かって「ヘイマーです」とぶっきらぼうに応《こた》え、それから「なんの用だ、ドーラ?」と訊く、相手を見くだしたような声が聞こえてきた。彼はスコットの母親に、いつもそんな口をきく。

スコットは起きあがって、顔と頭の汗をタオルで拭《ぬぐ》った。疲れきっていて、力などどこにも残っていなかった。ロッカー・ルームまで歩けるかどうかさえ、わからない。それでもスコットは、熱いシャワーを浴びたい一心で、ベンチから立ちあがった。

「母さんからだ」オフィスの開いたドアの向こうから、ウェスが大声で言った。

そのオフィスは、勇敢な人間でなければ足を踏みいれようと思わないほど、散らかっていた。ペーパーワークなど時間の無駄だと考えているウェスが、かたづけるのを先延ばしにしているせいで、書類が山積みになっているデスクに、いくつものスポーツ・チームのシーズン・スケジュールと、ウェスにしか読めない乱暴な手書きの文字で埋めつくされている二カ月分のカレンダー。

そして壁にはもうひとつ、ウェスお気に入りのハンティング・スポットとフィッシング・スポットに赤いマーカーでしるしがつけてある、クリアリィとその周辺地域の詳細な地図も貼《は》られていた。それに、ヘッド・コーチ――ウェス・ヘイマーが前列の真ん中に誇らしげに立っている、フレームに入った過去三年間のフットボール・チームの写真もある。

「みぞれが降りだしたそうだ」彼はスコットに言った。「急ごう」

ハイスクールのロッカー・ルームの鼻をつく悪臭も、なれっこになっているスコットには、気にならなかった。ティーンエイジャーの汗の臭《にお》いに、汚れた靴下やジャージやサポーターの臭い。スコットの体臭も、その一部になっていた。そうした臭いはあまりに強烈で、シャワー・ルームのタイルの目地にまでしみこんでいるように思われた。

スコットは仕切りの中に入って、蛇口をひねった。そして、シャツを脱いだ彼は、鏡に映った背中にニキビができているのを見て嫌悪《けんお》に顔を歪《ゆが》めた。シャワー・ヘッドの下に立ち、背中にシャワーを浴びながら、抗菌性の石鹸《せっけん》で、手のとどくかぎりゴシゴシと身体を洗っていく。

そして彼が股《また》のあたりを洗っているとき、父親がタオルを持って現れた。「忘れてきたんじゃないかと思ってね」

「ありがとう」スコットは恥ずかしくなってプライベートな部分から手を遠ざけ、脇の下を洗いはじめた。

ウェスは仕切りの外のバーにタオルをかけると、スコットの股間《こかん》を示して、含み笑いをもらしながら言った。「父親にそっくりだ。そのあたりのことに関して、恥ずかしがることはない」

セックスについて話すことで息子との間に仲間意識を築こうとする父親を、スコットはひどく嫌っていた。そういう話がしたくてうずうずしているんだろうと言わんばかりの態度が、たまらなくいやだった。そういうほのめかしや意味ありげなウインクを、ぼくが楽しんでると、本気で思ってるんだろうか？

「おまえは、ガールフレンド全員を満足させるに充分なモノを持っている」

「父さん」

「ただし、ひとりの女の子を満足させすぎてはいけない」そう言ったあと、不意にウェスは真顔になった。「上を狙《ねら》っている地元の女の子たちにしてみれば、おまえは理想の結婚相手だ。女は、平気で男を罠《わな》にかける。そういう小細工をしない女には会ったことがないね。避妊していると言われても、けっして信じるんじゃないぞ」ウェスは、人差し指を振り立ててそう言った。初めて警告するような口ぶりだったけれど、思春期を迎えて以来、スコットが繰り返し聞かされてきたフレーズだ。

スコットはシャワーを止めてタオルを手に取ると、すばやく腰のまわりに巻きつけた。ロッカーに向かおうとしたけれど、父親にはまだ言いたいことがあるようだった。ウェスは、濡《ぬ》れた肩をつかんでスコットを振り向かせた。「おまえは、行くべきところに行きつくために、まだ何年も頑張る必要があるんだ。女の子が妊娠したせいで、われわれの計画がだいなしになるなんて冗談じゃない」

「そんなことにはならないよ」

「絶対にな」それからウェスは愛情をこめて、ロッカーのほうにスコットを押しやった。「服を着なさい」

五分後、ウェスは夜に備えて体育館の戸締まりをした。「何を賭けてもいい。あしたは休みになる」彼は言った。断続的にみぞれが降っていた。氷の粒も混じっている。「足下に気をつけろ。すべりやすくなっている」

ふたりは教員用の駐車場に向かって、慎重に進んだ。ファイティング・クーガーズのホーム——クリアリィ・ハイスクールの体育科主任であるウェスは、駐車場の中でも特にいいスペースを割りあてられていた。

強化ガラスの上で凍る雨を、ワイパーが振り落とそうと頑張っている。スコットはコートの中でふるえながら、フランネルの裏地がついたポケットに両手を深く突っこんだ。お腹《なか》がグーグーなっていた。「母さんが、食事の用意をすませていてくれるといいんだけどな」

「ドラッグストアで軽く何か食べられる」

スコットは、サッと振り向いて父親を見た。

ウェスは、通りに目を向けたまま言った。「家に帰る前に、ドラッグストアに寄る」

スコットはシートに深く沈みこむと、コートの前をきつく合わせて、車が本通りを走っている間じゅう、ムッツリとフロントガラスを見つめていた。ほとんどの店には『閉店しました』と書かれた札が出ていた。みんな、嵐《あらし》がひどくなる前に店を離れたにちがいない。でも、まっすぐ家に帰ったようには見えなかった。道は混んでいた。特に、まだ店を開けていて、かき入れ時とばかり商売をしている食料品店のまわりは大渋滞していた。

スコットは、そうした状況を見るともなしにぼんやりと眺めていた。そして車は、本通りにあるふたつの信号のうちのひとつで止まった。雨粒がはねるウインドウの向こうをぼんやり見ていた彼の目が、電柱に貼ってあったチラシをとらえた。

『行方をさがしています！』

太字でそう書かれたすぐ下に、ミリセント・ガンの白黒写真があって、そのさらに下に基本的な身体の特徴と、姿を消した日づけと、彼女の消息に関する情報を寄せるための電話番号がならんでいた。

スコットは目を閉じ、最後に会ったミリセントがどんなふうだったかを思った。

ふたたび目を開いたとき、車は動きだしていた。チラシは、もう見えなかった。

4

「必要なものは、まちがいなくすべてそろえたんだね？　ミネラルウォーターも、保存食も？」

マリリィ・リットは、苛立ちを抑えて答えた。「ええ、そろえたわ。マーケットを出る前に、兄さんからわたされた買い物リストをチェックしなおしたからだいじょうぶ。懐中電灯用の予備の電池を買いに、金物屋にまで行ってきたのよ。マーケットでは売り切れになっていたから」

ウイリアムは、妹の背後に目をやった。そこには、彼の名前を掲げたドラッグストアの大きなウインドウがあった。本通りを行く車は徐行していたけれど、それはどんどんすべりやすくなっている道路の状態のせいではなく、あまりに車が多いせいだった。みんな、嵐をやりすごす場所にたどり着こうとしているのだ。

「予報では、何日もつづくひどい嵐になると言っている」

「兄さん、わたしだってラジオも聴いてるし、テレビも見てるわ」

ウイリアムは、妹にサッと視線を戻した。「おまえが無能だなんて言っているわけじゃない。ただ、時々ちょっとぼんやりすることがあるだけだ。ココアでも飲むかい？ おごるよ」

彼女は、外の渋滞している通りに目を向けた。「今ここを出ても、早く家に着くことはなさそうね。だったら、そうね。ココアを飲んでいくわ」

彼は店の正面にある軽食コーナー《ソーダファウンテン》にマリリィを連れていくと、カウンターのクロムメッキを施したスツールを示した。「リンダ、マリリィにココアを頼む」

「ホイップクリームをたっぷり入れてね」マリリィは、そう言いながらカウンターの中の女性にほほえんだ。

「すぐにご用意するわ、マリリィさん」

リンダ・ウェクスラーは、ウイリアム・リットが元のオーナーから店を買うずっと前から、このドラッグストアのソーダファウンテンを任されている。店を引き継いだウイリアムは、リンダをその場に残すだけの賢さを備えていた。彼女は地元のちょっとした有名人で、町じゅうの人を――誰がコーヒーにクリームを入れるか、誰がブラックを好むか――知っていた。彼女は、毎朝ツナサラダを新しくつくり、冷凍ハンバーグを使おうなどとは思いもせずに、注文に応じてその都度、ハンバーガー用のパテを鉄板で焼く。

「外のあの騒ぎ、信じられる？」ソースパンにココアのミルクを注ぎながら、彼女は訊《き》いた。「子供の頃、雪が降るっていう予報を聞くたびにどんなに大喜びしたか思い出すわ。あしたは学校が休みになるんじゃないかなんて思ってね。先生たちだって、不意のお休みを生徒と同じくらい喜んでいるんでしょうね」

マリリィは、彼女に笑みを向けた。「雪で学校が休みになったら、うちで採点をして過ごすわ」

リンダは、感心できないと言いたげに鼻をならした。「休みの無駄づかいだわ」

チリンチリンとベルが音をたてて、入口のドアが開いた。マリリィはスツールごと振り向いて、やって来た客を見た。ティーンエイジャーの女の子がふたり、クスクス笑いながら駆けこんできて、髪に積もったみぞれを振り落としていた。三時間目にマリリィが文法とアメリカ文学を教えた生徒たちだった。

「あなたたち、帽子を被《かぶ》らなくちゃだめじゃない」マリリィは言った。

「こんにちは、リット先生」ふたりは、ほとんど同時に挨拶《あいさつ》した。

「こんなお天気の中、いったい何をしてるの？　もう家に戻ってるはずの時間でしよ?」

「ビデオを借りにきたんです」ひとりが答えた。「ほら、あした学校がお休みかもしれないから」

「まだ新作が残ってるといいんだけど」もうひとりの女の子が言った。

「いいことを思い出させてくれたわ、ありがとう」マリリィは言った。「わたしも一本か二本、借りて帰ろうかしら」

マリリィを見ていた女の子たちの顔に、不思議そうな表情が浮かんだ。たぶん、リット先生がビデオを見るなんて——テストをしたり、作文を書かせたり、教室を移動するときに生徒たちが必要以上に騒がないように目を光らせたりする以外のことをするなんて——思いもしなかったのだ。クリアリィ・ハイスクールの外で彼女がどんなことをしているか、女の子たちには想像もできなかったにちがいない。

たしかについ最近まで、マリリィは女の子たちが思っているとおりの毎日を送っていたのだ。

新たに見つけた気晴らしを思って頰が熱くなるのを感じたマリリィは、大急ぎで話題を変えた。「道が完全に凍ってしまう前に、家に帰りなさいね」彼女は女の子たちに言った。

「そうします」ひとりが応えた。「どっちみち、暗くなる前に帰らなくちゃならないんですもの。ミリセントのことがあるでしょ。パパもママも脅《おび》えちゃって、たいへん」

「うちもよ」もうひとりの女の子が言った。「すっごく怖がってるわ。二十四時間、あたしの居場所がわかってないと気がすまないのよ」彼女は目をギョロッとさせた。「すぐ近くに暴行魔がいて、あたしを連れていこうとしてるとでも思ってるみたい」

「ご両親が心配なさるのも無理はないわ」マリリィは言った。「ええ、とうぜんよ」

「車に置いておくようにって、パパからピストルをわたされたわ」女の子が言った。「何かされそうになったら、ためらわずに撃てって言うのよ」

マリリィはつぶやいた。「恐ろしいことになってきたものね」そして、夜のお楽しみを取りあげられた女の子たちの苛立《いらだ》ちを思いながら、雪の日を楽しむように――すでに楽しんでいることはわかっていたけれど――ふたりに言うと、カウンターのほうに向きなおった。そのとき、ちょうどリンダがココアを出してくれた。

「気をつけてね、すごく熱いわよ」リンダは女の子たちを目で追いながら言った。「みんなすっかり変になっちゃってるわ」

「うーん」マリリィは熱々のココアにそっと口をつけた。「どっちのほうが狂ってるのか、わたしにはわからないわ。五人の女性が行方不明になってるっていうのもひどい話だけど、父親が十代の娘にピストルを持たせるっていうのもそうとうひどい話よね」

クリアリィの住人はみな、五人の女性が行方不明になっている現状に神経を尖《とが》らせていた。まず、これまでは鍵《かぎ》などかけたこともなかった人たちが、ドアというドアに鍵をかけるようになり、歳《とし》に関係なく、女性たちは全員、ひとりで外出するときはまわりに注意するようにと、暗い場所や人気《ひとけ》のない場所には行かないようにと、警告され、よく知らない人間は信じてはいけないとも言われた。そして、ミリセントが行方不明になってからは、夫は妻を、ボーイフレンドはガールフレンドを、職場に迎えにいくようにすすめられている。

「でも、責められないわね」リンダは、声を落として言った。「マリリィ、よく聞くのよ。ガン家の娘は、たとえ生きていても死んだも同然の状態になってるにちがいないわ」

あまりに悲観的ではあったけれど、マリリィもそんなふうに思えてならなかった。

「何時になったら帰れるの、リンダ？」

「雇い人をこき使うあなたのお兄さんが帰っていいと言ってくれたら、すぐにでも帰るわ」

「早めに帰れるように、わたしが兄に話してみるわ」

「たぶん無駄ね。午後になってからずっと、大忙しですもの。かき入れ時っていう感じよ。みんな、何日も家から出られなくなると思ってるのよ」

ドラッグストアは、マリリィが思い出せるかぎり、ずっと本通りとヘムロック通りの角にあった。小さかった頃の彼女は、家族で町に出るたびに、ここで買い物をするのを楽しみにしていた。

ウイリアムも、この店にいい思い出があったにちがいない。彼は薬剤師になるための学校を卒業するとすぐにクリアリィに戻って、ここで働きだしたのだ。そして雇い主が引退を決めたとき、店をそっくり買い、すぐに銀行から金を借りて商売を拡張した。

となりの空きビルを買って、そのスペースをそれまでのドラッグストアにくわえ、リンダのソーダファウンテンを広くして、もっと人が入れるようにボックス席を増やしたのだ。彼は、レンタル・ビデオのためのスペースを用意する洞察力も持っていた。ここには薬はもちろん、町でいちばん多くのペーパーバックと雑誌がそろっている。女性たちはこの店で化粧品やグリーティング・カードを買い、男性は煙草《たばこ》を買う。そして、みんな地元のゴシップを聞きにここにやって来る。クリアリィに中心というものがあるならば、リッツ・ドラッグストアはまさにそれだった。

薬を処方する傍ら、ウイリアムは客にアドバイスを与え、お世辞を言い、その状況に応じてお祝いやお悔やみを述べた。店の中で白衣を着るなんてやりすぎだと、マリリィは思っていたけれど、客は気にしていないようだった。

彼とマリリィが独身でいまだに同じ家に住んでいることについて、なんだかんだ言う者たちも、もちろんいた。みんな、兄妹《きょうだい》がそんなふうにいっしょにいるのは不自然だと思っているようだった。もっとひどいことを考えている者たちもいた。でもマリリィは、人が何を思おうと気にしないことにしていた。

またドアの上のベルがなった。マリリィは、今度は振り向かずに、リンダのうしろの鏡張りの壁を見た。入ってきたのは、ウェス・ヘイマーと息子のスコットだった。

リンダは、ふたりに声をかけた。「いらっしゃい、ウェス、スコット。調子はどう？」

ウェスはリンダに挨拶を返しながら、鏡の中でマリリィと目を合わせた。彼はブラブラと彼女に近づいてくると、うしろから覆《おお》い被さるようにしてココアの香りを嗅《か》いだ。「クソッ、なんていい匂《にお》いなんだ。わたしも一杯もらうよ、リンダ。こんな日には、熱いココアがピッタリだ」

「こんにちは、ウェス、スコット」マリリィは言った。

スコットはモゴモゴと返事をした。「こんにちは、リット先生」

ウェスは彼女のとなりのスツールに腰をおろした。カウンターの下に脚をすべりこませるとき、その膝《ひざ》が彼女の膝にあたった。「いっしょにココアを飲ませてもらってかまわないかな？」

「どうぞ」

「汚い言葉は使わないことね、ウェス・ヘイマー」リンダは言った。「あなたは、子供たちはもちろん、みんなのお手本なのよ」

「汚い言葉なんて使ったかな？」

「『クソッ』て言ったわ」

「いつから、そんなうるさいことを言うようになったんだ？　きみがその類《たぐい》の言葉を口にするのを一度か二度、聞いたような気がするがね」

リンダは鼻をならしたけれど、その顔は笑っていた。ウェスを前にすると、女は笑みを浮かべずにはいられない。

「あなたもココアを飲む？」リンダは、父親のうしろに立っていたスコットに訊いた。

彼はコートの中で背を丸め、両手をポケットに入れて、片方の脚からもう片方の脚へと体重を移動させていた。

「もちろんだよ。ありがとう。おいしそうだな」

「この子のは、ホイップクリーム抜きで頼む」ウェスは言った。「腹が出ていたんじゃ、フットボールのスカウトの目を引けないからな」

「まだまだお腹《なか》が出る心配なんて、必要はないと思うわね」リンダはそう言ったけれど、彼のココアにホイップクリームは入れなかった。ウェスを前にすると、人はその言葉にしたがわずにはいられない。

彼はスツールごとマリリィのほうを向いた。「スコットのアメリカ文学はどんな調子かな？」

「すごくいい感じよ。ホーソーン（訳注　一八〇四～六四。米国の小説家）についてのテストで八十二点をとったわ」

「八十二点？　悪くないな。すばらしくもない。しかし、悪くない」彼はそう言いながら、スコットのほうを振り向いた。「向こうに行って、あの若いお嬢さんたちと話してきなさい。おまえが入ってきたときから、ソワソワしっぱなしだ。それから、ウイリアムにおまえが来ていることを知らせるんだ」

スコットは、ココアを手にブラブラとソーダファウンテンから出ていった。

「女の子たちは、あの子を放っておかない」ウェスは、ビデオ・コーナーに向かって通路を進むスコットを目で追いながら言った。

「驚くことはないわ」リンダは応《こた》えた。「スコットは、悪戯《いたずら》っ子みたいでキュートだもの」

「みんなそう思っているようだ。四六時中、うちに電話をかけてきて、スコット以外の誰かが出ると切ってしまう。ドーラはかんかんだ」

「スコットは女の子に人気があるわ。あなたは、それについてどう思ってるの？」マリリィは訊いた。

ウェスは、彼女に視線を戻してウインクした。「蛙《かえる》の子は蛙とでも言っておくかな」

マリリィはカップに目を落とし、慌《あわ》てて言葉をさがした。「スコットは、わたしとの勉強のほうも頑張ってるわ。作文なんか、驚くほど上達してる」

「きみが教えているんだからね。上達しないわけがない」

秋の学期が始まって何週間か経《た》った頃、土曜日の午前中と日曜日の夜にスコットの勉強を見てくれないかと、マリリィはウェスに頼まれた。提示された月謝はかなりのもので、彼女は「そんなにいただくわけにはいかない」と断ろうとした。でも、ウェスは強引だった。結局、マリリィは提示されたとおりの月謝を受け取って、スコットの家庭教師を務めることに同意した。でもそれは、カレッジの入学試験でいい点をとることがスコットにとってどんなに重要かわかっていたからだけではない。ウェス・ヘイマーに「ノー」と言って、それをとおせる人間は、ほとんどいないのだ。

「高いお金を払っただけのことはあったって、思ってもらえるといいんだけど」彼女は言った。

「そう思っていなかったら、まずきみに言うよ、マリリィ」彼女に笑みを向けたウェスの瞳《ひとみ》が、キラリと輝いた。

「やあ、ウェス」ベビィ用品売り場の通路の先から、ウイリアムが呼びかけた。「少しなら時間がある。こっちに来るかい?」

ウェスはさらに何秒かマリリィを見つめ、それからリンダに「ココアの代金は、つけておいてくれ」と言うと、ウイリアムとスコットがいる薬局のほうへと向かった。

「どういうこと?」ヘイマー親子が兄になんの用があるのだろうと思いながら、マリリィは言った。

でも、他の客のオーダーを聞いていたリンダの耳にはとどかなかった。

なぜベン・ティアニーは、わたしがクリアリィ・ピークにコテージを持ってることを知ってるの？――そんなことを思っていたリリィに、彼が憮然《ぶぜん》とした口調で訊《き》いた。

「もっとましなアイディアがあるのか？」

強風にさらされていた彼女は、一瞬で結論を出した。「ないわ。コテージに戻るべきよ」

「まず、きみの車の中をチェックしよう」

彼はふらついていたけれど、ふたりはなんとか無事に車までたどり着いた。リリィは運転席におさまり、ティアニーはスーツケースを押しやってバックシートに乗りこんだ。ダッシュボードの右半分がめりこんでいて、助手席には座れなかったのだ。彼はドアを閉めると、手袋を脱いで右の掌《てのひら》に額をあずけるようにした。

「また目眩《めまい》？」リリィは訊いた。

「いや。目眩を起こしている暇はない」ティアニーは手をおろし、シートの背ごしに彼女をチェックした。「薄着すぎる」

「そのとおりよ」そう応えながらも、歯がガチガチなっていた。

「スーツケースには何が入っている？　使えそうなものは？」

「今着てる服より暖かいものなんて入ってないわ」

自分の目でたしかめたかったのだろう。彼はシートの上でスーツケースを開いた。彼女の衣類を気にするふうもなくかきまわしていく。ランジェリー、ナイトガウン、ソックス、スラックス、それにトップ。「防寒用の下着は？」

「ないわ」

ティアニーは、ウールのセーターを彼女に投げた。「今着ているものの上に、これを着るんだ」

リリィは一瞬コートを脱いで、セーターを着こんだ。

「ブーツを見せてごらん」

「えっ？」

「ブーツだ」彼は苛立たしげに繰り返した。リリィはスラックスの裾《すそ》をまくって、彼に見えるように脚をのばした。ティアニーは眉《まゆ》をひそめた。それから彼は、スーツケースからソックスを何足か取りだして、彼女のほうに投げた。「ポケットに入れるんだ。これも。コテージに着いたら、着るようにね」ティアニーはそう言って、シルクのタートルネックを彼女にわたした。元々、スキー・ウエアの下に着ようと思って買ったものだった。

それから、彼はリリィを驚かせた。シートごしに手をのばして彼女の髪をつかんだのだ。「濡《ぬ》れている」彼はすぐに手を放したけれど、リリィは彼が――もう片方の手に持っていたパンティのことではなく――濡れた髪のことを考えていてくれてよかったと思った。「帽子は？ どんなものでもいいから帽子は？」

「今回は、外で過ごすつもりはなかったの」

「頭に何か被《かぶ》る必要がある」

ティアニーはパンティをスーツケースに戻すと、肩にかけていたスタジアム・ブランケットを手に取った。「こっちに頭を出して」

リリィはシートに膝立ちになって、彼のほうに頭を突きだした。ティアニーはブランケットでフードをつくって彼女の頭に載せると、あまっている両端の部分を胸を包むように合わせ、その上からコートのボタンをかけてポンポンと叩《たた》いた。「これでい い。外に出る前に、ブランケットを引っぱって鼻と口を覆うんだ。スペア・タイヤ以外にトランクに入っているものは？」

彼にふれられて呆然《ぼうぜん》としていたリリィは、いつものようにすばやく考えることができなくなっていた。質問を理解しようと、彼女の頭はフル回転した。「ああ、ええと……車についてきた救急セットが入ってると思う」

「そいつはいい」

「それに、コテージから持ってきた食べ物も少しあるわ」

「さらにいいね」ティアニーは車の中をサッと見まわした。「グローブボックスに懐中電灯か何か入っていないのかい?」

「車の説明書以外、入ってないわ」

「同じことだ。入っていても、ここまで潰《つぶ》れていては取りだせそうにないからな」彼は新たに頬に流れてきた血を拭《ぬぐ》うと、手袋をはめた。「行こう」

「待って。ハンドバッグ。ハンドバッグは必要だわ」

リリィは、あたりを見まわした。バッグは助手席側の床に落ちていた。木に衝突したときに投げだされたにちがいない。簡単ではなかったけれど、彼女は潰れたダッシュボードとシートの間に手を入れて、なんとかバッグを引っぱりだした。

「ストラップを首にかけて、両手を空けておくことだ。そのほうがバランスがとりやすいからね」

リリィは言われたとおりにすると、ドア・ハンドルに手をかけた。でも、そこで動きを止めて、気遣わしげに彼を見た。「このまま待って、助けを呼んだほうがいいんじゃない？」

「待つのはいいが、今夜この道をのぼってくる者はいない。ここにいたら、朝までもつかどうかわからない」

「だったら選択肢はないわけね？」

「ああ、ないね」

彼女は、ふたたびドア・ハンドルに手をかけた。でも、今度はティアニーが彼女の肩に手を置いて、その動きを止めた。「そっけない態度をとるつもりはないんだ」

「わかってる。急がなくちゃならないんだからしかたないわ」

「嵐《あらし》がもっとひどくなる前に、コテージにたどり着く必要がある」

リリィは同意のしるしに小さくうなずいた。一瞬見つめ合ったあと、ティアニーが彼女の肩に置いた手を放すと、ふたりはドアを開けて外に出た。リリィが車のうしろにまわると、彼が開いたトランクの中身を調べていた。救急セットを見つけたティアニーは、ポケットに入れていくよう、彼女に言った。「この缶詰も頼む。それに、このクラッカーも」

ティアニーも、コートのポケットというポケットに缶詰を詰めこんだ。それだけでも、かなり重かっただろうに、彼は道に置き去りにしてあったバックパックを拾って背負った。「用意はいいかい？」彼は、吹きつける氷の粒に目を細めながら、リリィのほうを見て訊いた。

「いいわ」

彼はリリィに先に立つよう、顎《あご》で示した。でも、数メートル歩いただけで、凍った道の真ん中をのぼろうとしても無駄だと気づいた。一歩のぼるごとに、三歩分すべり落ちてしまうのだ。ティアニーは彼女をつついて路肩に導いた。ふたりは一列になって、突きでている岩を避けながら山の斜面を抱くように進んだ。デコボコの地面が、助けになってくれた。岩を手がかりに、氷の下の草を足がかりにして、進んでいく。

斜面は急だった。嵐でなくても、体力があっても、この山をのぼるのはかなりきつい。真っ向から吹きつける風に、ふたりは頭を低くして歩きつづけた。氷の粒が渦巻く中を、目をつぶって進まなくてはならないときもあった。顔にあたる氷の粒は、ガラスの破片のように感じられた。

ふたりは、たびたび立ち止まって息をついた。不意にティアニーが足を止め、顔をそむけて吐いた。脳震盪《のうしんとう》を起こしたにちがいない。脳震盪ですめばましなくらいだ。リリィは、彼が左足を庇《かば》いはじめていることにも気づいていた。もしかしたら、骨が折れているのかもしれない。

しだいに歩くのがむずかしくなってきた彼を見かねて、リリィは肩に手をまわすよう言った。ティアニーは気がすすまないようだったけれど、したがわざるを得なかった。一歩進むごとに、彼の体重がさらに重くのしかかってくる。リリィは必死で足を進めた。

ふたりとも疲れきっていた。それでも歩きつづけたのは、そうするしかなかったからだ。車で三分の距離を進むのに、一時間ちかくかかった。ふたりは互いにもつれ合うようにして、コテージのポーチの階段にたどり着いた。

リリィは、彼をポーチの支柱にもたれさせてドアの鍵《かぎ》を開けると、また彼を支えて中に入った。そしてドアを閉め、ハンドバッグを床に落とすと、一瞬にしてソファに倒れこんだ。ティアニーもバックパックをおろし、コーヒー・テーブルをはさんだ向かい側のソファに手足を投げだして身を横たえた。

どちらも何分かそのまま動かなかった。暗闇《くらやみ》の中、ふたりの呼吸の音がひびいていた。暖房を切った部屋の中は寒かった。でも、外に比べたらうららかにさえ感じられた。

もう動く力など残っていないように思えたけれど、リリィはなんとか起きあがって、電気とガスと水道を使えるように戻し、サイド・テーブルのランプのスイッチを入れてみた。「よかった」不意の明るさに目をしばたたきながら、彼女は言った。「停電を恐れてたの」

彼女はポケットから缶詰を出し、コーヒー・テーブルの上にならべると、携帯電話を引っぱりだして番号をプッシュした。

それを見たティアニーは、サッと身を起こして訊いた。「誰にかけているんだ?」

「ダッチに」

5

リリィの予想どおり、町は大混乱におちいっていた。

町に戻って二時間しか経っていないのに、ダッチはすでに山のコテージの静けさが恋しくなっていた。しかし、あのコテージはもう他人のものだ——彼は苦々しく思った。

アトランタのラッシュアワーでさえ、今夜のクリアリィの本通りほど混み合ったことはない。上りも下りも、隙間《すきま》なく車が列をなしていて、片側にはテールライトの赤いリボンが、もう片方の側にはヘッドライトの黄色いリボンができていた。まるで町の向こう側から反対側のはずれまで——そして、反対側のはずれから向こう側まで——みんなが移動しているようだった。

保安官事務所は郡の周辺部の整理にあたり、町のことはダッチと彼が率いる警察署に任せていた。泥棒が空き巣に入るには、最適な状況だ。いるべき家に人はいなかったし、警官たちは迫りくる嵐のせいで起きた大混乱の中、町の秩序をたもとうとひとり残らず忙しく働いている。

モールトリー通りと本通りの交差点の信号が、また故障していた。いつもなら、たいした問題ではない。ドライバーたちは譲り合い、礼儀正しく手を振りながら車を走らせ、すれちがいざまにその不便な状況についてジョークをかわす。でも、誰もが余裕を欠いている今日は、そうはいかなかった。信号機の故障のせいで、車は立ち往生。ドライバーたちは、ひどく苛立《いらだ》っていた。

通りで交通整理にあたっている以外の警官は、マーケットの人混みの中で、棚に残ったわずかな商品をめぐって殴り合いにならないよう、目を光らせていた。さっきも、サーディンの最後のひと缶を取り合って口論が起きていた。

氷の粒が岩塩よりも大きくなると、積もる速度も増していった。じきにひどい状態になるにちがいない。雲が湿気を吸収しながら山の上を移動し、東の斜面から渓谷へとおりていけば、状況はさらに手がつけられないものになる。嵐が去って、氷と雪がすっかりとけるまで、ダッチが休める見込みはほとんどなかった。

　ダッチは、クリアリィ・ピークをチラッと見あげた。その山頂は、すっかり雲に覆《おお》われていた。いいときに山をおりたと、彼は思った。そして、リリィもすぐあとにコテージを出たものと思いこんでいた彼は、ホッと胸をなでおろした。今頃はアトランタに向かって南に車を走らせているにちがいない。うまくすれば、嵐に追いつかれずに家に帰り着けるだろう。

　ダッチは、まだ絶えず彼女のことを――今どこにいるのか、何をしているのか――考えていた。それは習慣のようになっていて、離婚が決まっても少しも変わらなかった。コテージを出る前に、彼女がどんなふうに自分を見ていたかを思うと、ダッチの胸はかなとこでも呑《の》みこんでしまったかのように重く沈んだ。リリィは、おれを恐れていた。しかし、それは誰のせいでもない。自分のせいだ。恐れられるだけのことを、おれはしてしまったんだ。

「やあ、署長！」リッツ・ドラッグストアの前の歩道から、ウェス・ヘイマーが呼びかけた。「こっちに来てくれ。おれは税金を払ってるんだ。文句があるんだよ」

ダッチは、徐行をつづける本通りの車の列を抜けて、ドラッグストアの前にある障害者用の駐車スペースにブロンコを停めた。窓を開けると、冷たい風がドッと吹きこんできた。

背中を丸めたウェスが、いかにも元フットボール選手らしい足取りで、ゆっくりと近づいてきた。両膝《ひざ》と腰の片側を骨関節症に冒されているものの、そんな気配は見せようともしない。ウェスは、弱味を隠すためならどんなことでもするタイプの人間なのだ。

「文句があるって？」ダッチは、何食わぬ顔で訊《き》いた。

「このあたりのおまわりの中じゃ、おまえがいちばん暇そうだ。なあ、そこらじゅうにいるいかれた人間をしょっぴいてくれないか？」

「そういうことなら、まずおまえをしょっぴくか」

ウェスは大声で笑ったけれど、すぐにダッチが沈んでいるらしいことに気づいて、身を乗りだした。「おい、なんだってそんな浮かない顔をしてるんだ？」

「さっき、リリィと別れてきたんだ。二時間ほど前にね。山の上のコテージで。ウェス、彼女は永遠に去っていった」

ウェスは、歩道のほうを振り向いた。「スコット、車を温めておいてくれ。すぐに行く」リッツ・ドラッグストアの天幕の下に立っていたスコットは、ウェスが投げたキーをキャッチすると、挨拶《あいさつ》のしるしにダッチに片手をあげて見せ、ブラブラと歩道を歩きだした。

「クレムゾン大学から何か言ってきたのか？」ダッチは訊いた。

「それについては、あとで話そう。今は、おまえの女房のことだ」

「元の女房だよ。元のというところが重要なんだ。今日の午後、リリィに思い知らされた」

「おまえは彼女と話し合うつもりなんだと思っていたよ」

「ああ、そのつもりだった」

「しかし、うまくいかなかった？」

「うまくいかなかった。彼女は離婚できて喜んでいる。おれとは、いっしょにいたくないんだよ。そういうことなんだ」ダッチは手袋をはめた手で、眉《まゆ》をこすった。

「泣くつもりじゃないだろうな？　やめてくれ、ダッチ。おまえを親友と呼ぶのが恥ずかしくなるような真似《まね》はしないでくれよ」

ダッチは、彼に顔を向けて言った。「クソ食らえ」

ウェスは、動じることもなくつづけた。「なんて様《ざま》だ」彼は、ダッチの感傷的な態度にかぶりを振った。「リリィは、どんなにいい亭主を持っていたかに、気づいちゃいないんだ。おれに言わせれば、あの女はいつだって——」

「おまえがリリィをどう思っているかなんて、聞きたくない」

「あの女は、自分のクソは臭《にお》わないと思ってるんだ」

「聞きたくないと言ったはずだ。わかったか？」

ウェスは、降参のしるしに両手をあげて見せた。「わかったよ。しかし、リリィはおれをよく思ってはいなかった」

「ああ、ろくでなしだと思っていたようだ」

「リリィ・マーティン・バートンさんは、おれのことをだらしのない遊び人だと思っていた」ウェスは歪《ゆが》んだ笑みを浮かべながら、ダッチの肩を叩《たた》いた。「おまえは、今度のことを重くとらえすぎている。女房を失っただけのことじゃないか。男としての能力をなくしたわけじゃない。まわりを見てみろよ」彼はあたりを示して、そう言った。「女なら、そこらじゅうにいる」

「女ならいたよ」ダッチはつぶやいた。

ウェスは首を傾《かし》げた。「なるほど？　ずっといたのか？　それとも最近か？」

両方だ——ダッチは心の中で答えた。初めて浮気をしたとき、彼はそれを正当化する言い訳をいくつもならべたてた。仕事で常にプレッシャーにさらされていて、こうでもしなければどうにかなりそうだったんだ。きみが自分のキャリアを築くことで頭がいっぱいになっているから、こんなことになったんだ。ふたりのセックスがマンネリ化して退屈すぎるせいだ。それに、あれも、これもいけないんだ。

リリィは彼の言い訳を、射撃場の的を打ち落とすように、次々と否定した。ダッチは自分の弱さを認め、二度と浮気はしないと誓った。

でも初めての浮気の次には、二度目の浮気をした。そして、三度目……。じきにダッチは、まずい言い訳さえできなくなった。今、彼は気がついた。結婚の終わりの始まりは、最後の浮気ではない。最初の浮気だったのだ。リリィが、裏切りを赦《ゆる》せるような女性ではないということに、もっと早く気づくべきだった。

ウェスは、彼を見つめながら答を待った。「エイミーのことがあったあと、おれはしばらくひどい状態だった。なんでもいいから、とにかく安らぎがほしくて、イエスと言う女と手当たりしだい寝たんだ。ああ、イエスと言う女は、いくらでもいた。しかし、リリィの代わりになる女なんて、いやしない」

「バカなことを言うな。もっと時間をかければ、必ず見つかる。今、定期的に寝ている女はいるのか？」

「わかった、わかったよ。何も訊くな、何も言うな……か。しかし、今のおまえを見て、振り向く女がいると思うか？　言わせてもらうが、今のおまえはクソみたいだ」

「ああ、たしかにそんな気分だ」

「そのとおり、気持ちが表に出ているんだよ。顔にも歩き方にもね。ケツが垂れさがってるぜ。しつこいヘルペスなみの陰気さだ。そんなふうじゃ、今のおまえに必要な女は寄ってこない」

「今のおれに必要な女？」

「リリィと正反対の女だよ。茶色い目をしたブルネットには近づくな」

「茶色じゃない。彼女の目は、茶色い斑点《はんてん》がある緑色だ」

　ウェスは顔をしかめ、そんな細かいことにこだわる彼を嘲笑《あざわら》った。「偽《にせ》ブロンドの女と付き合えよ。背の低い女がいい。高いのはだめだ。おまえがすがれるくらいの、でかい胸と尻《しり》をした女をさがせ。賢すぎない女……そう、自分の意見を持たない女だ。ただし、おまえの一物について考えを持つのはけっこうだ。ああ、おまえの一物を魔法の杖《つえ》だと思うような女がいい」ウェスは、自分がならべたてた完璧《かんぺき》な女性像が気に入ったらしく、満面に笑みを浮かべた。

「ウェス――」

「いいか——」彼は言った。「あとで、うちに来いよ。おまえのこれからについて考えながら、ジャックを空けよう。きわどいビデオを一、二本用意しておく。それで気分が晴れなかったら、人間じゃない。どうだ？」

「忘れたのか？　おれは酒を飲まないことになっているんだ」

「嵐《あらし》の間は例外だ」

「誰が決めた？」

「おれが決めた」

ウェスの誘いは、それがたとえ軽いものでも、ほとんど断れない。しかも今回の誘いは、本気のようだった。ダッチはブロンコのギアをリバースに入れた。「今夜は手一杯だ」

「とにかく、来いよ」ウェスは、車を出したダッチに指を振り立てて言った。「待っている」

ダッチは車の列に戻ると、本通りから一ブロックはずれたところにある、煉瓦《れんが》づくりの平屋の警察署に向かった。

アトランタ警察を追いだされる前、ダッチは週に二回、警察の精神科医のもとに通わされていた。そのセッションの最中に、「あなたは偏執病スレスレの状態にある。

被害妄想ですよ」と医者に言われたことがあった。でも、こんな古いジョークがあったっけ？　みんなに嫌われているような気がするのは、被害妄想のせいばかりじゃないかもしれないぜってね。

今日は、世界じゅうの人間に難癖をつけられているような気がする――ダッチは、そんなふうに思いはじめていた。

署内に入って待合室に座っているガン夫妻を見たとき、その思いは確実になった。背中に標的が描かれているにちがいない。リリィに、ミリセント・ガンの両親に、クリアリィの住人……それに天気さえも共謀して、今日という日をおれの人生最悪の日にしようとしている。

いや、人生最悪の日なら他にもあった。

何事もなければほっそりしていて活動的なガン夫人は、一週間前に娘が姿を消して以来眠っても食べてもいないように見えた。キルトふうのコートの襟から小さな頭が突きだしている様は、甲羅から首を出しているカメのようだった。ダッチの姿を見つけた彼女は、絶望の色もあらわに彼を見た。

ダッチにも、その気持ちがわからないわけではなかった。彼女の身になって考えることだってできる。ただ今夜は――自分自身が絶望と闘っている今は――絶望に暮れるガン夫人の相手をしたい気分にはなれなかった。

丸々と太っているガン氏は、赤と黒のチェックのウール・コートのせいで、よけいに太って見えた。まるで木材伐《き》りだし人だ――ダッチは思った。実際、ガン氏は木材と無縁ではなかった。何十年も大工をしている。その労働のせいでゴツゴツになり、寒さのせいであかぎれができた彼の手は、砂糖で保存処理したハムのようだった。

彼は、傷跡のある指の間で茶色いフェルト帽を弄《もてあそ》びながら、ぼんやりとそのしみだらけの帽子を見つめていた。肘《ひじ》をつつかれて目をあげた彼は、夫人の虚《うつ》ろな眼差《まなざ》しを追ってダッチに視線を向けた。

彼は立ちあがった。「ダッチ」

「アーニィ、それに奥さん」ダッチは、ふたりに交互にうなずいた。「天気は、どんどん悪くなっている。家にいたほうがいい」

「何かニュースはないかと思って、来てみたんだ」

なぜふたりがここで自分を待っていたのか、ダッチにはわかっていた。今日、夫妻から何度も署に電話が入っていたのに、そのメッセージに応《こた》えていなかったのだ。夫妻が署に来ていることを部下の誰かがしらせてくれればよかったのにと、ダッチは思った。そうすれば、ふたりがあきらめて家に帰るまで署に戻らずにいられたはずだ。

でも、ダッチは戻ってきてしまった。そして夫妻はそこにいた。話をするしかない。

「こちらに。わたしの部屋で話そう。誰もコーヒーをすすめなかったのか？　ここのコーヒーは、コールタールなみに濃いが、たいていは熱い」

「けっこうだ」アーニィ・ガンが、ふたりを代表して答えた。

署長室のデスクに向き合って座ると、ダッチは遺憾の意をこめて顔をしかめた。

「残念ながら、改めてしらせるようなニュースは何もない。今日の捜査は、打ち切りにせざるを得なかった。こんな状況だからね」彼は、そう言いながら窓の外を示した。

「嵐が来る前に、ミリセントの車を郡の保管所に移した。証拠となるようなものは、すべて集めるつもりだ。しかし、争ったような跡は見られない」

「争ったような跡というのは？」

ダッチは椅子《いす》の上で身をよじり、ガン氏の問いに答える前に、チラッと夫人に目をやった。「折れた爪《つめ》や、束になって落ちている毛髪や、血痕《けっこん》」

ガン夫人の頭が、細い首の上で揺れた。

「これは、いいニュースだ」ダッチは言った。「部下とわたしとで、最後に仕事に出た夜のミリセントの行動を追っている。店の中で、そして外で、彼女を見かけたという者全員に話を聞くつもりだ。しかし、今日の午後は聞きこみも中止せざるを得なかった。この嵐のせいでね。ワイズ特別捜査官からも、特に何も聞いていない」ダッチは、夫妻に訊かれる前に先まわりして言った。「ワイズ特別捜査官は、数日前にシャーロットに呼び戻されたんだ。ああ、別の事件の捜査にくわわらなければならなくてね。しかし、町を離れる前、ミリセントの失踪《しっそう》については調べつづけると言っていた。FBIのコンピュータを使って、何か調べたいことがあるとも言っていた」

「捜査官はなんと？」

ダッチは、ワイズ捜査官——というより、FBIのクソ野郎ども全員——が、簡単には情報を流さないという事実を夫妻に認めたくなかった。FBIは、下位にある無能でやる気のない警官——たとえば、ダッチ・バートンのような警官——には、特に情報を与えたがらない。

「あなた方は、ワイズ捜査官にミリセントの日記を見せた」ダッチは言った。

「そのとおりだ」ガン氏は妻のほうを向いて、励ますようにその手をにぎった。「ワイズ捜査官が、そこからあの子の行方につながる何かを見つけだしてくれるかもしれない」

ダッチは、その言葉に飛びついた。「大いにあり得ることだ。ミリセントは、自分の意思で姿を消したのかもしれない」彼は手をあげて、異議をとなえようとした夫妻を制した。「捜索願が出されたときに、まずわたしはその可能性についてあなた方に尋ねた。そして、それはあり得ないと言われた。しかし、最後まで聞いてほしい」

ダッチは、それ以上ないほどの真剣な警官の眼差しで夫妻を見た。「ミリセントには、しばらく姿を消す必要があったという可能性も、充分にある。姿を消している他の女性たちのケースとは、無関係かもしれない」そんな可能性がほとんどないことはダッチにもわかっていたけれど、そう話せば夫妻も希望を持つことができる。

「でも、あの子の車は——」そう言ったガン夫人の声は、ダッチがようやく聞きとれるくらい弱々しかった。「お店の裏の駐車場に停めてあったんです。車を置いて、どこかに行くなんてあり得ますか？」

「友達が送っていったのかもしれない」ダッチは応えた。「ミリセントが姿を消したことで町じゅうがパニックにおちいってしまったのを見て、その友達は名乗りでて白状するのが怖くなってしまった。そう、町じゅうをふるえあがらせてしまったことで、ミリセント共々面倒に巻きこまれることを恐れているのかもしれない」

ガン氏は、疑わしげに眉をひそめた。「ミリセントについては、十代の子供を持つ他の親同様、われわれも問題を抱えていた。しかし、あの子はそんなバカな真似をして親を困らせるような娘ではない」

ガン夫人は言った。「あの子には、わたしたちがどんなにあの子を愛しているか、わかっていたはずです。とつぜん姿を消したりしたら、わたしたちがどんなに心配するか、わかっていたはずです」語尾がふるえ、夫人は嗚咽《おえつ》を抑えるべく涙で湿ったティシューを口元に押しあてた。

その苦悩は、見ていて痛々しかった。ダッチはデスクの上に敷いたフェルトに目を向け、彼女が落ち着くまで待った。「奥さん、たしかにお嬢さんは、心の底ではどんなに愛されているかわかっていたんだと思います」彼は、やさしく言った。「しかし、去年、病院に入れられたことについては、あまり喜んでいなかったようだ。あなた方は、いやがるお嬢さんを無理やり入院させてしまったんじゃないんですか？」

「あの子が、すすんで入院するはずがない」ガン氏は言った。「ああするしかなかったんだ。さもなければ、あの子は死んでいた」

「よくわかる」ダッチは応えた。「おそらく、ある程度は、ミリセントも理解しているにちがいない。しかし、そのことであなた方を恨んでいた可能性もないではない」

ミリセントは、摂食障害との診断を受けていた。大量に食べては、吐いてしまう。ガン夫妻の名誉のために言うなら、ミリセントの症状が生命を危険にさらすところまで来たとき、夫妻は持っているものすべてを抵当に入れて借金をし、治療とカウンセリングを受けさせるために、娘をローリーにある病院に入れたのだ。

三カ月後、ミリセントは快復を告げられて家に帰された。でも、それから間もなく、また彼女が大食いをしては吐いているという噂《うわさ》が町にひろがった。少しでも太れば、ハイスクールのチアリーディング・チームにいられなくなる。六年生のときからチアリーダーを務めてきた彼女は、最高学年になってチームを離れるような事態になることを恐れていたのだ。

「あの子は、よく頑張った」ガン氏は言った。「日ごとによくなっていたんだ。どんどん健康的になっていた」彼はダッチに険しい目を向けた。「ほんとうはあんただって、家出ではないとわかっているはずだ。あの子は誘拐されたんだ。ブルーのリボンが車のハンドルに結びつけてあったのだから、まちがいない」

「それについては口にしない約束になっている」ダッチは、彼にそのことを思い出させた。どの女性が消えた現場にも、ブルーのリボンが残されていた。でも、その事実はマスコミには伏せられていた。そして、そのリボンゆえに正体不明の誘拐魔は、関係者の間でブルーと呼ばれているのだ。

ダッチは、ベルトに留めつけてあった携帯がふるえるのを感じたけれど、出ないことにした。今ここで、深刻な問題が起きている。ブルーのリボンの話が漏れたとなれば、ＦＢＩの連中はダッチ率いる警察署の誰かが口をすべらせたと考えるにちがいない。実際、そのとおりかもしれない。いや、そのとおりにちがいない。それでも、ダッチはその事実を隠すためなら——そして、非難を避けるためなら——どんなことでもするつもりだった。

「ダッチ、そのことならほとんど全員が知っている」ガン氏は言った。「そういった秘密を隠しとおすことはできない。特に、そのバカ者が五回もリボンを残していったあとではね」

「全員が知っていたというなら、ミリセントも知っていたということだ。わざとリボンを残して、われわれに——」

「くだらないことを言わないでほしい」アーニィ・ガンは、怒りもあらわに言い返した。「あの子は、そんなことをしてわれわれを脅《おび》えさせるほど残酷な娘ではない。いいか、署長。ミリセントはブルーに誘拐されたんだ。あんただって、わかっているはずだ。さっさと重い腰をあげて、あの子を見つけだしてくれ。早くしないと、あの子は……」声がひび割れ、目に涙が浮かんできた。

ガン夫人は、またも嗚咽をこらえた。でも、次に口を開いたのは彼女だった。その表情は、苦々しげなものに変わっていた。「あなたは、アトランタの警察からここに移っていらっしゃった。だからわたしたちは、あなたが犯人を捕まえてくださるにちがいないと――うちのミリセントや、他のお嬢さんたちが誘拐されることはもうないと――思ったんですよ」

「わたしは殺人課で働いていたんです。行方不明者の捜査をしていたわけではありません」ダッチはきっぱりと言った。

ダッチは、ガン夫妻のような人たちをほんとうに気の毒だと思っていたし、行方不明になった女性たちをさがすために、できるかぎり手をつくしていた。それでも、まだ足りないというのだ。夫妻は、大都市の警察からやって来たダッチが奇跡を起こすことを期待していた。

その瞬間、なぜこんな仕事に就いてしまったのだろうかと、ダッチは思った。ウェス・ヘイマーが会長を務める市参事会から話があったとき、連続誘拐魔が捕まったあとになら署長になってもいいと返事をするべきだった。

でも、ダッチは職に就く必要があった。そして、何よりもアトランタから離れる必要があった。彼はアトランタの地で、私的にはリリィのせいで、公的には警察のせいで、面目を失っていた。離婚が決定的になったその月に、警察もクビになったのだ。両者は、あきらかに無関係ではなかった。

ウェスが仕事の話を持ってアトランタにやって来たのは、ダッチが最悪の状態にあったときだった。「おまえの故郷は、経験を積んだ悪徳警官をぜひとも必要としている」ウェスはそう言って、ダッチのわずかに残っていた自尊心をくすぐった。

それはウェスが得意とする、彼独特の励ましの言葉だった。ハーフタイムにロッカー・ルームで、チームを活気づけるために叩《たた》く軽口と同じだ。そうとわかっていても、そんなふうに言われてダッチはうれしかった。そして、どういうことになるかをきちんと把握する前に、ウェスと話し合い成立の握手をかわしていた。

ダッチは、町の人たちに知られていたし、尊敬もされていた。そして彼も、町じゅうの人を知っていたし、そのあたりのことなら自分の庭のようにわかっていた。クリアリィに戻った彼は、履きなれた古い靴に足を入れたような心地よさをおぼえていた。でも、ひどくまずいこともあった。なんといっても、犯罪捜査については——駐車違反を取り締まる以外——何も知らない前任者が残していった面倒の直中《ただなか》に足を踏みいれたのだ。

ダッチは署長就任第一日目に、四人の行方不明者の捜査を任されることになった。そして今、彼は五人の女性の行方不明事件を抱えている。かぎられた予算に、最小限の訓練しか受けていない経験不足の部下に、人をバカにしているとしか思えないＦＢ

Iの介入。ＦＢＩが乗りだしてきたのは、これが誘拐事件と見なされているからだ。誘拐事件となれば、とうぜんＦＢＩが登場する。

ひとり目の女の子が、人気のハイキング・コースから姿を消して二年半経《た》つというのに、まだ容疑者さえ浮かんでいない。それはダッチのせいではなかったけれど、彼の仕事であることはまちがいない。そして、事はまずい方向に進んでいた。

今のダッチは、人の――たとえそれが地獄の日々を送っている人であっても――非難を受け流せる気分にはなかった。「話を聞くことになっているミリセントの知り合いは、まだ何人もいる」彼は言った。「嵐《あらし》が去ったら、すぐに署をあげて捜索にあたると約束する」ダッチは話が終わったことを示すべく、立ちあがった。「誰かにパトカーで送らせようか？　通りは足場が悪くなっている」

「けっこうだ」ガン氏は凛《りん》とした威厳ある態度で妻が立ちあがるのを助け、彼女を庇《かば》うようにして正面玄関に向かった。

「つらいのはよくわかる。しかし、希望を捨てないことがたいせつだ」夫妻のあとについて短い廊下を歩きながら、ダッチは言った。

ガン氏はかろうじてうなずくと、帽子を被《かぶ》り、妻をともなって吹きすさぶ風の中へと出ていった。

「署長、電話が——」

「少し待ってくれ」ダッチは片手をあげて、交換台の前に座っている警官を遮った。ボードの上のライトというライトが、赤く瞬《またた》いている。彼はベルトにとめつけてある携帯電話を取りだし、さっきかかってきた電話をチェックした。

リリィだった。彼女は、メッセージを残していた。彼は、狂ったようにキーを操作し、留守電を聞いた。

「ダッチ、聞こ……えてる？　山をおりる途中で……事故……ベン・ティアニー……怪我《けが》をしてるの。それで……コテージに……。手当を……必要が……るわ。できれば……助け……来て。できるだけ……早く」

6

リリィは、携帯電話が途中で切れてしまうことを考えて、用件だけを短く留守電に残した。案の定、彼女が話しおえると同時に、電話はまたもつうじなくなってしまった。

「どこまで伝わったかわからないわ」彼女はティアニーに言った。「でも、聞こえない部分を想像してつなぎ合わせられるくらいには、つうじたかもしれない」そう言いながらリリィが頭から取り去ったスタジアム・ブランケットが、肩のまわりに落ちた。ブランケットは濡《ぬ》れていて、とけていない氷がまだついていた。リリィは寒くて、濡れていて、不快だった。

だからといって、もちろん文句は言えない。ティアニーが感じているはずの不快感に比べたら、ずっとましなはずだ。彼はまっすぐに座っていたけれど、いつ倒れても不思議ではないほど身体《からだ》が揺れていた。新たに流れでた血が、黒い防寒帽にしみこんでいる。眉《まゆ》も睫《まつげ》も霜で白くなっているせいで、その顔は不気味に見えた。

リリィは、彼の目元を示した。「眉も睫も――」

「霜だらけ？　きみもだよ。すぐにとけるさ」

リリィは、目と鼻の穴についた霜を拭《ぬぐ》い落とした。「こんな嵐に身をさらしたことなんてなかったわ。一度もね。傘を持っていないときに雨に降られたっていうのが、せいぜいだわ」

リリィは立ちあがり、部屋を横切って壁の自動温度調節器《サーモスタット》の前に進んだ。目盛りを合わせると、天井の吹きだし口から風が吹きだすうれしい音が聞こえてきた。「すぐに暖かくなるわ」ソファに戻りながら、彼女は言った。「爪先《つまさき》も指も感覚がなくなってる」

ティアニーは中指の先をくわえて手袋をはずすと、自分の座っているほうのソファを彼女に示した。「ここに座って、ブーツを脱ぐんだ」

リリィは彼のとなりに腰をおろし、手袋をはずすとブーツを脱ぎはじめた。「この靴じゃ、足を濡らさずにはすまないって、あなたにはわかってたのね」

「対策は考えておいたほうが安全だ」

ソックスは濡れていたし、スラックスも膝《ひざ》から下はビショビショだった。彼女が着ていたのは、ファッションを考えて選んだ服であって、暴風雨から身を護《まも》るためのものではなかった。

ティアニーは、自分の腿《もも》を叩いて見せた。「ここに足を載せてごらん」

リリィはためらいながらも、彼の腿に足を載せた。ティアニーは彼女のソックスを脱がせた。リリィの足は、感覚を失っていた。真っ白で血の気も感じられない。ティアニーは、その足を両手でギュッとはさんで、勢いよくこすりはじめた。

「痛いかもしれない」彼は言った。

「痛いわ」

「血が通いだした証拠だ」

「嵐の中で生き延びる方法について、書いたことがあるの?」

「あるにはあるが、体験にもとづいて書いたわけではない。あんなものは自己満足でしかないし、役にも立たない。それが、今わかったよ。少しはよくなったかい?」

「足の先がチクチクするわ」

「それはよかった。血が戻ってきたんだ。ほら、ピンク色になってきた。そっちの足を貸してごらん」

「あなたの足は?」

「まだだいじょうぶだ。ぼくのブーツには防水加工が施してあるからね」

リリィは足を替えた。ティアニーは彼女のソックスを脱がせ、両手でその足を包むと、感覚が戻るようにマッサージを始めた。でも、さっきほど勢いよくこすりはしなかった。一本一本の指を軽くつまみ、まず指の付け根に向かって、それから踵《かかと》に向かって、土踏まずに沿って親指の腹をすべらせていく。

リリィは、彼の手をじっと見つめた。彼も自分の手を見つめていた。どちらもしゃべらなかった。

最後に彼は掌《てのひら》でリリィの足を温かく包みこむと、顔をあげて彼女のほうを見た。あまりの近さに、とけた霜のせいで濡れている睫の一本一本が見えるほどだった。「少しはましになったかな？」彼は訊《き》いた。

「ずっとよくなったわ。ありがとう」

「どういたしまして」

ティアニーは手を動かそうともせずに、彼女が自分で足をおろすに任せた。床に足をおろしたリリィは、コートのポケットから乾いたソックスを取りだした。そうすることで、気まずい思いをせずに彼から離れられると思ったのだ。

横目で見ると、彼はかがみこんでハイキングブーツの紐《ひも》をほどいていた。でも、紐がほどけても彼は身を起こさなかった。膝に肘《ひじ》をついて、手の中に顔をうずめている。

「また吐き気？」彼女は訊いた。

「いや、吐き気はしない。ちょっと目眩《めまい》がするだけだ。すぐに治る」

「脳震盪《のうしんとう》を起こしてるのかもしれないわ」

「まちがいないね」

「ごめんなさい」

そのすまなそうな声を聞いて、彼は顔をあげた。「どうしてきみが謝るんだ？　ぼくが現れなければ、きみは車をぶつけたりはしなかった」

「ボンネットより先は見えなかったのよ。とつぜん、あなたの姿が——それも車の真ん前に——見えたものだから」

「ぼくも悪いんだ。カーブを曲がってくる車のヘッドライトを見てね。町まで乗せていってもらえる最後のチャンスを逃したくなかったものだから、全速力で走りだしたんだ。あの急勾配《きゅうこうばい》で、はずみがつきすぎた。気がついたら道端ではなく、道の真ん中に立っていた」

「思い切りブレーキを踏むなんて、バカなことをしたわ」

「反射というやつだ」彼はそう応《こた》えながら、反省会はもうおしまいにしようとでも言いたげに肩をすくめて見せた。「とにかく、自分を責めるのはやめることだ。ぼくが、きみの車の前に飛びだしたのも何かのめぐり合わせかもしれない」

「たぶん、あなたはわたしの命を救ってくれたのよ。ひとりだったら、車の中にいて朝までに凍え死んでたわ」

「だったら、ぼくが現れてラッキーだったわけだ」

「それにしても、車もなしに山の上で何をしてたの？」

彼は身をかがめて、右足のブーツを脱ぎはじめた。「ハイキング」

「こんな日に？」

「山頂を歩いていたんだ」

「嵐が来るっていうのに？」

「冬の間、山はちがった魅力を見せてくれる」彼は左足のブーツを脱ぐと横に放りだし、足先をもみはじめた。「町に戻ろうとしたら、車が動かなかった。バッテリーがあがってしまったんだと思う。それで、歩くなら、道沿いにジグザグに山をおりるより、林を横切って近道をしたほうがいいと思ったんだ」

「暗闇《くらやみ》の中を？」

「あとで思えば、賢い選択ではなかったことがわかる。しかし、嵐が急に速度をあげてやって来るようなことがなければ、なんとかなると思っていた」

「わたしも計算ちがいをしたの。愚かにも、眠ってしまったのよ。それで……」リリィは言葉を切った。彼が目眩をこらえようとでもいうように、しきりに瞬《まばた》きをしていることに気づいたのだ。「意識を失いそうなの？」

「ちょっとね。ひどい目眩がするんだ」

リリィは立ちあがって、彼の肩に両手をあてた。「横になって」

「もし意識を失ったら、起こしてくれ。脳震盪を起こしている状態で眠ってしまうのはまずい」

「約束する。だから横になって」

それでも彼はためらっていた。「きみのソファが血で汚れてしまう」

「そんなことどうだっていいわ、ティアニー。それに、これはもうわたしのソファじゃないの」

ティアニーは態度をやわらげ、彼女にうながされるまま身を倒し、頭をクッションに載せた。

「どう？」

「楽になった、ありがとう」

自分のソファに戻ったリリィは、肩かけにくるまった。コートを着ていても、寒かったのだ。

ティアニーは目を閉じたまま言った。「もうきみのソファではない？　ここが売りに出ていることは聞いていた。売れたのかい？」

「きのう、手続きが終わったの」

「買い手は？　町の人？」

「いいえ、フロリダ州のジャクソンヴィルに住んでいるご夫婦よ。もう引退されていて、夏をここで過ごしたいんですって」

彼は目を開いて、リビング・ルームを見まわした。コテージには、現代的な設備が整っていたけれど、その建物もインテリアも、山という背景にふさわしく田舎ふうに設《しつら》えてある。そこにある大きくていかにも家庭的な家具は、見た目よりも使い心地のよさを重視してつくられたものだった。

「その夫婦は、すばらしいセカンドハウスを手に入れたわけだ」

「ほんとうね」リリィは部屋を見まわし、その頑丈さを目でたしかめた。「わたしたち、ここにいればだいじょうぶよね？　嵐が過ぎるまで……」

「水はどこから引いている？」

「ここと町の中間あたりにある給水所から」

「パイプがまだ凍っていないといいんだが」

リリィは立ちあがり、リビング・ルームとキッチンを隔てているカウンターの向こうにまわった。「水は、まだ出てる」蛇口から水が流れだすのを見て、彼女は言った。

「水をためておくものは、何かあるかい？」

「キッチン用品もこみでコテージを売ったの」

「ありったけの鍋《なべ》やポットに水をためよう。パイプが凍る前に、飲み水をできるだけ確保する必要がある。食料品があったのは、ラッキーだった。飢えずにすむからね」

リリィは、感謝祭に一度使ったロースト用の鍋を水が流れている蛇口の下に置くと、リビング・ルームに戻り、暖炉を示して言った。「薪《まき》はポーチに積んであるわ」

「ああ。しかし、ここに着いたときに見たかぎりでは、ほとんどが湿っていたし、割ってもいない」

「すごい観察眼ね」

「一瞬のうちに細かいことまでチェックする癖があってね」

「気づいてたわ」

「いつ気づいた？」

「いつ気づいた？」リリィは、彼の言葉を繰り返した。

「いつ、ぼくの癖に気づいた？　今夜かい？　それとも去年の夏のあの日？」

「両方だと思う。少なくとも、無意識のレベルでは気づいてた」今夜、そして去年の六月、彼の抜けるようなブルーの瞳《ひとみ》は、わたしの何をチェックしたのだろうと、リリィは思った。

「なぜ彼に電話をした？」

その不躾《ぶしつけ》な質問は、あまりに唐突に思えた。でも、そうではなかった。リリィは、携帯電話に目をやった。かかってきたらすぐに出られるように、コーヒー・テーブルの上に置いておいたのだ。

彼女に答える間を与えずに、ティアニーは言った。「離婚したと聞いた」

「ええ、離婚したわ」

「だったら、なぜ今夜、彼に電話をした？」

「ダッチは、クリアリィ警察の署長なのよ」

「それも聞いている」

「彼は、嵐《あらし》のせいで起きる緊急事態に対処する立場にある。もし可能なら、わたしたちを助けだすための救援部隊を集める権限だって持ってるわ」

ティアニーはそれについてしばらく考え、それから戸口のほうに目をやった。「今夜は誰も山をのぼってこない。わかるだろう？」

リリィはうなずいた。「今夜は、ふたりで過ごすことになるわね」不意に気まずくなった彼女は、コートのポケットに両手を深く突っこんだ。「救急セット」彼女は叫んだ。「もう少しで忘れてしまうところだったわ」

彼女は、ポケットからセットを取りだした。蓋《ふた》に赤い十字が描かれた、プラスティック製の小さな白い箱で、用心深いママが、遠足に出かける前にトートバッグに入れるようなものだった。彼女は蓋を開けて、中身をチェックした。

「残念ながら、たいしたものは入ってないわ。でも、少なくともこの殺菌パッドで頭の傷口を消毒できる」リリィは、探るように彼を見た。「自分で帽子を脱ぐ？　それとも、わたしに任せる？　どっちにしても、ティアニーさん、痛い思いをすることはたしかね」

「リリィ？」

「何？」

「なぜ、急にぼくはティアニーさんになったんだ？」

リリィは気まずそうに肩をすくめた。「わからないけど、なんだかそのほうがいいような気がしたのよ。こんな状況ですもの」

「ふたりきりでこんなところに閉じこめられて、生き残るためには互いを頼らざるを得ない。しかも、それがいつまでつづくかわからない。こんな状況というのは、そういう状況のことか？」

「ちょっと気まずいわ」

「どうして？」

リリィは、彼の鈍さに眉《まゆ》をひそめた。「だって、あの川での一日をのぞけば、わたしたちは何も知らない他人同士なのよ」

立ちあがったティアニーは、見てわかるほどふらついていた。でも、ゆっくりとリリィに近づく彼の足取りは揺らいではいなかった。「ふたりが他人同士だと言うなら、きみはふたりが出逢《であ》ったあの日のことを、ぼくとはちがったふうにおぼえていることになる」

リリィは、一歩あとずさってかぶりを振った。光り輝く日の思い出を振り払おうとしたのか、彼から逃れようとしたのか、彼女自身にもわからなかった。「ねえ、ティアニー――」

「ありがたい。またティアニーに戻れたようだ」そう言って輝くばかりの魅力的な笑みを浮かべた彼を見て、リリィはあの日の心を騒がせるような出来事を事細かに思い出した。

「ティアニー?」ケント・ベグレイ支局担当特別捜査官は、繰り返した。

「そうです、サー。ティ・ア・ニーです。ファーストネームはベン」チャーリー・ワイズ特別捜査官は答えた。

チャーリー・ワイズは、FBIシャーロット支局の人間全員からホートというニックネームで呼ばれている。誰かが——それが誰だったかをおぼえている者はひとりもいないけれど——ワイズという彼の名字と賢《ワイズ》いフクロウを結びつけ、その鳴き声を彼のニックネームにしたのだ。このニックネームは、別の意味でも彼にピッタリだった。鼈甲《べっこう》の大きな丸い眼鏡をかけているせいで、見た目もフクロウにそっくりなのだ。

ベグレイは、そのレンズの向こうの瞬きひとつしないワイズの目を、まっすぐに見つめていた。部下たちが——もちろん陰で——クルミも割れると言っているほどの鋭い眼差《まなざ》しだ。

神を心から信じているベグレイは、黒い革の表紙に自分の名前が金色で刻まれている、大きな聖書を常に手元に置いている。そのくたびれた感じを見れば、たびたび読んでいることがよくわかる。彼は、しばしば聖書の言葉を引用した。

その人間が汚い言葉やきわどい言葉を使うかどうかを、ベグレイは人の道徳観を測る際のひとつの基準にしている。彼は、そういう言葉に対して寛容ではなかったし、男女を問わず自分の下で働く者たちには、汚い言葉やきわどい言葉を使うことを許さなかった。彼自身がそんな言葉を使うのは、要点を理解させるためにどうしても必要なときだけ。ただし、そういうときは十秒に一度訪れる。

自信に満ちた有能で冷静な捜査官であるワイズは、ベグレイのクルミも割れる眼差いしにさらされても、さほど怖《お》じけたりはしなかった。彼の射撃の腕前を知る者はいなかったけれど、コンピュータからすばやく情報を引きだす才能については誰もが知っていた。調査能力という点では、ワイズの右に出る者はいない。彼が必要なデータをさがしだせなかったら、そのデータは存在しないということだ。

ワイズは、ボスの鋭い眼差しを平然と受け止めた。「この数日、ベン・ティアニーについて調べていたんです。それで、興味深い事実が出てきました」

「聞かせてもらおう」

ベグレイは、ワイズに鋭い目を向けたまま、デスクの前の椅子《いす》を示した。その目は、「時間の無駄になるような話なら、しないほうが身のためだ」と言っていた。ワイズは、腰をおろすより先に話しだした。

「二年ちょっと前から、ベン・ティアニーは数カ月に一度の割合で、このあたり――特にクリアリィ――に、やって来ています。二、三週間、ときには一カ月ほど滞在して、帰っていく」

「週末をクリアリィで過ごす人間は大勢いる。バケーションにやって来るんだ」ベグレイは言った。

「それは承知しています」

「だったら、何が気になるんだ？　彼のクリアリィ滞在の時期と、行方不明事件が起きるときが重なっているのか？」

「はい、サー、そのとおりなんです。彼は、町の中心部から三キロほどのところにあるロッジを利用しています。簡単なキッチンと、滝やプライベート・レイクをのぞむテラスがついた、プライベート・ロッジです」

ベグレイはうなずいた。それがどんな場所かは、よくわかった。そのあたりには、そんなロッジが何百とある。山の小さなコミュニティでは、観光が主な収入源になっているのだ。釣りに、ハイキングに、キャンプに、カヤック——そうしたアウトドア・アクティビティが大きな呼び物だ。

「ロッジのオーナーの話では、ティアニー氏は毎回、いちばん大きな——八番の——コテージに滞在するということです。ベッド・ルームがふた部屋に、暖炉つきのリビングがあるらしい。そして、ここが重要だと思うのですが、彼は自分で掃除をする。どんなに長く滞在しようと、週に二回、自らフロントに出向いて新しい寝具を受け取り、日々の家事サービスを断っている」

「そんなものはなんの証拠にもならないぞ、ホート」

「しかし、妙です」

ベグレイはデスクを離れ、ワイズがミーティングのために前もって用意した、コルクボードが立てかけてあるイーゼルの前に進んだ。ボードには、クリアリィ付近で行方不明になっている五人の女性の写真が情報を添えてとめつけてある。生年月日、運転免許証の番号と社会保障番号、姿を消した日付、身体的特徴、家族や親しい友人の名前、どんなことに関心を持っていたか、趣味は何か、どんな宗教を信仰していたか、学歴、銀行口座にそれ以外の資金源――預金などは、いずれも引きだされていなかった――最後に目撃された場所。とにかくそこには、その女性や彼女を誘拐した正体不明の犯人――ブルーと呼ばれている人物――を見つけだすのに役に立ちそうな、ありとあらゆる情報が書きこまれていた。

「そのティアニーという男は、性犯罪を繰り返す人間の特徴と合致するのか?」

五人の女性の行方不明事件に性犯罪者が関わっているという証拠はなかったけれど、おそらく彼女たちはその目的で誘拐されたのだ。「はい、サー。ティアニーは白人です。そして、多かれ少なかれ、ひとりでいることを好んでいます。結婚は一度しているが短期間のことで、今は家族はいません」

「別れた女房は?」

「再婚しています」

「結婚と離婚については、どうしてわかった?」

「その方面について、パーキンスに調べさせているんです。今も探っている最中です」

「つづけてくれ」

「歳《とし》は四十一。合衆国のパスポートと、ヴァージニア州の運転免許証を所有。身長は、一八七センチ。体重八四キロ——少なくとも、二年前に免許証の書き換えをしたときには、この体重でした。髪は茶色。目はブルー。髭《ひげ》、タトゥーはなし。目につく場所には、傷もありません。ロッジのオーナーによれば、礼儀正しい男で、これといった要求をするわけでもなく、掃除を断っているにもかかわらずメイドにチップをはずんでいるようです。クレジットカードは、大手のものを一枚持っています。何を買うにもこのカードを使用し、毎月その総額を支払っています。返済の滞っている借金はありません。国税庁との間にもトラブルはなし。車は、新型のジープチェロキー。登録もしてあるし、保険にも入っています」

「とびきり善良な市民のようだ」

そうは言っても、ベグレイは知っていた。まともな姿や態度の下に、犯罪者や精神を病んだ者や社会的に問題がある者が隠れている可能性もあるのだ。長いキャリアの中で、彼はとんでもなく歪《ゆが》んだ人間たちを目《ま》のあたりにしてきた。

その中には、偶然を怪しまれることもなく、六回も未亡人になった女性もいた。殺害の方法は、いずれも独特の創意に富んだやり方で、なぜ夫を殺したのかという問いに、「葬式の準備をするのが大好きだからと、彼女は答えた。ヤマウズラのようにポッチャリとしていて、桃のようにかわいらしい彼女は、まわりからは、ハエも殺せない女だと思われていた。

毎年クリスマスに、近所のモールでサンタクロース役を務めていた男の例もある。彼は陽気で親切で、みんなから愛されていた。子供たちを膝《ひざ》に載せて、クリスマスには何がほしいかと訊《き》き、キャンディの缶をくばって、悪い子になってはいけないと諭し……。ところがそのあと彼は、「子供のひとりを選んで性的暴行をくわえ、死体を切断していくつかのクリスマスの靴下に入れ、それを炉棚に吊《つる》していたのだ。ホー、ホー、ホー。

ベグレイは、もう何が起きても驚かない。特に、女性を誘拐した男が、礼儀正しくて、気前よくチップをはずみ、支払いの期限を守っているくらいでは驚かない。

「友人は？」ベグレイは訊いた。「その男が借りているコテージに誰かが訪ねてくるということは？」

「ないようです。『あの人は、いつだってひとりでいる』と、ロッジのオーナーのガス・エルマー氏は言っています」

ベグレイは、三人目の行方不明者――ローリーン・エリオットの写真を見つめた。パーマのかかりすぎた髪に、かわいらしい笑顔。彼女の車は、看護師をしている病院と自宅との間にあるバーベキュー・レストランの前で見つかった。電話で注文してあったスペアリブは、受け取っていなかった。

「ベン・ティアニーは、どこを本拠地にしているんだ？」

「郵便物は、ヴァージニアにある本人所有のコンドミニアムにとどくようになっています。ワシントンDCのすぐ近くです」ワイズは答えた。「しかし、そこにいることはほとんどないようで、たいていは旅に出ています」

ベグレイは振り向いた。「その理由はわかっているのか？」

ワイズは持参した印刷物の中から、アウトドア・スポーツとアウトドア・アクティビティ専門の人気雑誌を見つけだした。「三十七ページを見てください」

ベグレイは、雑誌を受け取ってページをめくった。そこには、コロラド川での筏乗《いかだ》りについて書かれた記事が載っていた。

「彼は、フリーのライターなんです」ワイズは説明を始めた。「スリリングな冒険や休暇を体験し、それについて書いた記事をふさわしい雑誌に売る。登山、ハイキング、ハンググライディング、スキューバダイビング、犬橇《いぬぞり》。なんでもやるようです」

その記事には、白く見える川をバックに石ころだらけの川岸に立つ、ふたりの男のカラー写真が添えられていた。ひとりは髭を生やしたずんぐりタイプの男で、一八七センチもあるようにはとても見えない。写真の下に書かれた説明によれば、この旅のガイドということだった。

ティアニーの特徴と一致するのは、笑みを浮かべているもうひとりの筏愛好家のほうだ。屈託のない誠実そうな笑みが浮かぶ、日に焼けたひきしまった顔。風に乱れた髪。野球の球のように硬そうに見えるふくらはぎ。たくましい腕。割れた腹筋。短パンをはいたミケランジェロのダビデ像といった感じだ。

ベグレイは顔をしかめて、ワイズをにらんだ。「わたしをからかっているのか？こいつは、女たちがパンティを投げてくるタイプの男じゃないか」

「三十六人の女性に暴行をくわえて殺害したあのテッド・バンディも、女性に人気がありました」

ベグレイは鼻をならしながらも、その事実を認めた。「女は？」

「親密な女性がいるかということですか？」

「なんでもいい」

「ヴァージニアの自宅付近では、彼はあまり知られていません。ほとんどそこにいないんですからね。しかし、女性が彼の家にやって来るのは見たことがないと、近所の者たちが口をそろえて言っています」

「彼ほどの魅力的な独身男に女がいない？」ベグレイは言った。

ワイズは肩をすくめた。「ゲイかもしれません。しかし、それらしい気配はありません」

「どこか別の場所に、女を隠しているという可能性もあるな」ベグレイは、あえて言ってみた。

「そうだとしても、その証拠はひとつもつかめていません。誰かと長く付き合っているようには思えませんね。さらに言えば、束《つか》の間《ま》の関係も持っているようには思えません。しかし、さっきも言ったように、彼は年中旅をしています。もしかしたら、そう、その場かぎりのロマンスを楽しんでいるのかもしれません」

ベグレイは、それについて思いをめぐらせた。連続レイプ魔や、女性を殺害する者が、洗練された人間であることは稀《まれ》で、女性との健康的な関係をつづけていることも滅多にない。それどころか、そういう者たちはたいてい女性を嫌悪《けんお》している。犯罪者の心理分析によれば、嫌悪の念はうまく隠されている場合と、はっきり表にあらわれている場合とがあるようだ。いずれにしても、それはふつう、異性に対する暴力という形であきらかになる。

「よし、興味がわいてきた」ベグレイは言った。「しかし、これ以上の何かがあるんだろうな？」

ワイズは、またも資料をかきまわした。そして、さがしていたものを見つけると言った。「ミリセント・ガンの日記を写したものです。『今日、またB・Tに会った。この三日の間に二度目だ。彼は、メチャクチャかっこいい。いつも、あたしにすっごくやさしい』このすっごくというところにアンダーラインが引いてあります。『彼は、あたしのことが好きなんだと思う。太ってても、あたしと話をしてくれる』これは彼女が姿を消す三日前に書かれたものです。両親は、B・Tなどという友達はいないと言っています。そんなふうに呼ばれている者にも、そんなイニシャルの者にも、心あたりはないということです」

「太っているというのは？」

「ミリセントは、摂食障害を抱えていたんですよ。まったく食べないかと思うと大食いをする」

ベグレイは彼女の去年の入院に関する記録を読みながら、うなずいた。「三日間に二度も、どこでB・Tに会ったのだろう？」

「それで、ベン・ティアニーが浮かびあがってきたんです。B・Tというのが何者なのか、調べていたんです。まず、出会いの場所として考えられるのは、ハイスクールです。しかし、それはちがっていた。B・Tのイニシャルを持つ者は、全員女の子だったんです。次に考えられるのは、ミリセントのアルバイト先です。彼女は、おじの店で店員として働いていたんです。その店では、金物やガーデニング用品の他にも……」ワイズは一瞬口をつぐんで、眼鏡を押しあげた。「スポーツ用品や、ウエアなども売っています」

ベグレイはコルクボードのほうを向き、考え深げに下唇を引っぱりながら、犠牲者と思われる女性たちの写真を見つめた。「トリー・ランバートがハイキング・コースのはずれで姿を消したとき、ティアニーはクリアリィにいたのか？」

「わかりません」ワイズは認めた。「これまでのところ、トリーが姿を消したその日に、彼がクリアリィにいたという証拠はつかんでいません。しかし、そのすぐあと、町にいたことはたしかなんです。ロッジにその記録があります」

「トリー・ランバートの一件のあと、仕事がやりやすい環境が気に入って、あのあたりに度々やって来るようになったという可能性もあるな」

「わたしも同じように考えているんです」

「ティアニーは旅をしている。彼が行った先で、同様の行方不明事件が起きていないかどうか、調べてみたのか？」

「それについても、パーキンスが調べています」

「暴力犯罪者逮捕プログラム《VICAP》は？　全国犯罪情報センター《NCIC》は、あたったのか？」ベグレイが訊いたのは、法の執行者たちの間で広く使われている情報ネットワークのことだった。

「何も出てきませんでした」一瞬口をつぐんだあと、ワイズはつづけた。「しかし、ティアニーが出かけた先をすべて把握しているわけではありません。彼のクレジットカードの明細にもう一度目をとおして、この数年の間にどこに行っているかを調べ、その土地での未解決事件と照らしてみる必要があります」

「ミリセント・ガンが姿を消したとき、ティアニーはクリアリィ周辺にいたのか？」

「両親から捜索願が出される一週間前に、ロッジにチェックインしています」

「向こうの支局では、どう思っているんだ？」

「向こうには情報を伝えていません」

ベグレイは、ワイズのほうを向いた。「それでは、言い方を変えよう。きみがこの件で動いていることについて、向こうはどう思っているんだ？」

シャーロットよりクリアリィに近い支局がある。ワイズは十三カ月前に、その支局からシャーロットに移ってきたのだ。彼がトリー・ランバートの行方不明事件――おそらくは誘拐事件――の捜査を始めたのは、管轄《かんかつ》の支局にいたときだった。「この事件は、初めからわたしの担当だったんです。向こうの捜査官たちも、そう考えています。ほんとうのところ、わたしに捜査を任せられて喜んでいるんですよ。だから、最後までやらせていただきたいんです」

ベグレイは、無言のままコルクボードの写真を見つめた。そして二十秒経《た》ったとき、不意に彼は振り返った。「ホート、時間を割く価値はありそうだ。クリアリィに出向いてティアニー氏に話を聞くことにしよう」

ワイズは驚いて訊いた。「ふたりでですか？」

「長いこと、現場を離れていた」ベグレイは、とつぜん圧迫感をおぼえたかのように、オフィスの壁を見まわした。「わたしにとっても、いい機会だ」

そう決めたベグレイは、どう動くかすぐに計画を立てはじめた。「われわれがベン・ティアニーに目をつけていることは、クリアリィの住人に知られたくない。きみは、ティアニーについて訊くのに、なんと説明したのかね？　その……なんとかいうロッジのオーナーに？」

「ガス・エルマーです。彼には、ティアニーが母校の人道主義者に与えられる賞の受賞者候補にあがっていると話したんです。それで、彼についていろいろと知る必要があるとね」

「エルマーは、それを信じたのか？」

「歯が三本しかないような男ですからね」

ベグレイは、ぼんやりとうなずいた。その心は、すでに先へと走りだしていたのだ。「地元の警察にも、できるだけ気づかれないように動くことにしよう。その男がブルーならば、連中にへたに動かれて、事をだいなしにされたくはない。それで、そのクソ野郎の名前は？」

「ティアニー」

「そっちのクソ野郎ではない」ベグレイは、苛立《いらだ》たしげに言った。「警察署長だ」

「バートン。ダッチ・バートンです」

「よし。どういう男なんだ？」

「以前は、アトランタ警察で働いていました」ワイズは説明を始めた。「有能な殺人課の刑事だったんです。ずいぶんと手柄も立てています。その経歴には傷ひとつなかった。それが、とつぜんいかれてしまって、大酒を飲みはじめたんです」

「理由は？」

「家族の問題のようです」

「いずれにしても、自分で自分の尻《しり》に火を点《つ》けたということだ。ああ、今、思い出した」ベグレイは、私物をまとめていた。携帯電話に、三十年連れ添った妻と三人の子供が写っているフレーム入りの写真に、聖書。彼は、コートかけからコートを取って身にまとった。

「それも全部、持っていってくれ」ベグレイは、ワイズの膝の上のファイルを指して言った。「車の中で読ませてもらう」

ワイズは立ちあがり、窓の外を不安げに見た。街には暗闇《くらやみ》が迫っていた。「つまり……今夜、出かけると？」

「そうだ、たった今、出かける」

「しかし、予報では……」

ワイズは、とびきりのクルミも割れる眼差しにさらされることになった。

それでも怯《ひる》むことはなかったけれど、先をつづける前に咳払《せきばら》いをしなければならなかった。「予報では、記録的な寒さとなり、氷と雪が降りつづくと——暴風が吹き荒れると——言っています。特に、あのあたりはひどくなるらしい。今から行くとなると、その直中《ただなか》に突っこんでいくことになります」

ベグレイは、コルクボードを指さした。「ホート、このレディたちの身に何が起きたか、想像してみたいか？　殺される前に、そのバカ者からどんな異常な拷問《ごうもん》を受けたと思う？　わかっている、わかっている。われわれは、彼女たちが死んでいるというたしかな証拠をにぎっているわけではない。死体が見つかっていないんだからね。生きた姿で、無傷のままで、彼女たちを見つけだせたらと思う。しかし、わたしは三十年以上も、こうしたことに関わっている。まっすぐに向き合おうじゃないか、ホート。ああ、骨が出てくる可能性のほうがはるかに高い。骨だけだ。かつては、肉体も夢も愛してくれる人もあったのにね。この写真の顔が見られるか？　それでもまだ、天気のことでグズグズ言えるか？　えっ？」

「言えません、サー」

ベグレイは踵《きびす》を返し、ドアに向かいながら言った。「言えるわけがない」

ティアニーは、自分の手で防寒帽をサッと脱いだ。リリィは、タオルを持ってその横に立っていた。それから十五分が過ぎた今も、傷口からは血が出ている。タオルは、すでに真っ赤に染まっていた。「頭の傷は、ひどく出血するものなんだ」心配そうなリリィの顔を見て、彼は言った。「毛細血管が集まっているからね」

「これを使って」リリィは新しいタオルを彼にわたし、血に染まったタオルに手をのばした。

ティアニーは、彼女にタオルをわたそうとしなかった。「さわらなくていい。自分でバス・ルームに持っていく。向こうかな?」彼は、ベッド・ルームにつづくドアを指して訊《き》いた。

「ええ、その部屋に入って右側よ」

「髪についた血を洗い流してくるよ。冷たい水で、血が止まるかもしれない」彼は酔っぱらいのような足取りでベッド・ルームに向かい、その戸口にたどり着くと側柱に身をあずけて振り向いた。「ためられるものをすべてかき集めて、水をためつづけてくれ。じきにパイプが凍る。飲み水が必要だ」

ティアニーが姿を消すと、ベッド・ルームの明かりが点いた。側柱に血がついていることに、リリィは気がついた。

さっき「ありがたい。またティアニーに戻れたようだ」と言ったとき、彼はリリィの記憶にあったとおりの――去年の夏そのままの――くつろいだ穏やかな笑みを浮かべていた。それを見た瞬間、彼女の中の気まずさは吹き飛んだ。不意におぼえたそんな感情が、今は愚かで子供じみたものに思えた。

そんなによく知っているわけではなかったけれど、彼は見ず知らずの他人というわけではない。ふたりは丸一日、いっしょに過ごしたことがあるのだ。あのとき、ふたりは話をした。いっしょに声をあげて笑った。そのあと、ティアニーが書いた記事を読むようになったリリィは、彼が尊敬されているライターで、頻繁に記事を書いていることを知った。

それなのに、どうしてあんなバカな態度をとってしまったんだろう？

そう、ひとつは、この奇妙な状況のせいだ。こういうことは、他の人の身に起こることだと思っていた。テレビや何かで、ものすごいサバイバル体験の話を聞くことがある。そんな話はリリィ・マーティンには関係ないと思っていた。

でも今、彼女はそうした状況の中で、すでに自分のものではなくなっているキッチンをあさって、彼と自分が生きながらえるための水をためる容器をさがしていた。これから数日、たいして知りもしない男と狭い空間の中で、ふたりきりで過ごすことになるかもしれない。

リリィは、素直に認めた。ティアニーがここまで魅力的でなかったら、ここまで男っぽくなかったら、たぶんこんな状況に追いこまれても、ここまで過敏にならなかったにちがいない。去年の夏、川でのあの一日がなかったら、狭いコテージにふたりきりで閉じこめられても、ここまでの気まずさは感じなかったにちがいない。

「水は、まだ出ているかい？」

すぐうしろでそう言われて、リリィはわずかに跳びあがった。「ええ、ラッキーなことにね」彼女は、新しい鍋《なべ》に水をためていたシンクから目を離して振り向いた。ティアニーは後頭部にタオルをあてていた。その髪が濡《ぬ》れている。「どう？」

「水を流している間は痛んだよ。水が冷たすぎるせいもあると思う。しかし、おかげで感覚がなくなった」彼はタオルをどけた。血はついていたけれど、その量はかなり減っていた。「出血にも、冷たい水はよかったようだ。傷を見てもらえるかな？」

「見せてって、言おうと思ってたところよ」

ティアニーは、カウンターの前のスツールに、跨《またが》るようにしてうしろ向きに座った。リリィは救急セットをカウンターの上に置くと彼の背後に立ち、一瞬ためらったあと、頭頂部のすぐ下の髪をそっと分けてみた。

「どんなふうだい？」彼は訊いた。

長くて深い傷が、パックリ開いていた。専門家でなくても、いい状態でないことはわかる。リリィは大きく息を吐いた。

ティアニーは短く笑った。「そんなにひどいのかい？」

「熟しすぎて皮が割れたスイカみたいよ」

「うへっ」

「まわりに瘤《こぶ》もできてるわ」

「ああ、洗ったときに気がついたよ」

「少なくとも十針くらいは縫う必要がありそうね」彼は血のついたタオルを首に巻いていた。リリィはその隅で、そっと叩《たた》くように傷口を拭《ぬぐ》った。「いいニュースもあるわ。血はもうほとんど出ていない。滲《し》みでてる程度ね」

救急セットの中には、一枚ずつ包装された消毒用のパッドが四枚だけ入っていた。

リリィは、その一枚の包みを破って、消毒剤を染《し》みこませてある四角いガーゼを取りだした。大きさはソルトクラッカーとたいして変わらなかったけれど、匂《にお》いからするとかなり強力そうだった。つまり、ひどく染みるということだ。開いた傷口をそのガーゼで拭うことを思うと、リリィの胃はひっくり返りそうになった。

「しっかり踏んばって」そう言ったものの、リリィはティアニーに言ったのか、自分に言ったのか、よくわからなかった。

ティアニーはスツールの背もたれをつかんで、その手の甲に顎《あご》を載せた。「準備OKだ」

でも、傷口にガーゼがふれたとたん、彼は怯んだようだった。リリィの耳に、短く息を吸う音が聞こえた。彼の気が紛れることを祈って、リリィはしゃべりはじめた。

「あなたがバックパックに救急セットを入れてないなんて、驚きだわ。経験豊かなハイカーなのにね」ティアニーはコテージにたどり着くなり、バックパックをおろし、それ以後──歩く邪魔にならないようにサイド・テーブルの下に押しこんだのをのぞけば──一度もふれていなかった。

「なんともお粗末な過《あやま》ちだ。次からは、絶対に持って出るよ」

「バックパックに、何か入ってないの？」彼女は訊いた。

「たとえば？」

「何か使えそうなものは？」

「入っていない。今日は、ちょっと歩くだけのつもりだったんだ。エネルギーバーと水。どちらも、もう残っていない」

「だったら、どうしてここまで持ってきたの？」

「えっ？」

「バックパックよ。使えるものが入ってないなら、どうして車に置いてこなかったの？」

「いくじなしだと思われたくはないが——」彼は言った。「そろそろ終わるかな？地獄の火に焼かれているような気分なんだ」

リリィは傷口にやさしく息を吹きかけ、少し顔を遠ざけて様子を見た。「消毒液は、ちゃんと行きわたってるわ。ひどい炎症を起こしてるみたいね」

「それは感じでわかるよ」ティアニーは救急セットを手に取って、その乏しい中身を調べた。「このアスピリンを飲ませてもらうためなら、きみを脅すことも辞さないだろうな」

「どうぞ飲んで」

「ありがとう。裁縫道具のセットなんて、持ってるかな？ほら、小さなマッチ箱みたいなものがあるだろう？出先でボタンがとれたときに、使うような？」

リリィの胃がちぢみあがった。「お願いだから、そんなことは頼まないで」

「えっ？」

「傷を縫えなんて言わないで」

「だめかな？」

「いずれにしても裁縫セットなんて持ってないわ」

「ラッキーだね。それじゃ、爪《つめ》切りばさみは？」

「それならあるわ」

ティアニーがアスピリンを二錠飲む間に、リリィはバッグから化粧ポーチを引っぱりだして、小さなはさみを取りだした。

「よし」彼は言った。「ところで、鍋がいっぱいになっている」

リリィは蛇口の下の鍋をどけて、代わりにプラスティック製のピッチャーを置いた。

ティアニーは、バンドエイドの包みをはがした。「この接着部分を切りとるから、傷口に枕木《まくらぎ》のようにならべて貼《は》ってくれ。縫うようなわけにはいかないが、それで少しは傷がふさがるかもしれない」

小さなはさみをあつかうには、彼の指は太すぎた。「貸して、わたしが切るわ」リリィはバンドエイドを手にすると、彼からはさみを受け取り、その接着部分を切り離して、指示どおり傷口にならべて貼った。「もう、ほとんど血は出ていない」全部貼りおえると、彼女は言った。

「その上にガーゼをあてておいてくれ」

リリィは、救急セットに入っていた抗菌ガーゼで、できるだけそっと傷口を覆《おお》った。

「はがすときに髪が引っぱられて、痛むわよ」

「死にはしないさ」それから声を落として、彼は言った。「そう祈るよ」

7

リリィは、彼の険しい表情にギョッとして訊いた。「どうして、そんなことを言うの？　頭以外にも怪我《けが》をしてるの？」

「もしかしたらね。左半身を強く打ったようで、ひどく痛むんだ。誰かが肋骨《ろっこつ》を、バールで引きちぎろうとしているみたいな気がするよ。しかし、骨は一本も折れていないと思う」

「よかったじゃない」

「ああ。しかし内臓のほうはわからない。腎臓《じんぞう》や肝臓や脾臓《ひぞう》が、破裂している可能性もある」

「中で出血していたら、わかるんじゃない？」

「そう思うだろう？　しかし、内臓出血の場合、それとわかる前に死亡するケースもあると聞いたことがある。腹が膨れてきたら、血がたまってきたのがわかるだろうがね」

「膨れてきてるの？　違和感は？」

「今のところ、だいじょうぶだ」

リリィは下唇を噛《か》んだ。「内臓出血の恐れがあるなら、アスピリンは飲まないほうがよかったんじゃない？」

「これだけ頭が痛んでいるんだ。アスピリンでやわらぐなら、危険を冒す価値はある」ティアニーはスツールからおりて、キッチンのシンクの前に進むと、水でいっぱいになったピッチャーをどけた。「ぼくが生き延びるとして、ふたりの何日分かの――ああ、何日になるかはわからない――飲み水が必要だ。他に容器は？」

ふたりはコテージの中をさがしまわって、水をためられるありとあらゆるものに水をためはじめた。「シャワーしかないのが残念だ」彼は言った。「バスタブがあれば、かなりの水をためられたのにな」

鍋にも、ポットにも、バケツにさえも水をくみ、それが終わるとふたりは別の問題について考えはじめた。「暖房は？　電気かい？」彼は訊いた。

「プロパンよ。地下にタンクがあるの」

「この前、ガスを補給したのは？」

「わたしの知るかぎり、去年の冬が最後。コテージを売ることになっていたから、この秋は補給も頼まなかったの。ダッチも、頼んでいないはずよ」

「つまり、タンクが空になる可能性もあるわけだ」

「そういうことね。わたしがいない間に、ダッチがどのくらい使ったかによるわ」

「きみは、どのくらいここに来なかったんだい？」

「今週になって、何カ月ぶりかでやって来たのよ」

「今週は、ずっとここに？」

「ええ」

「ダッチも？」

不意に話の重心が、タンクにどのくらいガスが残っているかという問題からはずれた。「そんなことを訊くなんておかしいわ、ティアニー」

「つまり、彼もいたということだ」

「彼はいなかった」リリィは、ムッとしたまま応《こた》えた。

ティアニーは彼女の視線を受け止め、それから目を逸《そ》らすとサーモメーターの前に進んだ。「ガスを長持ちさせるために、温度を低く設定しなおそう。いいね？」

「いいわ」

「タンクが空になったら、暖炉に頼るしかない。ポーチに積んであるものとは別に、薪《まき》が蓄えてあることを祈るよ」

いまだに別れた夫と寝ているのかと言わんばかりの彼の口調が、リリィはたまらなくいやだった。でも、こうして狭いコテージにふたりきりで閉じこめられている以上、怒る余裕などない。だから、それについては放っておくことにした。「納屋《なや》に、もっとあるわ」彼女は、漠然と納屋のほうを示して言った。「小径《こみち》の先に——」

「納屋の場所ならわかっている」

「えっ？　納屋がどこにあるか知ってるの？」その小さな建物は、道からもコテージからも目につかない位置に、風雨にさらされて変色したように見える木材を使って建てられている。そのため、納屋は林にすっかりとけこんで、まったくと言っていいほど人の目に映らない。少なくとも、彼女はそう思っていた。

「ティアニー、どうしてあなたはこのコテージのことを知ったの？」

「去年の夏、きみから聞いた」

自分が彼に何を話したか、リリィははっきりとおぼえていた。あのときからずっと、ふたりの会話を何度も何度も思い返していたのだ。「たしかに、このあたりにコテージを持ってるって言ったわ。でも、詳しい場所までは話さなかったはずよ」

「ああ、話さなかった」

「だったら、どうして知ってるの？」

ティアニーはしばらく彼女を見つめ、それから言った。「このあたりの山なら、すべて歩いている。ある日、私有地だとは気づかずに、ここに入りこんでしまった。それでコテージと納屋を見つけたんだよ。家宅侵入の罪を犯したことになるが、わざとではない。そのとき『売り家』と書いてあるのを見てね。興味があったから不動産屋に連絡をとった。それで、きみたち夫婦のコテージだということを知ったんだ。ふたりは近々別れることになっていて、コテージを売りに出したのだと聞いた」彼は両手を横にひろげた。「だから、きみのコテージがどこにあるか知っていたんだ」

ティアニーは、「文句があるなら言ってみろ」と言わんばかりの眼差《まなざ》しで彼女を見た。それから彼は言った。「さて、納屋にはどのくらい薪がある？　一コード（訳注　長さ一・二メートルの木材を、高さ一・二メートル、幅二・四メートルに積みあげたもの）？」

それで納得したわけではなかったけれど、自分のことをなぜ彼がそんなに知っているのかそれ以上追及しても意味がない。悪感情が生まれるだけだ。「一コードなんてないわ」彼女は答えた。

「家具を壊して燃やしはじめなければならなくなる前に、助けだされることを祈るばかりだな」

「どのくらいかかると思う？　助けが来るまでに？」

ティアニーはソファに腰をおろし、血のついたタオルがかけてあるクッションに頭をあずけた。「おそらくあすは無理だ。あさってなら可能性はあるな。嵐《あらし》がどの程度か、道がどのくらい凍るか、それによって状況は変わる。助けが来るのは、あさって以降になるかもしれない」

リリィは一昨年《おととし》の冬を思い出した。氷を降らせる嵐のせいで、山道が何日も閉鎖されたことがあったのだ。あのとき、町から遠く離れた場所に住んでいる者たちは、停電でひどく不自由な思いをさせられた。電気がふつうに使えるようになって、コミュニティが本来の機能を回復するまでには、何週間もかかった。今回の嵐は、あのときよりも激しく長いものになると言われている。

リリィは彼の向かい側のソファに座って、脚に肩かけをかけた。ティアニーがソックスのことを考えてくれて、ほんとうによかった。濡《ぬ》れたソックスは、スツールの背にかけてある。スラックスはまだビショビショだったけれど、足先が乾いていて、そこそこ温かくいられるかぎり、我慢できないことはなかった。

「サーモメーターは、何度に設定したの？」彼女は訊《き》いた。

「十五度だ」

「うーん」

「たしかに、充分に暖かいとは言えない。もう一枚タートルネックを着たほうがいい。身体《からだ》を冷やさないことがたいせつだ」

リリィはうなずいたけれど、立ちあがりはしなかった。「外は何度くらいになってるのかしら？」

「この風じゃ、体感温度はマイナス十八度くらいだろうね」彼は、ためらいもせずに答えた。

「だったら十五度で文句は言えないわ」リリィは暖炉に目をやった。「でも、暖炉に火を入れたらいい感じになるわ」

「そうだね。しかし、正直なところ――」

「いいのよ、わかってる。燃料は、できるだけ節約しなくちゃいけないわ。ただ、思いを口にしてみただけ。暖炉で火が燃えてる感じが大好きなの」

「ぼくもだ」

「どんな部屋も、暖炉があるとずっと居心地がよくなる」

「そうだね」

一瞬の間を置いて、彼女は訊いた。「お腹《なか》は空《す》いてない？」

「まだ、胃がムカムカするんだ。しかし、遠慮はいらない。腹が空いているなら、何か食べるといい」

「わたしも、お腹はぜんぜん空いてないの」

「ぼくに付き合って起きている必要もないんだよ」彼は言った。「ぼくは、ひとりでも起きていられる。疲れていて眠いなら——」

「眠くなんかないわ」

眠るなんてとんでもない。今、彼がうっかり眠ってしまったら、意識を失う可能性も——昏睡《こんすい》におちいる可能性さえも——あるのだ。眠っても危険ではなくなるまで、彼は何時間か起きている必要がある。それにリリィは、午後に仮眠をとったおかげで、ほんとうに眠くなかった。

それまで彼女は、沈黙を避けるためにしゃべりつづけていた。ふたりが口をつぐんだ今、風の音と、木の枝が庇《ひさし》を叩《たた》く音と、氷の粒が屋根にあたる音しか聞こえない。

ふたりは、部屋の中に視線をさまよわせた。家具以外、何もない。見るべきものは、ほとんどなかった。だから、ふたりはすぐに互いを見つめることになった。目が合った瞬間、部屋の虚《うつ》ろな雰囲気がふたりを包みこむように迫ってきて、そこに張りつめた親密さをつくりあげた。

最初に目を逸らせたのは、リリィだった。彼女は、ふたりの間にあるコーヒー・テーブルの上の携帯電話に目をとめた。「メッセージさえちゃんととどけば、ダッチは誰かをここに送りこむ方法を考えだしてくれるはずよ」

「あんなことは言うべきではなかった。ふたりが、ここにいっしょにいたかどうかなど、訊くべきではなかったよ」

リリィは、謝る必要はないと身振りで伝えた。

「ただリリィ、きみが今、彼とどの程度の関わりを持っているのか知りたかったんだ」

あなたの知ったことではないと言って突っぱねようかとも思ったけれど、ここではっきりさせることにした。「今夜、ケリをつけてしまわないかぎり、彼は何度でもこの話を持ちだすにちがいない。わたしがダッチに電話をかけたのは、彼が警察署長だからであって、個人的な関わりを持ちつづけているからじゃないの。わたしたちは、もう夫婦じゃない。でも、死ぬか生きるかの問題になったら、わたしは彼を見殺しにはしない。彼だって、黙ってわたしを凍死させたりはしないはずよ。それが可能ならば、わたしたちを助けてくれる」

「きみのためなら駆けつけるだろうね」ティアニーは言った。「しかし、ぼくを助けてくれるかどうかは疑問だ」

「どうして、そんなふうに思うの？」

「彼には嫌われているんだ」

「もう一度、同じ質問をするわ。どうしてそんなふうに思うの？」

「何かをされたわけではない。むしろ、何もされないからそう思うんだ。彼の姿は、時々見かける。しかし、挨拶《あいさつ》をしてくれたことは一度もない」

「タイミングが悪かっただけかもしれないわ」

「いや、もっと深いものがあるような気がする」

「たとえば？」

「ひとつは、ぼくがよそ者だということ。先祖代々この町に住んでいる人間ではないというだけの理由で、怪しまれているんだ」

ティアニーがこの町の風習について語るのを聞いて、リリィは笑みを浮かべた。おそらく、それはほんとうのことだ。「このあたりの人たちは、たしかに排他的かもしれないわね」

「ぼくは旅行者だ。しかし、たびたびこの町を訪れて、少なくとも名前くらいはみんなに知られているし、会えば言葉もかわす。戻ってきたことを、みんな歓迎してくれるんだ。それでも、朝のコーヒーを飲みに寄る、リットの店のソーダファウンテンでは、いまだにひとりカウンターに座っている。毎朝ボックス席に陣取っている仲良しグループの連中に、こっちに来いと誘われたことは一度もない。ダッチ・バートンと、ウエス・ヘイマーと、その仲間が数人。全員、この町で育った人間たちだ。強い絆《きずな》で結ばれた排他的な仲間同士。そこにくわわりたいわけではないが、連中は挨拶をする程度の親しみさえ示さない」

「あの人たちに代わって、謝るわ」

「信じてくれ、そんなことはどうでもいいんだ。しかし、もしかして――」彼は言いかけたものの、ためらって口をつぐんだ。

「何？」

「もしかして……もしかして、彼がぼくを避けているのは、きみからぼくの話を聞いているせいなんじゃないだろうか？」

リリィは顔を伏せた。「それはちがうわ。あなたのことを話したのは、きのうが初めてですもの」

ティアニーは何も応えなかった。だから、長く重い沈黙を破る役目は、リリィに託されることになった。「町であなたを見かけて驚いてしまったの。あなた、このあたりのことは、もう書きつくしてしまったんじゃない？」

「リリィ、ぼくは書くためにこの町に来ているわけではないんだ」

その餌《えさ》に食いつくのは危険だとわかっていたけれど、誘惑には勝てなかった。リリィは顔をあげてティアニーを見つめた。彼は言った。「ぼくは、川でのあの一日のことを書いて、その記事を売った」

「知ってる。読ませてもらったわ」

「ほんとうに？」彼は喜びを隠そうともせずに訊いた。

彼女はうなずいた。「あのウォーター・スポーツの雑誌は、わたしがつくっている雑誌と同じ出版社から出ているのよ。だから、献本ということで何冊か送られてきたの。それでページをめくってみたら、あなたの署名記事が載っていた」ほんとうのことを言うと、カヤックでの川くだりについての記事が載ってはいまいかと、その種の雑誌に何カ月も目をとおしつづけていたのだ。

「あの記事はすばらしかったわ、ティアニー」

「ありがとう」

「ほんとうよ。あなたの文章は生き生きとしている。実際にわたしたちが体験した興奮が、そのまま伝わる感じね。タイトルもよかった。『荒れ狂うフレンチブロード』」

ティアニーはニヤッと笑った。「知らない人間は、興味を引かれるんじゃないかと思ってね。記事を読んで初めて、それが川の名前だとわかるわけだ」

「すばらしいわ」

「ああ、すばらしい一日だった」その声は、低くはっきりしたものに戻っていた。

去年の夏、六月の初めのことだった。リリィとティアニーは、一日をかけて白く泡立つ川をカヤックでくだるツアーの、十二名の参加者の中のふたりだった。初めて会ったのは、その参加者を乗せて川上まで数キロのぼるバスの中。一行は、クラス3とクラス4が数カ所ある激しい流れをくだろうとしていた。

カヤック乗りの腕前が同じくらいだったふたりは、自然と親しくなった。そして、互いの職業について知ったあと、さらに親しみは深まった。ティアニーは、「ふたりの仕事は、従兄弟《いとこ》同士みたいなものだ」と言った。彼は雑誌に記事を売るフリーのライターで、彼女は雑誌の編集者だったのだ。

ランチに岸にあがったふたりは、他のメンバーから離れて、一端が川に突きでている大きな岩の上に腰をおろした。

「編集長だって？」リリィが自分の役職について口にしたのを聞いて、彼は叫んだ。

「もう三年になるわ」

「すごいな。一般向きの雑誌だよね？」

「初めは、南部の女性を対象にしてたの。でも今は全国に向けて販売してるわ。部数も、毎回のびている」

〈スマート〉は、インテリアやファッションや食べ物や旅行に関する情報を載せている雑誌で、ターゲットは家庭と仕事を持っていて、その両方を充実させたいと望んでいる女性たち。キッチンの棚にあるスパイスをいくつかくわえ、素敵な食器に盛りつけるだけで、テイクアウトのおかずをグルメも満足するディナーに変身させる方法や、次のシーズンにどんな靴が流行《はや》るかなどといった記事も載っている。

「子供を持つ専業主婦は、対象にしてないの」リリィは言った。「仕事での成功と、家族との完璧《かんぺき》なバケーションの両方を望んでいて、素敵なディナー・パーティなんかも開きたがっている女性に――そういうことを簡単にやってのけたがっている女性に――的を絞ってるのよ」

「そんなことができるのかな？」

「七月号を読めば、その方法がわかるわ」

ティアニーは大声で笑いながら、彼女の成功を祝して水の入ったボトルを掲げて見せた。日射《ひざ》しは暖かく、ふたりはくつろいだ気分で話しつづけた。そして、どちらも互いの容姿に、声に、話に、どんどん惹《ひ》かれていった。ランチの前の川くだりは楽しかったけれど、ランチの終わりを告げるガイドの声を聞いたとき、ふたりはちょっと川に戻りたくないような気分になっていた。

午後いっぱい、ふたりは状況が許すかぎりしゃべりはしたけれど、カヤックでの川くだりというスポーツに集中せざるを得なかった。でも、常に互いを意識していたふたりは、手振りや笑みを送り合ってコミュニケーションをはかっていた。どちらも、カヤック乗りの腕前はなかなかのものだった。だから、どちらかが失敗をすると親しみをこめてからかう余裕もあった。

リリィが日焼け止めを忘れてきたことに気づくと、ティアニーは自分のクリームを彼女に貸した。でも、彼が日焼け止めを貸したのはリリィだけではなかった。ふたり組の女子大生にも貸したのだ。彼女たちは、ティアニーの気を引こうと、恥ずかしげもなく、一日じゅう彼にまとわりついていた。

川くだりが終わって、自分たちの車を停めておいた場所に戻ると、リリィもティアニーもそれぞれの車に向かった。でもチェロ.キーのエンジンをかけたあとで、ティアニーは彼女のいるほうに駆けてきた。「どこに泊まっているの？」

「クリアリィ。夏の間、週末はほとんどクリアリィで過ごしてるわ。コテージがあるの」

「素敵だね」

「ええ」

女子大生が、屋根を開けたジープを寄せてきた。「あとでね、ティアニー」運転していた女の子が言った。

「ああ、わかった、あとで」

「お店の名前はおぼえてる？」助手席の子が訊いた。

ティアニーは額を叩いて答えた。「ああ、おぼえている」

リリィのことは無視して、彼にニッコリ笑って見せると、ふたり組は土埃《つちぼこり》を舞いあげて走り去っていった。

女子大生に手を振りながら、彼はかぶりを振った。「チャラチャラした娘たちだ。自分で面倒を招いているようなものだな」それから彼はリリィのほうを向いて笑みを浮かべた。「男としてのプライドが傷つくが、認めるよ。最後のクラス4でのきみの動きはすごかった。完敗だ」

リリィは、気取ってお辞儀をして見せた。「お褒めにあずかって光栄だわ。あなたみたいな技術を持った人にそんなふうに言ってもらえるなんて、ほんとうにうれしいわ」

「一杯おごらせてもらうくらいしか、できないがね。どこかで落ち合える？」

リリィは女子大生が舞いあげていった土埃を顎《あご》で示した。「あなたには、予定があるんじゃないの？」

「ああ、あるよ」彼は答えた。「きみに会う予定がね」

リリィの笑みが揺らいだ。彼女は車のキーをさがしはじめた。「ありがとう、ティアニー。でも、お断りしなくちゃ」

「残念だな。それじゃ、あしたの夜は？」

「ごめんなさい、無理だわ」リリィは大きく息を吸って、彼を見た。「ディナーの約束があるの。主人といっしょに出かけることになってるのよ」

ティアニーの笑みは揺らぐ間もなく、一瞬にして消えた。「結婚しているのか」それは、事実を口にしただけで、質問ではなかった。

彼女はうなずいた。

ティアニーは、指輪をしていない彼女の薬指に目を向けた。混乱と落胆が混ざり合ったその表情が、多くを語っていた。

ふたりは長いこと、もの悲しげにただ見つめ合っていた。言葉もなく、目だけで語り合うふたりのつらそうな顔に、沈みゆく夕日が木の葉をとおしてまだらに影を落としていた。

ついにリリィは右手を差しだした。「会えてよかったわ、ティアニー」

ティアニーは彼女の手をにぎった。「ぼくもだ」

「これからは、あなたの記事を楽しみにさがすようにするわ」リリィは、そう言って車に乗りこんだ。

「リリィ――」

「さようなら。気をつけてね」彼女は急いでドアを閉めると、それ以上彼の言葉を聞く前に、その場から走り去った。

それが去年の夏のことで、その後ふたりが会うことはなかった。そしてきのう、リリィはクリアリィのダウンタウンの本通りで彼を見かけたのだ。歩道で不意に足を止めた彼女に、ダッチがぶつかった。「何を見ているんだ？」

チェロキーに乗りこもうとしていたティアニーが、あたりに目を走らせた。そして、驚いたように、彼女に視線を戻した。ふたりの目が合い、そのままふたりは見つめ合った。

「ベン・ティアニー」リリィは、ぼんやりとダッチの質問に答えた。でもそれは、この八カ月彼女の心から離れることがなかった名前を、ただ口にしただけのことだったのかもしれない。

ダッチは彼女の視線を追って、通りの向こうに目をやった。ティアニーは、車に乗りこみかけたままの状態で、どうするべきか合図を待つかのように彼女を見つめていた。

「あの男を知っているのか？」ダッチは訊《き》いた。

「去年の夏に会ったの。フレンチブロード川にカヤック乗りに出かけたのをおぼえてる？　彼も同じツアーに参加してたのよ」

ダッチは、代理人オフィスのドアを押し開けた。ふたりはそこで、コテージを売るための最後の手続きをすることになっていたのだ。「約束の時間を過ぎている」ダッチはそう言って、彼女をオフィスの中に導いた。

三十分後、オフィスを出たリリィは、黒いチェロキーをさがして本通りに目をさまよわせている自分に気がついた。少なくとも挨拶《あいさつ》くらいはしたかったのに、ティアニーの影も車の影も見えなかった。でも、一メートルちょっとの距離を置いて彼といる今、リリィは彼を見ることもできず、何を話したらいいのかもわからずにいた。

リリィは視線を感じ、ティアニーに目を向けた。彼は言った。「川での一日のあと、アトランタのきみのオフィスに何度か電話をかけた」

「あなたの記事は、うちの読者向きじゃないわ」

「記事を売りこむために電話をかけたわけではない」

リリィは顔をそむけて、空っぽの暖炉に目をやった。その朝、灰をかたづけたのが、ずっと前のことのように思えた。彼女は、小さな声で言った。「なぜあなたが電話をかけてきたのかは、わかってたわ。だから、出られなかったのよ。カヤック乗りのあと、あなたと飲みにいかなかったのも同じ理由。そうよ、わたしには夫がいたの」

ティアニーは立ちあがってコーヒー・テーブルのまわりを進み、彼女が座っているソファに――彼女のすぐそばに――腰をおろした。もう、彼を見ないわけにはいかなかった。「今のきみは、ひとり身だ」

ウイリアム・リットは、彼の前の空っぽの皿をかたづける妹に、笑みを向けた。

「ご馳走《ちそう》さま、マリリィ。シチューは最高だったよ」

「口に合ってよかったわ」

「ランチに日替わりのスペシャル・メニューをくわえようかと思っているんだ。曜日ごとに、ちがう料理を出すんだよ。水曜日はミートローフで、金曜日はカニのハンバーグというようにね。きみのシチューのレシピをリンダに教えてもらえるかな？」

「これは、ママのレシピよ」

「ああ。しかし、きみが誰かにそのレシピを教えたからといって、あの人が気にするとは思えないね」

他人の耳には、冷たく聞こえるにちがいない。でも、そんな言い方をする理由がわかっているマリリィは、兄をとがめる気にはなれなかった。ふたりの両親は亡《な》くなっていたけれど、どちらも恋しくはない。ひとりは完全に子供に無関心だったし、もうひとりはとんでもないほどわがままな人だった。自分たちの子供に愛情と慈《いつく》しみを持って接するなど、考えもつかないような夫婦だったのだ。

父親は厳格で寡黙《かもく》な男だった。整備士だった彼は、毎朝夜が明ける前に起きて山をおり、町の自動車屋で働いていた。夕食には家に戻って、きちんとした食事をとる。訊けばボソボソと答えてくれたけれど、そうでなければ非難と叱責《しっせき》の言葉を口にする以外、何もしゃべらなかった。夕食のあとは風呂《ふろ》に入り、それからベッド・ルームに引き取ってドアを閉め、家族を自分の世界から締めだしてしまうのだ。

マリリィは、父親が何かを楽しんでいるのを見たことがなかった。ただし、毎年夏になると耕していた家庭菜園は別だった。それは、彼の誇りでもあり楽しみでもあった。マリリィが七歳のとき、彼女のペットのウサギが菜園のキャベツを囓《かじ》っているのを見つけた彼は、娘の目の前でそのウサギの首をひねり、母親にその肉を料理させた。父親がタマネギの畝《うね》に鍬《くわ》を入れている最中に心臓発作を起こして亡くなったとき、マリリィはとうぜんの報いだと思った。

母親は、病的なまでに自分の健康を気にする、文句ばかり言っている人間で、夫のことをあか抜けない田舎者だと陰で話していた。四十年にわたって、彼女は知人という知人に、自分はとんでもなく不釣り合いな男と結婚してしまったのだと言いつづけていた。彼女の不幸は、自分のことだけを考え、それ以外には目も向けずに生きたことにあった。

母親が健康を害してほとんど寝たきりになると、マリリィはハイスクールを一学期間休んで、看病にあたった。そして、ある朝、母親を起こそうとした彼女は、息がないことに気づいた。眠っている間に亡くなったのだ。あとで牧師のきまりきった慰めの言葉を聞いているとき、マリリィの心の中にあったのは「ママみたいな、自分のことしか考えない意地の悪い女には、こんなふうに安らかに死んでいく資格なんてないはずだ」という思いだけだった。

心に問題のある親を持った子供たちは、早いうちに自立することを学んだ。一家は、町から遠く離れたクリアリィ・ピークの反対側の斜面に住んでいた。そのあたりには、子供たちが集まって遊ぶような場所はまったくなかった。人付き合いが苦手な両親から、友達との付き合い方を教われるはずがない。マリリィもウイリアムも、人との関わり方やその意味について、公立学校でたいへんな思いをして学ぶことになった。

ウイリアムは、よく勉強するいい生徒だった。その努力は報われ、すばらしい成績をおさめ表彰もされた。友達づくりにも勉強と同じくらい打ちこんだけれど、その熱心すぎるやり方は、常に反対の結果を生むことになった。

マリリィは、自分の人生に欠けているものを本のページの中に見つけるようになった。本を読むことをおぼえたのは、いくつか歳上《としうえ》のウイリアムのほうが先だった。マリリィは、兄を説き伏せて本の読み方を教わり、五歳になる頃には大人にさえむずかしい文学作品を読んでいた。

カレッジ時代をのぞけば、マリリィとウイリアムはずっと同じ家に住んでいた。母親が亡くなったあと、ウイリアムは兄妹《きょうだい》そろって町に引っ越すことに決めた。マリリィには別の考えが――ひとり暮らしを始める計画が――あるかもしれないなどとは、思いもしなかった。そしてマリリィも、自立して兄のもとを離れようとは考えもしなかった。それどころか、彼女は不幸な思い出でいっぱいの、うらぶれた汚らしい山の家から離れられるという思いに、胸をときめかせていた。

兄妹は、静かな通りに建つ感じのいい小さな家を買った。マリリィはその家を、子供時代を過ごした家に欠けていた、色と光と観葉植物でいっぱいの居心地のいい空間に設《しつら》えた。

でも、最後のカーテンを吊《つる》して、最後の部屋の装飾が整ったあと、家の中を見まわした彼女は、変わったのはまわりだけだということに気がついた。マリリィ自身が新たな方向に――胸の躍るような何かに――向かって、歩きだしたわけではなかったのだ。家や家具が以前より美しく立派なものになっても、生活はワンパターンのままだった。

山の上の家は、売ってしまえばいいと——そうでなければ、朽ち果てて自然に呑《の》みこまれるまで放っておけばいいと——マリリィは思っていた。でも、ウイリアムには別の計画があった。

「嵐《あらし》のせいで、しばらく家の作業は中断ね」マリリィは絞ったふきんでテーブルを拭《ふ》き、その端に添えた掌《てのひら》にコーンブレッドの屑《くず》を落としながら言った。

新聞のうしろから、ウイリアムは答えた。「そうなるな。本通りでさえ、とおれるようになるまでに何日もかかるかもしれない。山の家につうじる裏道の氷がとけるまでには、もっとかかるだろうね」

裏道というのは、常に他の場所より寒くて暗くて、春の気配が見えはじめるのもいちばん最後になる、山の西側の曲がりくねった道のことだ。「道がとおれるようになったら、連れていってほしいわ」マリリィは言った。「あの家が、兄さんの手でどんなふうに変わったか、見てみたいの」

「よくなったよ。今年の夏は無理だが、来年の夏には完成させたいと思っているんだ」

ウイリアムは、その家をすっかり改築して、バケーションに訪れる者たちに貸そうと考えていた。このあたりには、夏と秋の数カ月間のために貸別荘を押さえておく不動産屋が数多くある。彼は、ほんとうに必要な場合にだけ専門家を雇って、改築のほとんどを自分の手で行っていた。空いている時間は、すべて改築作業に費やしているようなものだった。でもウイリアムは、そのプロジェクトに夢中になっていた。だから、マリリィはそれを支えていた。

「スミッソンじいさんの家は、去年の夏、一週間千五百ドルで貸していたそうだ」彼は言った。「信じられるかい？　改築前、あの家はくずれかけていたんだ。うちのほうが、はるかに状態がいい」

「今日の午後、ヘイマー親子とお店の裏で何をしてたの？」

ウイリアムは新聞の端を折るようにして、鋭い目で彼女を見た。「なんだって？」

「今日の午後、お店の裏で――」

「それは聞こえた。あの親子と何をしていたのかとは、どういう意味なんだ？」

「怒ることはないでしょ、兄さん。わたしは、ただ――」

「怒ってなどいない。変だと思っただけだ。完全に話題からはずれているし、適当な質問とも思えない。次には、ぼくがそういった個人情報をあかせないことを知りながら、客に何を処方したか訊いてくるにちがいない」

実際には、ウイリアムはゴシップが大好きなおせっかい焼きで、客のことや、その健康状態について常にしゃべっている。

「ヘイマー親子は、兄さんに何か用があったの？」

ウイリアムはため息をつき、おまえのせいで新聞も読めないとでも言わんばかりに、新聞を脇《わき》に置いた。「ああ、あった。しかし、秘密の用件ではない。ウェスは事前に電話で、ドーラが頭痛を訴えているから、処方箋《しょほうせん》がなくても買える鎮痛剤を何か用意しておいてほしいと言ってきたんだ。それを取りに寄ったんだよ」

ウイリアムはテーブルを離れてカウンターの前に進み、コーヒーのお代わりを注いだ。そして、コーヒーを飲みながらカップの縁ごしに訊いた。「なぜ、そんなことを訊いた？　ウェスが、おまえといちゃつくだけのために店に寄ったとでも思ったのか？」

「彼とわたしは、いちゃついてなんかいないわ」

ウイリアムは、皮肉の色を浮かべて彼女を見た。

「いちゃついてなんかいないわよ」マリリィは、断固として言った。「わたしたちは、おしゃべりをしていただけだわ」

「正直に言うよ、マリリィ。ウェスにチヤホヤされていい気になっているなんて、ぼくには信じられない」そう言った彼の声には、哀れみの色がにじんでいた。「あの男は、子宮さえ持っていれば、なんだってチヤホヤするんだ」

「そういう露骨な言い方はやめて」

「露骨？」ウイリアムは、短く笑ってコーヒーを噴きだした。「露骨というのは、ウエスが女について話すときのことをいうんだ。ああ、もちろん女の前ではそんな話はしない。あの男は、おまえが聞いたことさえないような下品きわまりない言葉を使って、女とのことを自慢げに話すんだ。その話しぶりといったら、まるでハイスクールの生徒だ。大勝をおさめたあと、ゲームボール（訳注　フットボールなどで、勝利に貢献したコーチや選手に仲間から贈られるボール）を持って廊下を練り歩いていたあの頃そのままの気取った態度で、体験談を得意げに披露するんだからな」

兄がウェスを嫌っているのは、ほとんどジェラシーのせいだと、マリリィにはわかっていた。ウイリアムもウェスのようにマッチョでありたかったのだ。彼が、人気者のクラスメイトに対する青年期の嫉妬心《しっとしん》をいまだに捨てられずにいることは、周知の事実だった。卒業生総代という地位も、フットボール・チームのキャプテンにはとても及ばない。少なくとも、彼らが住んでいた世界では、まったく及ばなかった。

でも、ウェスについての兄のコメントが――いくぶん大袈裟《おおげさ》かもしれないけれど――基本的には事実だということも、マリリィは知っていた。彼女とウェス・ヘイマーは、同じハイスクールで教えている。たしかにウェスは、わがもの顔で学校の廊下を歩いている。自分には、その権利があると思っているかのような歩き方だ。彼は、体育科主任という地位を、そしてそこから生じる名声と特権のすべてを、ひけらかしていた。

「あの男が生徒を誘惑した話だって、知っているはずだ」

「あれは、ただの噂《うわさ》よ」マリリィは、やんわりと異をとなえた。「誘惑されたがってる女の子たちが、自分で言いだしたんだと思うわ」

ウイリアムは、妹の愚直さを哀れむようにかぶりを振った。「マリリィ、おまえは世間を知らなすぎる。ウェス・ヘイマーのことは、そう思いたければそう思えばいい。しかし、おまえの幸せを願っている兄としては、ぜひとも別のヒーローをさがすことをすすめるね」

彼はコーヒーと新聞を持って、リビング・ルームに移った。ふたりの父親同様、ウイリアムの行動も決まっていた。彼は毎晩、夕食の支度ができていることを期待して、ドラッグストアから戻ってくる。夕食のあと、マリリィがキッチンであとかたづけをしたり、日々の家事をこなしている間に新聞を読む。そして、彼女がリビング・ルームに腰を落ち着けて宿題の採点を始めようという頃になると、自分の部屋に入って寝るまでテレビを見るのだ。

ふたりは、同じ家に住んでいたけれど、同じ部屋にいることは滅多になかった。

マリリィは、毎日欠かさず兄の一日について質問したけれど、ウイリアムが妹の一日について尋ねることは——教師という仕事を軽んじているのか——ほとんどなかった。

ウイリアムは、自分の思いや感情や意見を自由に表現するくせに、マリリィが同じことをすると軽くあしらうか非難した。

彼は、時間も場所も告げずに、夜出かけていく。でも、マリリィが外出するときは、事前に行き先と帰宅時間を彼に知らせておかなければならない。

ふたり目の女性が行方不明になったあと、ウイリアムは妹の外出に特に用心深くなった。でもマリリィは、兄がほんとうに自分の身を案じているのか、保護者ぶって楽しんでいるだけなのか、わかったものではないと皮肉っぽく考えていた。

マリリィは、いわゆる主婦の役割を果たしていたけれど、主婦ではない。他につくす男がいないから兄につくしているだけのメイドだ。みんながそう言っているのはまちがいない。哀れみをこめてかぶりを振り「かわいそうに」と、つぶやいているのだ。

ウイリアムには人生がある。そして、マリリィにも人生はあった。そう、兄の人生が。

でも、それは過去のことだった。最近になって彼女の人生は、ロマンティックに――素敵に――変わったのだ。

8

ヘイマー家のキッチンの食卓のまわりに、ウェスがナイフを入れたTボーン・ステーキと同じくらい厚く、緊張感がただよっていた。

ウェスは、切った肉に自分の皿の上のケチャップをたっぷりつけて、口に運んだ。「願書は送ったと、おまえから聞いていた」彼は、肉を嚙《か》みながら言った。「しかし、今夜おまえの部屋に行ってみたら、机の上に願書があった。鳥籠《とりかご》に敷く紙屑のように、一面に置かれていた。問題は、カレッジに願書を出していないということだけではない。おまえは責任を逃れるために、わたしに噓《うそ》をついた。それも一度ならず」

スコットは目を落とし、背を丸めて椅子《いす》に座っていた。自分の皿に盛られたマッシュポテトを、フォークでただつついている。「学期末試験の勉強をしていたんだよ、父さん。そのあと、クリスマスの週をおじいちゃんの家で過ごした。それで、また学校が始まって、ずっと忙しかったんだ」

ウェスは、ビールといっしょにステーキを呑みくだした。「自分の将来以外のすべてのことで、忙しかったわけだ」

「そうじゃないよ」

「ウェス」

彼は、妻にサッと視線を向けた。「口出しはするな、ドーラ。これは、スコットとわたしの問題だ」

「願書は、今夜書きはじめるよ」スコットは椅子を引き、ナプキンを皿の横に置いた。

「とうぜんだ」ウェスはスコットの皿をナイフでつついた。「まだ食事が終わっていない」

「お腹《なか》が減ってないんだ」

「いいから食べろ。おまえには、プロテインが必要だ」

スコットはもう一度ナプキンを膝《ひざ》に載せると、反抗的な態度でフォークをステーキに突きさし、ナイフで切りはじめた。

「休みの間は、おまえが何を食べても目をつぶっていた」ウェスは言った。「しかし、これからはそういかない。春のトレーニングが終わるまで、おまえのダイエットを監視する。デザートもなしだ」

「今夜は、デザートにアップルパイを焼いたのよ」ドーラは言った。

彼女がスコットに投げかけた同情の色のこもった眼差《まなざ》しが、パイというアイディア以上にウェスを苛立《いらだ》たせた。「スコットがこんなふうになった責任の半分は、おまえにあるんだ。ドーラ、おまえはスコットを甘やかしすぎる。おまえに任せたら、スコットはカレッジにさえあがれない。一生この家にいて、おまえに赤ん坊あつかいされて過ごすことになる」

そのあと、三人は無言のまま食事をつづけた。スコットは、うなだれたまま黙々と食べ物を口に運び、皿が空になると席を立ってもいいかと訊《き》いた。

「よし——」ウェスは寛大な父親を気取って、息子にウインクした。「腹が落ち着いたら、パイをひと切れ食べても害はないだろう」

「ご馳走《ちそう》さま」スコットはナプキンを置くと、キッチンから出ていった。そのすぐあと、彼の部屋のドアが閉まる音がしたかと思うと、やかましい音楽が聞こえてきた。

「行って、あの子と話してくるわ」

ウェスは、立ちあがろうとしたドーラの腕をつかんだ。「放っておけ」彼はそう言いながら、ドーラを座らせた。「ふくれさせておけばいい。そのうち機嫌がなおる」

「だけど、このところ、あの子はふくれてばかりだわ」

「気分が安定してるティーンエイジャーが、どこにいる？」

「でも最近まで、あの子はこんなじゃなかったわ。今のあの子は、ほんとうのあの子じゃない。何か変よ」

ウェスは、大袈裟なまでに礼儀正しく言った。「パイをひと切れ、いただこうかな」

ドーラは夫に背中を向けたまま、カウンターの上で冷ましていたパイを切った。

「あの子はあなたを愛してるわ、ウェス。あなたを喜ばせようとして、一生懸命やっている。でも、あなたは何にしても、滅多に褒めてやらない。批判するよりも褒めてやったほうが、いい結果につながるはずよ」

彼はうなるように言った。「おまえは、オプラ・ウインフリーの戯言《ざれごと》を持ちださずに、話をすることができないのか？」

ドーラは、彼にパイを出した。「アイスクリームは？」

「おれが、アイスなしでパイを食べたことがあったか？」

ドーラは、アイスクリームをスプーンですくって彼のパイの上に載せると、冷凍庫に容器を戻し、積み重ねた皿を洗いはじめた。「このままじゃ、スコットは出ていってしまう。あなただって、そんなことは望んでないはずよ」

「おれが望んでいるのは、静かにデザートを食べることだ」

振り返ったドーラの中に、女子学生だった頃の面影を見て、彼は驚いた。初めて見た彼女は、テニスのスコートをはいてラケットバッグを肩からぶらさげ、キャンパスをすべるように歩いていた。試合を終えたばかりの彼女のTシャツは、汗でびしょ濡《ぬ》れ。試合は――あとで聞いたことだけれど――彼女が楽々勝利をおさめたということだった。

その日の午後、合宿所の広々としたベランダで仲間とくつろいでいたウェスが、目の前の手入れの行きとどいた芝生にキャンディの包み紙を放り投げるのを見て、彼女は目を怒らせた。

「何をするのよ。汚らしいバカ男ね」彼女は、噴水の中に排便するのを見たかのように言った。そして包み紙が落ちたところまで進むと、それを拾いあげていちばん近くのゴミ箱に捨て、そのまま振り向きもせずに歩き去った。

ダッチ・バートンを含む仲間たちは、身をかがめて包み紙を拾いあげる彼女に、口笛を吹いたり、猥褻《わいせつ》な言葉を浴びせたり、誘ったりした。でもウェスは、考え深げに彼女を見つめていた。もちろん、彼もドーラのツンと尖《とが》った胸や引き締まったお尻《しり》が気に入った。そのせいで、彼のモノは熱くなっていた。でも、彼をほんとうに参らせたのは、彼女の「あんたなんて眼中にないわ」という態度だった。

ほとんどの女子学生は、彼が教室に入っていくとボーッと見とれていた。女の子たちだって、男と同じようにマスターベーションをするし、相手が一流のスター選手ならば寝ることもある。当時、ウェスとダッチは、フットボール・チームの中でも目立つ存在だった。ウェスはクォーターバックで、ダッチはスロットバック。女の子たちは、ふたりになんでも——たいていは、ふたりが望む以上のものを——与えた。寝るのも、フェラチオをさせるのも簡単だった。その気も失《う》せるほど、簡単すぎた。だからウェスは、自分に生意気な態度をとったドーラが気に入ったのだ。

彼女のそんな生意気さはどこに行ってしまったのかと、彼は思っていた。結婚して以来、そんな一面は跡形もなく消えてしまった。でも今、その影が顔を出した。

「自分の息子より、アップルパイのほうがだいじなの？」

「バカなことを言うんじゃない、ドーラ。おれは、ただ——」

「いつかあなたは、スコットを追いつめることになる。それで、あの子は出ていくのよ。わたしたちは、二度とあの子に会えなくなるの」

「おまえは、自分の何が問題かわかっているのか？」彼は怒りをこめて訊いた。「そうだ、暇すぎるんだ。一日じゅう座って、男をこきおろすテレビのトーク番組を見て、そこで語られる男の欠点をすべてこのおれにあてはめる。そして挙げ句の果てに、うちでは起こるはずもない狂った筋書きを考えだすんだ。おれの父親も厳しかった。しかし、それでよかったとおれは思っている」

「それで、愛してるの？」

「誰を？」

「お父さまを」

「父のことは尊敬している」

「あなたは、恐れてるのよ。クソも出ないくらい、あのけちんぼの老人を恐れてるの」

ウェスはスプーンを置いて、とつぜん立ちあがった。椅子が床をこする音が大きくひびいた。ふたりは張りつめた空気の中、テーブルをはさんでしばらくにらみ合っていた。それから彼は笑みを浮かべた。「やれやれ、ドーラ。おれは、汚い言葉を吐くおまえが大好きなんだ」

ドーラは彼に背を向け、流しのほうを向くと蛇口をひねった。

ウェスは彼女の背後に立って手をのばし、水を止めた。「皿は待ってくれる」彼はドーラの腰に硬くなったモノを押しつけ、彼女を引き寄せた。「しかし、おまえのせいで硬くなったこいつは待ってくれない」

「よそでやってきて、ウェス」

彼は軽蔑《けいべつ》の意をこめてクスクスと笑い、彼女を抱いていた手をおろした。「そうするよ」

「わかってるのよ」ドーラは、また蛇口をひねった。


ダッチは、ヘイマー家の裏口のドアを何度か叩《たた》いた。窓ごしにキッチンが見えた。明かりはどれもついているのに、人の気配がしない。

苛立ちと寒さに足を踏みならしながら、彼はもう一度ノックし、それからドアを開けて大声で言った。「ウェス、おれだ、ダッチだ」

彼は、冷たい空気といっしょに家の中に入った。ドアを閉め、キッチンを横切ってリビング・ルームをのぞいてみる。「ウェス？」彼は、家の裏のどこか――たぶんスコットの部屋だ――から聞こえてくるロックの単調なベース音にかき消されないことを祈りながら、大声で呼びかけた。

背後でガレージにつづくドアが開く音を聞いて、ダッチは振り向いた。戸口を抜けて現れたのは、ウェスだった。自宅のキッチンにダッチが立っているのを見て、彼は大声で笑った。「結局、やって来たな。成人向きビデオについて思いをめぐらせる時間さえできれば、おまえはやって来るにちがいないと思っていたんだ。ドーラの車のラジエーターに不凍液を入れていたんだよ。この寒さじゃ——」そこで彼の笑みが消えた。「何かあったのか?」

「リリィが事故に遭った」

「なんてこった。怪我《けが》をしたのか?」

「していないと思う。しかし、はっきりとはわからない」

ウェスはダッチの上腕二頭筋を手で包むようにして、リビング・ルームに連れていき、ソファに座らせた。ダッチは、帽子と手袋を脱いだ。とけた氷と泥がついたままのブーツが、ラグに跡を残していたけれど、ふたりとも気にもとめなかった。ウェスは、ジャック・ダニエルをグラスに注いで、ダッチにわたした。

「まず一杯空けて、それから何が起きたのか話してくれ」

ダッチはウイスキーを空け、顔をしかめると、チェイサー代わりに深く息を吸った。

「携帯に、彼女からメッセージが入っていたんだ。電話がかかってきたとき、おれはガン夫妻と話していて出られなかった。クソッ！　とにかく、山をおりる途中で、なんらかの事故に遭ったらしい。ああ、なんてこった。コテージを発《た》つとき、彼女もすぐあとにつづくものと思っていたんだ。残してくるんじゃなかった。あのときでさえ、道はすでに凍りはじめていたんだ。おそらくスピンでもしたんだろう。しかし、なんとも言えない。とにかく、彼女はコテージに戻ったと言っている。それで、ベン・ティアニーが——」

「ティアニー？　あの——」ウェスは、タイプを打つ真似《まね》をした。

「ああ、あの男だ。アドベンチャー・ライターだかなんだか知らないが、あいつだ。リリィは、あの男が怪我をしていると言っている」

「ふたりの車が衝突したということだろうか？」

「リリィが言ったのは——というより、聞き取れたのは——ああ、電波の状態がひどくてね——とにかく、ふたりがコテージにいるということと、ティアニーが怪我をしているということと、助けを寄こしてほしいということだけだ」

「どうかしたの？」腰のベルトをきつく締めたハイネックのローブ姿で、ドーラが現れた。まるで、足を踏みはずしたことに気づいた瞬間の綱渡り師のようだ——ダッチは彼女の表情を見るたびに、そう思う。

ウェスは、かいつまんで状況を説明した。ドーラは心配そうな顔をし、それから訊いた。「ティアニーさんの怪我について、リリィは何か言わなかったの？　どの程度の怪我なのかしら？」

ダッチは首を振り、空になったグラスをウェスに差しだして、二杯目を注がせた。そして今度は、さっきよりもゆっくりと口に運んだ。「かすり傷なのか、大怪我を負って死にかけているのかもわからない。しかし正直言って、そんなことはどうでもいいんだ。おれが心配しているのはリリィだ。コテージに行かなければならない。今夜のうちに」

「今夜？」ドーラは言った。

ウェスは、リビング・ルームの窓の外に目をやった。「まだ降りつづいている、ダッチ。どんどんひどくなっているようだ」

「言われなくてもわかっている。ここまで車を走らせてきたんだ」外にあるものはすべて、氷に覆《おお》われていた。氷混じりのみぞれがやむ気配はなかったし、気温はどんどんさがっていた。

「どうやって山をのぼるっていうんだ、ダッチ？　あの道を車で行くのは無理だ。硬く凍った氷の上では、おまえの四輪駆動も役には立たない」

「わかっている」怒りとくやしさをこめて、彼は言った。「もうためしてみたんだ」

「気でも狂ったのか？」

「ああ、そのとおりだ。少なくとも、さっきは狂っていた。リリィのメッセージを聞いた瞬間、考えもなく動いてしまった。車に乗りこんで、山をのぼりはじめたんだ。しかし……」彼は言葉を切って、二杯目のグラスを空けた。「スピンして、なんとかコントロールを取り戻した」

「コーヒーを淹《い》れるわ」ドーラは、そう言ってキッチンに姿を消した。

「自殺行為だ」ウェスは言った。「そんなバカなことをするなんて」

ダッチはソファを離れて、行ったり来たりしはじめた。「いったいどうすればいいんだ、ウェス？　道が元の状態に戻るまで、指をくわえて座っていろとでも？　氷がすっかりとけるまでには、何日もかかる。ただ待っているなんてできない。リリィも怪我をしていたらどうする？　彼女のことだ、怪我をしていてもおれには言わないにちがいない」

「心配するのはわかる。しかし、彼女に関しては、もうおまえに責任はないはずだ」

ダッチはサッと彼のほうを向き、拳《こぶし》を固めて、殴りかかろうとでもいう勢いで彼に迫った。ウェスの言ったことは真実だったけれど、そんなことは聞きたくなかった。

特に、ウェスの口からは。ウェスは、これまでの生涯、負け知らずでやってきた。自信を失って苦しんだことなど、一瞬もないのだ。ウェスは、何もかもうまくやる。

「おれは警察署長だ。他に理由がないとしても、リリィを助ける義務がある」

ウェスは、ふたりの間の空気を軽く叩くように手を振った。「わかった、わかった、落ち着けよ。おれに怒りをぶつけたところで、なんの解決にもならない」

ダッチは、ドーラが運んできたトレイからコーヒーのマグをひとつ取ると、何口か飲んだ。ストレートのウイスキーのあと、彼に必要なのはそのコーヒーだった。ダッチの身体《からだ》には、サワーマッシュが、生命の酒《ネクタル》のように染《し》みわたった。その香り、その味、腹にひろがるその暖かさ、心地いいそのざわめき、血管の中で血がチリチリと騒ぐその感じ——ダッチは、かつてひっきりなしに飲んでいた酒を、自分がどれほど飲みたがっていたかに、今気がついた。

ダッチは訊《き》いた。「キャル・ホーキンズは、今も散砂車の権利を独占しているんだな?」

「ああ、去年、市はやつと再契約したばかりだ」ウェスは答えた。「あの役立たずのクソ野郎が、あの車を持っているというだけの理由でね」

「部下にあの男をさがさせている。自分でも、自宅に行ってみた。しかし明かりが消えていて鍵《かぎ》がかかっていた。電話をかけても誰も出ない。道に出て砂を撒《ま》いていないなら、あの男はいったいどこにいるんだ？」

「バーだろうな」ウェスは答えた。「だから、やつはあの仕事が気に入っているんだ。一年に数日だけ働けばいい。あとは正体がなくなるまで、好きに飲んでいられる」

「バーは、すでにさがした」

「ラベルつきのボトルに入っている、税金のかかった酒を出すバーを？」ウェスは嘲《あざけ》るように言いながら、片方の眉《まゆ》を吊《つ》りあげて見せた。「キャルを見つけたいなら、そんな店をさがしても無駄だ」彼は玄関先のクロゼットの前に進み、コートと帽子と手袋を取りだした。「運転は任せるよ。道は、おれが教える」

「コーヒーをご馳走《ちそう》さま、ドーラ」彼女の横をとおり抜けながら、ダッチは言った。

「気をつけてね」

「起きて待っている必要はない」ウェスが彼女に言ったのは、それだけだった。

近来にない冬の嵐《あらし》の中にそろって足を踏みだすと、ウェスはダッチの肩胛骨《けんこうこつ》の間を叩いた。「心配するな。どんなことをしてでも、ふたりでおまえのかわいい女を助けだすさ」

※

スコットの部屋の窓からは、裏庭が見える。彼は、父親とダッチ・バートンが凍った地面をすべるようにして、黒いブロンコに向かっていくのを見ていた。ブロンコの屋根の上には回転灯の支持台が横にのびていて、ドアにはステンシルで文字が描かれている。ダッチは、家の中にいるときもエンジンをかけっぱなしにしておいた。排気ガスが舞いあげる氷が、車のうしろで白い幽霊のように踊っている。ドライブウェイから通りに出た車は、スピンしながらも、なんとか前進をつづけた。

ノックの音がしたのは、スコットがまだ遠ざかるテールライトを眺めているときだった。「スコット?」母親の声が言った。

「どうぞ」彼は、プレイヤーの音をさげた。

「そろそろパイをいかが?」

「朝食のときにしてもいいかな? ステーキを食べすぎたみたいなんだ。父さんは、バートンさんと出かけたみたいだね」

ドーラは、起こったことを息子に話した。「リリィは山をおりるのに遅れて、嵐の中、コテージに閉じこめられてしまったようね。少なくとも、彼女には山の上にいる理由があった。でもティアニーさんが、今日、山の上で何をしていたのか、さっぱりわからないわ」

「あの人はハイカーだ」

「でも、こんな嵐の中を歩きまわらないだけの分別は、あるはずじゃない？」

スコットも同じことを考えていた。彼も経験を積んだハイカーだったし、リージョナル・トレイルについて書かれたティアニーの記事を読んでもいた。スコットは——最初はボーイスカウトで、そのあとはひとりで——山の林の中を歩きまわったり、そこでキャンプをしたりして育った。クリアリィ・ピークを歩きまわるのは楽しかったけれど、その地形は天気のいい日でさえ人にやさしくはない。彼は、こんな天気の午後に山に入るなんて絶対にごめんだと思っていた。

「キャル・ホーキンズが見つかったとしても、今夜、マウンテンローレル通りをのぼるなんて、誰にもできないと思うな」スコットは言った。

「わたしもそう思うわ。でも、あの人たちはわたしの言うことなんか聞かない。あなたの父さんよりも頑固な人がいるとしたら、それはダッチ・バートンよ。何か持ってきましょうか？　ホットチョコレートはいかが？」

「ありがとう、母さん。でも、やめておくよ。父さんに約束したとおり、願書を書くことにする。それで、しばらくしたらベッドに入るよ」

「わかったわ。お休み。ぐっすり眠るのよ」

「寝る前に、鍵をかけてアラームをセットするのを忘れちゃだめだよ」彼は、部屋を出ていく母親に言った。

ドーラは彼に笑みを向けた。「忘れないわ。ドアにも窓にも鍵をかけておくようにって、しょっちゅう父さんに言われているもの。ミリセントが姿を消してからは、特にね。でも、押しこみは心配してないの」

ああ、心配するわけがない――スコットは思った。ドーラのベッドの横に設《しつら》えたナイトスタンドの抽斗《ひきだし》には、弾をこめたピストルが入っているのだ。彼は知らないことになっているけれど、ちゃんと知っていた。見つけたのは六年生のときだった。スコットは、友達に見せびらかして自慢するためのコンドームをさがしに、両親の寝室に忍びこんだのだ。抽斗の中のリボルバーは、避妊用の殺精子剤のチューブよりも、ずっと刺激的だった。

「ミリセントにしても、他の女性たちにしても、無理やり連れていかれたようには思えないの」ドーラはつづけた。「犯人が誰だったとしても、その人は彼女たちの知り合いなんじゃないかしら。少なくとも顔見知りで、害はないと彼女たちが思っていた人。みんな、自分の意思でその人についていったんだと思うの」

「うん、でもとにかく気をつけてよ、母さん」

ドーラは彼にキスを投げた。「約束するわ」

ドアが閉まるとすぐに、スコットはプレイヤーのボリュームをあげた。それから、おやすみタイマーを使って、二十分後にプレイヤーのスイッチが切れるようにセットし、秘密の遠足に備えてコートを着こんだ。

窓を開けても音はしなかった。レールに、オイルを塗ってあるのだ。スコットは一瞬にして外に出て、窓を閉めた。母親が冷たい風を感じて、その源を調べにきたらたいへんだ。

凍るような空気にさらされて目がチクチク痛み、鼻水が出てきた。彼は、吹きつけるみぞれと氷の粒に背を丸め、手袋をした手をコートのポケットに突っこんだ。そして、裏庭の暗い場所を選んで歩きだした。

スコットは、時々家から逃げださずにはいられなくなる。言われたことはなんでも一生懸命やっているのに、「おまえはなんて怠け者なんだ」と父親になじられたあとは、特に家にはいられない。

ぼくが何をしても、父さんは満足なんかしやしない。ウェス・ヘイマーの息子にとっては、ブルー・リボンは青さが足りないし、銀のトロフィーも輝きが足りない。もしぼくがオリンピックで金メダルを取ったら、父さんは二個の金メダルを取れなかった理由を知りたがるにちがいない。

近づいてくるヘッドライトを見て、ダッチ・バートンのブロンコかもしれないと思ったスコットは、生け垣のうしろにうずくまって車がとおりすぎるのを待った。時速一五キロほどで進む車がスコットのいる場所にたどり着くまでには、永遠とも思われる時間がかかった。それまでに彼の足は寒さのせいで突っ張ってしまった。

でも、用心は無駄に終わった。這《は》うように彼の前をすぎていった車は、ブロンコではなかった。彼は、たまたま通りに面した窓から嵐の様子を眺めていた誰かに見られても正体がわからないように、コートの襟を立てて頰を覆い、帽子を引っぱりさげて、ふたたび歩きはじめた。

この町の人間は、みんな話し好きだ。今夜、誰かに見られて、それを父親に言いつけられたらたいへんなことになる。それに、凍った道ですべって、どこかを痛めたらどうなる？　父さんは、卒倒するにちがいない。ただし、ぼくを殺してから。

そんな思いにとらわれていたスコットは、凍った歩道で足をすべらせてしまった。あまりに恐れていたせいで、ほんとうにそんなことが起きてしまったのかもしれない。

足が宙に浮いたと思った次の瞬間、腰からドスンと地面に落ちていた。尾骶骨《びていこつ》が、頭《ず》蓋骨《がいこつ》のてっぺんまで押しあげられたかのように思えた。落ちた衝撃で、舌を嚙《か》んでいた。

しばらくしてショックの波が去ると、スコットは立ちあがろうとした。そして何度かの滑稽《こっけい》な試みのあと、なんとか足場を見つけて立つことに成功した彼は、ヨロヨロと杭垣《くいがき》のところまで進み、そこに寄りかかった。

「危ないところだった」彼はふるえる声でつぶやいた。踝《くるぶし》か脛《すね》の骨を折って、足を引きずって家に帰ったら、父さんはどうするだろう？

父さん、こういうことなんだ。ぼくは家を抜けだしたんだ。それで町を歩いていたら、凍った道で足をすべらせちゃってさ。骨が折れたときの音を聞かせたかったよ。五×一〇センチの角材を二本、叩《たた》き合わせたみたいな音だったな。ふーっ。とにかく、アラバマ大のフットボール・チーム《クリムゾンタイド》に入るのは無理だ。クリムゾンタイドは、ぼくなしでNCAAの決勝戦を戦わなくちゃね。

スコットは、フェンスから離れないようにして歩きながら、そんな過《あやま》ちが自分の人生にもたらす水爆級のダメージを思って身をふるわせた。生涯、そのツケを払いつづけることになるにちがいない。そして彼が墓に埋められる日、開いた棺《ひつぎ》に覆いかぶさるように身をかがめて、父親がこう言うのだ。「いったいおまえは何を考えていたんだ、スコット？」ぼくが死んでも、父さんは怒鳴ったりわめいたりしつづけるにちがいない。ただ、ぼくに過大な期待をかけることはできなくなる。

スコットは、自分が転ぶ原因となった凍った地面を振り返ってみた。もう少しで、たいへんなことになるところだった。首を折らずにすんで、ほんとうにラッキーだった。

いや、アンラッキーだったのかもしれない。

なんの前ぶれもなく、無意識のうちにそんな思いが浮かんできて、彼はその場に立ちつくした。どうして、そんなことを思ったんだ？

心に浮かんだだけでも、雷に打たれたような気にさせられる思いだった。最近、彼は、どんな道徳律や宗教に照らしても、罰せられてとうぜんと思われることをした。それでも、永遠に地獄の火に焼かれることなど少しも恐れてはいなかった。それなのに今、ほんの一瞬、とんでもない思いを心に抱いただけで、彼は心底脅《おび》えていた。でも、何かを思ったからって、誰にぼくをとがめられる？　だいいち、ぼくがこんなことを思ったなんて、誰にもわからないじゃないか。

しばらくして、スコットはまた歩きはじめた。

今度は、ものすごく慎重に。

9

もう夫などいないということをティアニーに思い出させられたリリィは、肩かけを投げるように横に置いて、ソファから離れた。引き戻されるものとばかり思っていたけれど、傷が彼のすばやい動きをさまたげた。ティアニーは、フラフラと立ちあがるのがやっとだった。「リリィ——」

「いいえ、ティアニー、聞いて」ふれられたわけでもないのに、リリィは手で彼を制した。「今、わたしたちは、危うい状況に身を置いている。この上——」

「危うい？　きみは、危うさを感じているのか？　ぼくといて、安心感をおぼえているんじゃないのか？」

「安心？　ええ、もちろん安心してるわ。安心してないなんて、誰が言った？　わたしは、ただ……」

「ただ？」彼はそれきり口をつぐみ、眉を吊りあげて答を待った。

「わたしたち、どんどん個人的な領域に入りこんでいくみたい。ここにいる間は、そういうことは避けるべきだと思うの。プライベートなことは何もかも放っておいて、今ここにある問題に集中しましょう」ティアニーはすぐにも異議をとなえるかに見えたけれど、リリィが「お願い」とつけくわえたことで、彼女が口にした言葉の意味までもがやわらいだ。

ティアニーは、渋々ながら同意した。「わかった。現実的になろう。ひと仕事する気はあるかい？」

「仕事って？」

「品ぞろえ競争だ」

つまり、彼女がコテージから持ちだし忘れてたものが何か残っていないか、部屋をさがしてみようというのだ。ティアニーは、自分はキッチンから始めると言い残してリリィに背を向け、フラフラとそのほうに歩きだした。

「ティアニー？」

彼は振り向いた。リリィは、勇気がなくなる前に――自分で自分を止めてしまう前に――訊《き》いた。「あのあと、彼女たちに会ったの？」

ティアニーは、訝《いぶか》しげに眉をひそめた。「彼女たち？」

「ふたり組の女子大生。ジープに乗っていた、トラブルに巻きこまれてとうぜんみたいな、あの女の子たちよ。いっしょに飲もうっていうあなたの誘いを、わたしは断った。あのあと、彼女たちに会ったの？」

ティアニーは探るような目で長いこと彼女を見つめ、それから踵《きびす》を返してキッチンに向かった。「きみは、ベッド・ルームとバス・ルームをチェックしてくれ」

＊

ベッド・ルームで見つかったのは、簞笥《たんす》の抽斗の割れ目に詰まっていたストレートピンが三本だけだった。リリィは、それをティアニーにわたした。「この他にあったのは、ベッドの下で死んでいたゴキブリ二匹。それは、そのままにしておいたわ」

「そのうちプロテインが必要になるかもしれない」ティアニーはそう言ったけれど、まるっきりジョークというわけでもなさそうだった。彼の収穫は、二本のロウソク。色は褪《あ》せていたし、曲がってもいたけれど、停電になったら役に立つ。「サイド・テーブルの抽斗の奥に残っていた」

ティアニーは、カウンターに全体重をあずけ、その御影石《みかげいし》の表面にしっかりと片手をついていた。目も閉じている。「横になったほうがいいわ」リリィは言った。

「いや、だいじょうぶだ」彼は、ぼんやりとつぶやきながら目を開いた。

「今にも倒れそうよ」

「また目眩《めまい》の波に襲われただけだ」ティアニーはカウンターから離れて、コテージの入口のドア脇《わき》にある窓の前に進み、カーテンを開いた。「考えていたんだ」

リリィは、彼がその考えを口にするのを待った。でも、それがいい考えではないことが、すでになんとなくわかっていた。

「このみぞれと氷の粒が雪に変わったら――ああ、この高度では充分にあり得ることだが――ぼくたちはますます危険な状況に追いやられることになる。プロパンのタンクが空になることが心配だ。そうなったら、燃料が必要になる」ティアニーは、部屋のほうに向きなおった。「少しは安全な今のうちに納屋《なや》に行って、できるだけ薪《まき》を運んでくる」

リリィは、ティアニーの背後の窓に目をやり、それから彼に視線を戻した。「あなたには無理よ！　バランスを失わずに立っているのがやっとじゃない。脳震盪《のうしんとう》を起こしてるのよ」

「凍え死ぬのに比べたら、たいした問題ではない」

「とにかく、それは忘れて。あなたには無理。行かせるわけにはいかないわ」

彼女の剣幕に、ティアニーは思わずほほえんだ。「ぼくは許可など求めていないよ、リリィ」

「わたしが行く」そうは言ったものの、安全で比較的暖かいコテージの外に足を踏みだすことを思うと、リリィは身がすくんだ。

ティアニーは、彼女を上から下まで眺めた。「きみが行っても、状況を変えるのに充分な薪は運べない。ぼくもたいして持ってこられないかもしれないが、それでもきみよりは多く運べる。それに、きみのブーツは濡《ぬ》れている。凍傷になってしまうよ。だから、ぼくが行く」

それについて、ふたりはそれから五分話し合ったけれど、その間にもティアニーは──彼女が異議をとなえていたにもかかわらず──出かける支度をはじめていた。

「納屋に、何か使えそうなものはあるかい？ たとえば橇《そり》とか？ 薪を積んで曳《ひ》いてこられるようなものがあるといいんだが」

リリィは心の中で納屋にあるもののリストをすばやくチェックし、かぶりを振った。

「残念ながら、ダッチとふたりで、みんな処分してしまったわ。でも、基本的な道具類はいくつか残ってる。入って右側に、道具箱に使っている大きな木製のチェストがあるの。その中に使えるものが入ってるかもしれないわ。ええ、斧《おの》は入ってる。ポーチにある手斧《ちょうな》よりも大きいのがね。薪を割る必要があるって言ったわよね。だったら、斧を持ってきたほうがいいと思うわ」

「ポーチの階段をおりたら、この方向に進めばいいんだね？」彼は、漠然と方向を示した。

「そうよ」

「このコテージと納屋の間に目印になるものはあるかい？　木の切り株とか、大きな穴とか、岩とか？」

リリィは、その道を心に描きだして、そういうものがあったかどうか考えてみた。

「ないわ。ただの真っ平らなひろがり。でも、ひとたびその開拓地を抜けて林に入ったら……」

「わかっている」彼は、苦々しげに言った。「道は険しくなる」

「何も見えないんじゃない？」

ティアニーは、コートのポケットから小さな懐中電灯を取りだした。

それほど頼りになりそうには見えなかった。「電池が切れたらどうするの？　方向がわからなくなってしまうわ」

「方向に関しては、第六感がはたらくんだ。目印になるものが見えていれば、必ず戻ってこられる。しかし、ぼくが出ている間にコテージの明かりが消えてしまったら、方向を見定めるのがむずかしくなる。ああ、いつ停電しても不思議ではない。電線に、これだけ氷が積もっているんだからね」リリィは、うなずいて同意した。「もし電気が消えてしまったら、ロウソクに火を点《つ》けて窓辺に置いてくれ」

「マッチがないわ」

ティアニーは、コートのもうひとつのポケットからマッチを取りだして、彼女にわたした。「必要なときに、どこにあるかすぐにわかるように、マッチとロウソクをいっしょに置いておくんだ」

こんなこと、やっぱり狂ってる！——リリィは、不意にそんな思いにとらわれた。

「ティアニー、お願いだから考えなおして。家具を壊して燃やせばいいじゃない。本棚だって、コーヒー・テーブルだって、キャビネットの扉だってあるわ。何もなくなる前に、助けが来るわよ。それにプロパンだって、思ってるより長くもってくれるかもしれない」

「危険な賭《かけ》はしたくない。それに、どうしてもそうせざるを得ないというなら別だが、コテージの家具を壊すなどバカげているよ。ぼくは、だいじょうぶだ。もっとひどい状況の中を歩きまわったこともある」

「氷とみぞれが吹きつける中を？」

ティアニーは、それには答えずに、帽子に手をのばした。そして、それをつかんだ彼は、不快そうに眉《まゆ》をひそめた。「乾いた血でバリバリになっている。きみのスタジアム・ブランケットを借りてもかまわないかな？」

リリィは、さっき自分がしてもらったように、彼が頭をブランケットで覆《おお》うのを手伝った。そして、ティアニーの支度が整った。彼を説得すべく、最後にもう一度リリィは言った。「脳震盪を起こしてる状態で、無理をしてはいけないのよ。気を失ってしまうかもしれないし、第六感がはたらかないかもしれないし、迷子になってしまうかもしれない。そうなったら、崖《がけ》から落ちるか、凍え死ぬかのどっちかだわ」

「このままでは、ふたりともじきに死んでしまう」彼は、リリィに敬礼して見せた。

「冗談はやめて」

「冗談だったらと思うよ」ティアニーはマフラーを引っぱりあげて顔の下半分を覆うと、ドアのほうに手をのばした。でも、ドアノブをつかんだところでためらい、振り向いて口の下までマフラーをおろした。「もし帰ってこられなかったら、きみに一度もキスをしなかったことをひどく後悔するだろうな」

ティアニーの目は、青い炎を思わせるほど魅惑的だった。その目でリリィを見つめながら、彼はマフラーを鼻の上まで引っぱりあげた。彼がドアを開けると、冷たい風が頰に叩《たた》きつけるように吹きこんできた。でも、それは一瞬のことだった。ティアニーは外に出るとすぐに、しっかりとドアを閉めた。

リリィは窓に駆け寄り、彼に明かりがとどくようにと、カーテンを開いた。ティアニーは振り向き、その配慮に親指を立てて応《こた》えた。リリィは、もうひとつの窓のカーテンも開くと、手を双眼鏡のように丸めて目にあて、霜がついたガラスごしに彼の姿を追った。ティアニーは、一歩一歩、慎重に足を踏みだし、足場のたしかさを確認してから全体重をかけて前進しているようだった。

窓からの明かりは、コテージの前を照らしていたけれど、遠くまではとどかない。ついにティアニーは、その明かりの外に足を踏みだした。リリィは、息でくもった冷たいガラスを苛立《いらだ》たしげに拭《ぬぐ》った。渦を巻いて降りしきる氷とみぞれの中、懐中電灯のかすかな光がゆらゆらと動いているのが見えた。

そして、すぐにそれさえ見えなくなった。

✲

ふたりは、ウェスが言っていたとおりの場所でキャル・ホーキンズを見つけた。

林の奥の泥道の突きあたりに、高さ六〇メートルほどのガッシリとした岩壁がそびえていた。その山の切り立った岩壁の下に隠れるように建つ、窓のない平屋の建物は、まるでクラッカーの箱のように見えた。のっぺりとした正面の壁の中央に傷だらけの金属製のドアがあって、その真上のソケットに黄色い裸電球がねじこんである。建物の前には、ピックアップ・トラックが三台。フロントガラスに積もった氷の量から察するに、だいぶ前からそこに停まっているようだった。

ダッチは、ここまで三キロ、暗くて細い足場の悪い道を運転してきた。そのせいで、ウェスと連れだって中に入っていったときの彼は、かなり好戦的な気分になっていた。

店内は薄暗かった。もうもうと立ちこめる煙草《たばこ》の煙に、あたりにただよう湿ったウールの臭《にお》いと男たちの体臭。ふたりは、嚙《か》み煙草の汁が吐き捨てられた床を踏みしめて、奥の壁ぞいにある合板のカウンターの前に進んだ。

前置きもなく、ダッチは言った。「キャル・ホーキンズに会いにきた」

バーテンダーは、ボサボサになった脂《あぶら》っぽい髪を振って、部屋の隅を示した。ホーキンズは、壊れそうなテーブルのひとつに頭を載せて鼾《いびき》をかいていた。両腕は、脇にだらりとぶらさがっている。

「もう一時間くらい、あんな様子だ」汚らしいフランネルのシャツの上から、ぼんやりと脇の下をかいて、バーテンダーが言った。「やつにどんな用があるんだい？」

「何を飲んだ？」ダッチは訊いた。

「あの連中が持ちこんだ酒だよ」

バーテンダーは、ムッツリとしたひげ面《づら》の三人組が座っているテーブルを親指で示した。ふさがっているテーブルは、そのふたつだけ。カードをしている男たちを見おろすように、歯をむきだしたクマの頭の剝製《はくせい》が、壁にかかっていた。

「この中じゃ、あのクマの知能指数がいちばん高そうだ」ウェスは、ダッチにささやいた。「おまえの拳銃《けんじゅう》が、ただのアクセサリーでないことを祈るよ。連中のは、どう見てもアクセサリーではない」

それぞれの椅子《いす》に散弾銃が立てかけてあることに、ダッチも気がついていた。「連中を見張っていてくれ」

「三対一？　勘弁してくれよ」

ダッチは、眠りこけているホーキンズのテーブルに近づいていった。ゆるんだ口元から涎《よだれ》がたれて、テーブルの上に水たまりができている。ダッチは足をうしろに引いて、思い切り椅子を蹴飛《けと》ばした。

ホーキンズは、ドスンと床に落ちた。「クソッ、何をしやがるんだ！」彼は拳《こぶし》をにぎりしめて、立ちあがった。でも、ダッチのバッジの輝きを目にして引きさがり、混乱の表情を浮かべてまぶしそうに瞬《まばた》きをした。それから、彼はニヤッと笑った。「やあ、ダッチ。子供の頃、おれはあんたがボール遊びをしてるのをよく見てたんだ」

「その粗末なケツをブタ箱に放りこんでやってもいいんだ」ダッチはうなるように言った。「しかし、そんなバカなことが言えるところを見ると、たいして酔ってはいならしい。充分に働けるな。ああ、おまえに働いてもらう必要があるんだ」

ホーキンズは、手の甲で顎《あご》の涎を拭った。「何をしろっていうんだ？」

「なんだと思う？」ダッチはそう言ってグッと彼に顔を近づけたけれど、その息の臭いに怯《ひる》んだだけだった。「地面が凍るような嵐《あらし》が来たら道路に砂を撒《ま》く。おまえは、市とそういう契約を結んでいる。おまえほどの天才ならば、そこまで言えばわかるだろう？　ああ、今、町はそういう嵐の直中《ただなか》にある。それで、おまえはどこにいる？　とんでもない場所に隠れて、ぐでんぐでんに酔っぱらっている。おまえをさがすのに、何時間も無駄にしたんだ」

ダッチは、椅子の背にかかっていたホーキンズのものと思われるコートをつかんで、彼に投げた。ホーキンズは、それを胸の前でキャッチした。反射神経が完全に酒に冒されていないことを知って、ダッチは喜んだ。

「今すぐにここを出て、散砂車が停めてある駐車場に向かえ。おれたちが、あとをついていく。散砂車は、すでに砂を積んでおまえを待っている。キーは持っているのか？」

ホーキンズは、油で汚れたブルー・ジーンズのポケットから鍵束《かぎたば》を取りだし、それをダッチに差しだした。「これを持っていって、勝手に――」

「できるものなら、そうするさ。しかし、散砂車を動かしたことがあるのはおまえだけだ。それに、あの車を運転するにあたっての被保険者は、おまえひとりということになっている。だいいち、おれにも、クリアリィの町の誰にも、道に砂を撒く義務はない。おまえがやるんだよ、ホーキンズ。町に着くまでに、おれたちをまこうなどとは思わないことだ。テールパイプから入りこんで、おまえのケツを囓《かじ》れるくらいピッタリとついていくからな。さあ、行こう」

「無駄だよ」ダッチにドアのほうに押しやられながら、ホーキンズは異議をとなえた。「いっしょに行くさ、署長。けど、こんな勢いで降ってたんじゃ、今夜どんなに撒いたって、大量の砂が無駄になるだけだ。費用が倍かかる。ああ、嵐がとおり抜けたら、また撒かなくちゃならないからね」

「それは、こっちの問題だ。おまえの問題は、おれに殴られないようにすることだ。とにかく、言われたとおりにすればいい」

＊

不安に駆られながらティアニーの帰りを待っていたリリィは、暗闇《くらやみ》の中をとぼとぼと歩いてくる彼の姿を見つけて、あまりのうれしさに泣きだしてしまった。ティアニーは、何かを引きずっていた。さらに近づいてきて初めて、それが薪《まき》を積んだ防水シートだとわかった。

ティアニーはポーチの下に薪を置いて、ヨロヨロと階段をのぼった。リリィは、コテージのドアを開けると、コートの袖《そで》をつかんで彼を中に引きいれた。ティアニーはドア枠に身をあずけて、間に合わせのフードを押しあげた。眉も睫《まつげ》も、霜に覆われていた。リリィは考える間もなく、それを払いのけた。

「水を一杯、頼む」

リリィはキッチンに駆けこんで、ピッチャーからグラスに水を注いだ。蛇口からは、もう水が出なかった。こうなる前に、水を汲《く》んでおいてよかった。

ティアニーは壁にもたれたまま、ズルズルと座りこみ、両足を前に投げだした。手袋をはずして、血がめぐるように手を閉じたり開いたりしている。リリィは彼の横にひざまずいた。ティアニーは、ありがたそうに彼女からグラスを受け取ると、一気にその水を飲みほした。

「だいじょうぶ？　ひどく疲れているのは、わかっているけど」

ティアニーは、うなずいただけで答えなかった。

ふつうなら納屋《なや》まで六十秒でたどり着く。腕時計を見るかぎり、彼がコテージを出てから戻ってくるまでに三十八分経《た》っていた。その間リリィは、彼を行かせてしまった自分を繰り返し非難していた。

「帰ってこられてよかった」リリィは、ありったけの気持ちをこめて言った。

「もう一度、行ってくる」

「なんですって？」

ティアニーは、うめきながらも壁を頼って立ちあがった。そう、立ちあがったと言えるかどうかは別にして……。実際、彼の身体《からだ》は激しく揺れていた。ブーツの底は、しっかりと床についていたけれど、そうでなければバッタリ倒れても不思議ではなかった。

「ティアニー、無理よ」

「もう一度、薪を運んでこられれば、ずいぶん状況がちがってくる。今度は、こんなに時間はかからない」彼はそう言いながら、また手袋をはめた。「もう、どこに何があるかわかっているからね。さっきは、納屋の中でもたもたして時間を費やしてしまったんだ」彼は、しばらく近くの空間を見つめ、それから靄《もや》を振り払おうとでもいうように、軽く頭を振った。

「行っちゃだめよ」

「ぼくはだいじょうぶだ」ティアニーは、またフード代わりのブランケットとマフラーを巻きつけた。

「あなたを説得できたらいいのに」

ティアニーは、苦々しい笑みを浮かべた。「ああ、ぼくもきみの言葉にうなずけたらと思うよ」

それから彼はマフラーを鼻の上まで引っぱりあげ、コテージを出ていった。リリィは、防水シートの上の薪を庇《ひさし》の下に積みあげる彼を、窓ごしに見ていた。そして、また暗闇の中に彼が消えてしまうまで、その姿を目で追いつづけた。部屋のほうに向きなおったリリィは、ただ不安に駆られて彼の帰りを待つよりも、少しはましなことをして過ごそうと決めた。

思ったよりも早く、ポーチの階段をのぼる彼の足音が聞こえてきた。ドアを開けると、薪を積んだ防水シートをポーチの上に引きずりあげている彼がいた。これだけの薪を運ぶには、ありったけの力を振りしぼる必要があったにちがいない。「斧《おの》も忘れずに持ってきた？」

「斧はなかった」マフラーのせいで、その声はくぐもっていた。

「二、三日前に見たわ」

「斧はなかった」ティアニーはひとこと言った。その重い口調に、リリィは口をつぐんだ。

おぼえておこう——リリィは思った。ティアニーは、誰かが自分の言葉に異議をとなえるのを好まない。

そして、誰かが命令に背くことも好まないようだ。ティアニーは、暖炉の燃える火を見て顔をしかめた。

「今さら、何を言っても手遅れよ」リリィは言った。

ティアニーは、薪が乾くように室内に積みあげると、ポーチの薪の山に防水シートをかけ、部屋の中に入ってきた。リリィは、彼を暖炉の前に押しやった。「あなたには、暖炉の火を楽しむ権利があるわ」

ティアニーは、頭に巻いたブランケットを取って暖炉のほうに進むと、祭壇の前で懺悔《ざんげ》をする人のようにその前にひざまずき、手袋をはずして炎に手をかざした。「戻ってくるときに、煙突からたちのぼる煙の匂《にお》いがした。どうやって火を熾《おこ》したんだ？」

「ポーチの壁に近いところに、何本か乾いた薪があったのよ」

「ありがとう」

「どういたしまして」

「それにコーヒーの香りもした」

「冷蔵庫の冷凍室に、開けていない缶が残ってたの」リリィはそう言いながら、キッチンに向かった。「飲み水の無駄づかいだっていうことはわかってる。でも、淹《い》れたのは二杯分だけ。クリームも砂糖もないわ」

「あっても、クリームも砂糖も使わない」

リリィが湯気のたつマグを持ってきたとき、ティアニーはコートもマフラーもブーツも脱いで、炎を背にして立っていた。「コーヒーを飲んだら、吐き気がするかしら？」

「飲んでみるよ」ティアニーは両手で包むように持ったマグを口に運び、そこでためらった。「きみのコーヒーは？」

「二杯とも、あなたが飲んで。それだけの仕事をしてきたんですもの」

ティアニーは、満足げに小さな音をたてながら、何口か――その味を、温かさを――楽しんだ。「きみとなら結婚してもいいな」

リリィは神経質な笑い声をあげ、火のすぐそばにあるソファの端に腰をおろすと、膝《ひざ》を折ってストッキングをはいた足先をお尻《しり》の下にたくしこみ、身を護《まも》ろうとでもいうように肩かけを胸に抱きしめた。でも、いったい何から身を護ろうというのだろう？ もしかしたら、ティアニーの目からかもしれない。そう、彼の目は常にリリィを追っていた。リリィ自身が知る以上にリリィを知ろうと、彼女を見つめていた。

ティアニーは暖炉の真ん前に座って、炎のほうに足をのばした。

沈黙を埋めるべく、彼女は訊《き》いた。「頭はどんな具合？」

「クラクラしている」

「まだ痛む？」

「少しね」

「新しい血は髪についてないみたい。でも、少し休んだら、もう一度見せてもらったほうがよさそうね」

ティアニーはうなずいたけれど、何も言わなかった。ついにリリィは立ちあがり、空になったマグを彼の手から取ると、お代わりを注ぎにキッチンに向かった。コーヒーを持って戻った彼女に、ティアニーはかぶりを振った。「きみの分だ」

「あなたのために淹れたのよ」

「きみにも飲んでほしい」

リリィは何口か飲んで、ありがとうとつぶやくと、マグを彼に返した。そのとき、ふたりの指先がふれあった。「おかげでいい気分だ。もう一度、お礼を言うよ。ありがとう」

「薪を取りにいってくれて、ありがとう」

「どういたしまして」

リリィは、さっきまで座っていたソファの隅に戻った。そして、彼女が腰を落ち着けたとたん、彼が感情のこもらない声で言った。「お嬢さんのことは知っている」驚きが表情に出たにちがいない。彼は小さく肩をすくめて、さらにつけくわえた。「あちこちで、話を聞いた」

「誰から聞いたの？」

「クリアリィの人たちから。きみのことは、ずいぶん噂《うわさ》になっている。特にダッチがこっちに戻って、警察署長になってからはね。リットの店のソーダファウンテンでは、ふたりの話題でもちきりだ」

「あそこにはよく行くの？」

「郷に入っては郷にしたがえ。この町にいるなら、あの店に行かなくてはね」

「そうね、たしかにあの店は町の中心だわ」リリィは皮肉をこめて言った。「わたしとダッチとの離婚は、いろんな噂や推測を生んでいるにちがいないわ。結婚に、妊娠に、浮気に、離婚。そういうことはゴシップの種になる」

「人の死もね」ティアニーは、小さな声で言った。

「そうね」リリィはため息をつきながら、彼を見た。「エイミーが亡《な》くなったことについては、みんななんて言ってるの？」

「悲劇だと言っている」

「ええ、それはほんとうのことね。あの子は、たった三歳で死んでしまったのよ。そのことは知っていた？」ティアニーはうなずいた。「四年前のことよ。あの子といた年月よりも、別れてからの年月のほうが長くなってしまったなんて、信じられないわ」

「脳腫瘍《のうしゅよう》だって？」

「それもほんとうのこと。かなり質《たち》の悪い脳腫瘍だったの。表に出ないくせに致命的で。症状なんて、ずっと現れなかったのよ。麻痺《まひ》もなければ、目もちゃんと見えたし、ろれつがまわらないなんていうこともなかった。兆《きざ》しなんて、ほんとうになかったの。エイミーは、健康そのものだった。それは、いいことよね。でも、同時に悪いことでもあった。だって、何かが変だって気づいたときには、脳の大部分が腫瘍に冒されてたの」

リリィは、肩かけのフリンジをつまんだ。「手術はできないって、病気は治らないって、最初に言われたわ。お医者さまの話では、強度の化学療法も放射線治療も、エイミーの寿命を何週間か——もしかしたら一カ月か二カ月——のばせるかもしれないけど、命を救うにはいたらないっていうことだった。ダッチとわたしは、エイミーにつらい治療を受けさせるのはやめようって決めたの。それで、あの子を家に連れて帰って、比較的ふつうに一カ月半過ごした。でも、腫瘍はどんどん大きくなっていたのね。その兆しが現れて、どんどん病状は悪化していった。ある朝、あの子はオレンジ・ジュースを飲みこめなくなってしまった。そして昼には、他の機能もはたらかなくなってきた。病院に入っていたら、夕食はとれたのかもしれない。でも、その頃には昏睡《こんすい》状態におちいっていた。翌朝早く、息が止まって、最後に一度心臓が鼓動を打ち、それであの子は逝《い》ってしまったの」

リリィは、彼をサッと見て、そのまま炎に目を向けた。「わたしたちは、あの子の遺体を医学の研究のために提供した。そうすることで、いくらかでも救われるんじゃないかと思ったの。もしかしたら、他の子供がエイミーと同じ運命をたどるのを、防ぐ役に立つかもしれない。それに、あの子を棺《ひつぎ》におさめるなんて、わたしにはとても考えられなかった。あの子は暗闇を怖がっていたの。常夜灯を点《つ》けておかなければ、眠らなかったの。小さくて透明な常夜灯よ。クリスマスの使者みたいな、羽の生えた天使の形をしているの。今でも、わたしは毎晩それを点けて眠ってる。とにかく、あの子を土に埋めるなんて、わたしにはできなかった」

「リリィ、そんなことは話さなくていいんだよ」

「いいえ、わたしはだいじょうぶ」彼女は、そう言って頬の涙を拭《ぬぐ》った。

「こんな話は持ちだすべきではなかった」

「持ちだしてくれて、感謝してるのよ。あの子のことを――エイミーのことを――話すのは、わたしのためにもいいの。あの子の話をするのが、エイミーの名前を口にするのが、わたしにとってどれほど健康的なことか、カウンセラーは力説していたわ」

リリィは、まっすぐに見つめている彼の目をとらえた。「でも、おかしなことにあの子が死んだあと、わたしにエイミーの話をする人は、ほとんどいなくなってしまったの。みんな目も見ないで、遠まわしに『失ったもの』とか、『深い悲しみ』とか、『別れのとき』とか、言うのよ。エイミーの名前を口にする人なんて、ひとりもいなかった。あの子の話をして、わたしを悲しませてはいけないと思ってるんでしょうね。でも、わたしにはあの子の話をする必要があるの」

「ダッチはどうなんだ？」

「どうって？」

「彼は、お嬢さんの死を乗りこえられたのかい？」

「みんなは、なんて言ってるの？」

「ウイスキーに溺《おぼ》れたと言っている」

リリィは、おもしろくもなさそうに鼻で笑った。「クリアリィの人たちは、けっして嘘《うそ》は言わないわ。ええ、彼は浴びるようにお酒を飲みはじめた。そして、それが仕事にも影響するようになったの。へまをするようになったのよ。でも、それは彼自身にとってもパートナーにとっても危険だわ。それで、彼は信用できないということになってしまった。何度か注意され、それから公式に戒告を受け、降格した。それで、ますます落ちこんで、ますます飲むようになった。そんな悪循環を繰り返して落ちていったのよ。結局は、クビになったわ。『エイミーのことがなかったら、別れることもなかったんだ』って、まさに今日、彼が言ったの。そのとおりかもしれない。死が、わたしたちを別れさせたんだわ。あの子の死がね。月並みだけど、子供を失ったことで、わたしたちの結婚は破綻《はたん》した。わたしたちは、以前と同じではあり得ない。夫婦としても、ひとりの人間としてもね」

彼女は残り火から目を離して、ティアニーを見つめた。「何か言い忘れてることがあるかしら？　町の懲《こ》りないおせっかい焼きたちは、わたしたちの離婚の条件も知ってるの？」

「ああ、そのことも話している。いずれにしても、みんなダッチが戻ってきて喜んでいるようだ」

「わたしのことはなんて言ってる？」

ティアニーは、それについては話す気はないとでもいうように、肩をすくめて見せた。

「話して、ティアニー。わたしは、けっこう図太いの。何を聞いても平気よ」

「きみが離婚を迫ったと言っている。無理やり別れたとね」

「そんなものがいるとすれば、わたしこそ冷たい売女《ばいた》だって言ってるわけね」

「そこまでは言っていない」

「でも、きっとそんなようなことを言われてるんだわ。クリアリィの人たちは、地元の仲間の味方につくにきまってる」リリィは暖炉に視線を戻しながら、思いをそのまま口にした。「ダッチと離婚しようって決めたのは、怒りや恨みのせいじゃないの。自分が生き残るためよ。エイミーの死から立ちなおれないあの人といると、わたしも立ちなおれなくなってしまう」

他の人にはわかってもらえそうもなかったけれど、ティアニーには理解してほしかった。「わたしは、ダッチの支えになってしまったの。彼にとっては、プロの助けを借りて自分を癒《いや》すよりも、わたしに頼るほうが簡単だったのね。でも、わたしには重すぎた。自分の人生を背負いながら、支えきれない荷物を負って前進しつづけるなんて無理よ。そんなのは、どちらにとっても健全な関係とはいえない。ふたりとも、ひとりになったほうがいいのよ。でもダッチは、いまだに結婚が破綻したことを認めようとしないの」

「彼の気持ちはわかる」

リリィは、真っ赤になった火かき棒の先でつつかれたような反応を示した。「なんですって？」

「混乱しているからといって、彼を責められるかい？」

「どうして彼が混乱してるなんて思うの？」

「どんな男だって混乱するよ。きみは彼と離婚した。いや、きみは離婚を迫った。それなのに、今夜こんな状況におちいったとき、きみが真っ先に連絡したのは彼だ」

「彼に連絡をした理由なら、さっき話したはずよ」

「しかし、別れた亭主は勘ちがいする」

ダッチに助けを求める電話をかけた理由なら、もうちゃんと説明した。ティアニーが、それを信じたかどうかなど、気にする必要があるだろうか？　リリィは、必要ないと自分に言い聞かせた。でも、彼の指摘は痛かった。リリィは腕時計に目を落としたけれど、時間など見てはいなかった。「もう遅いわ」

「怒ったんだね」

「いいえ、疲れたの」リリィは、コーヒー・テーブルの上から取りあげたハンドバッグを膝に置き、その中をかきまわした。

「無分別なことを言ったと思う」

リリィは手を止めて、彼を見た。「ええ、ティアニー。そのとおりね」

彼女は、なだめてくれることを、謝ってくれることを、期待していた。でも、彼は硬い口調で言った。「ああ、最悪だな、リリィ。なぜぼくが、きみとソファに座らずに、この暖炉の前にいるか知りたいかい？　きみがエイミーを思って泣いていたとき、なぜぼくが、きみをなぐさめようとしなかったか、そっちに行ってきみを抱きしめなかったか、知りたいかい？　その理由はただひとつ。ぼくもダッチと同じように、きみが彼のことをどう思っているのかわからなくて、混乱しているからだ」

リリィは何か言おうと口を開いたけれど、言葉が見つからなかった。彼女は目を落として、ハンドバッグの留め金をいじった。「ダッチには、わたしの人生に戻ってきてほしくない」彼女は、ゆっくりと言った。「どんな形でもね。だけど、そうね、わたしの気持ちは曖昧《あいまい》なのかもしれない。ダッチには、うまくやってほしいと思ってるの。あなたも知ってのとおり、彼はフットボールのヒーローだった。いつも勝利を確実にする、タッチダウンを決めていたのよ。今、わたしが彼にしてほしいのは、それなの」

「タッチダウンを？」

「そう、得点を入れて成功してほしいの。クリアリィでの仕事を得て、彼は新たなスタートをきった。これは彼が、もう一度いい警察官に戻るチャンスなのよ。わたしは彼がここで成功することを、何よりも望んでるの」

「何よりも――」ティアニーは考え深げに彼女の言葉を繰り返した。「ずいぶんと熱が入っているな」

「ほんとうにそう思ってるの」

「彼の成功を確実にするためなら、きみはどんなことでもする。そう思っていいんだね?」

「そのとおりよ。でも残念ながら、わたしにできることなんて何もないわ」

「きみは驚くかもしれない」

謎《なぞ》めいた言葉を口にして、ティアニーは立ちあがった。そして席をはずすことをボソボソと断ると、ベッド・ルームに入っていった。おそらくは、その先のバス・ルームに向かったのだ。

リリィは彼のうしろ姿を目で追いながら、苛立《いらだ》ちとかすかな失望を感じていた。言いたいことが残っているのに、カウンセラーに早々にセッションを切りあげられてしまったような気分だった。ティアニーがエイミーのことを知っていてくれてよかったと、リリィは思った。おかげで、むずかしい部分を省略できる。知り合ったばかりの誰かに、そういう話をするのは気詰まりだ。ただ、事実を告げるだけではすまない。リリィは、「お子さんは?」という避けがたい質問を、たびたび避けようとしてきた。

そう訊《き》かれたら、エイミーの話をしなければならない。そうなれば必ず、「ごめんなさい、知らなかったものだから」と言われる。それで、まわりの人間も動揺し、気まずい思いをすることになるのだ。

少なくとも、ティアニーとは、そんなやりとりをせずにすんだ。それに、彼が決まり文句をならべたり、どんな気持ちかなんて訊かなかったこともありがたかった。どんな気持ちかなんて、わかりきっている。ティアニーは、他にはないほどのすばらしい聞き手だった。

でも彼の、ダッチに対する偏見と、わたしとダッチの今の関係に対する思いこみには、いらいらさせられる。もうダッチは、わたしの人生の一部ではあり得ない。でも、ティアニーがそう思っていないことはあきらかだった。

それに、抱きしめたらわたしがどんな反応を示すか知りたいなら、ダッチを口実にしないで、抱きしめてたしかめればいいじゃない。

「五分前から、ずっとバッグをかきまわしている」ティアニーが背後にいた。リリィはその声を聞くまで、彼がソファの横に立ってこっちを見ていることに気づいていなかった。「何をさがしているんだ?」

「薬よ」

「薬?」

「喘息《ぜんそく》の薬。きのう、リットの店で買ってきたの。それにしても、ゴシップに関して言えば——」リリィは、苦々しげに言った。「ウイリアムほど質《たち》の悪い人はいないわ。きのうも薬を買いに寄っただけなのに、あの店にいる間に、いやっていうほどいろんなことを訊かれたわ。ダッチとのこと、離婚のこと、このコテージを売ったこと。それでいくら手に入ったのかなんていうことまで訊いたのよ。信じられる? 単に愛想よく振る舞おうとしただけかもしれないけど、どう考えても……あれは……ええと……」ハンドバッグの中をかきまわすのに気を取られて、声がとぎれた。リリィは苛立たしげにバッグをひっくり返し、コーヒー・テーブルの上にその中身をあけた。

爪《つめ》切りばさみが入っていた化粧ポーチ、札入れと小切手帳、ティシュー、ブレスミント、携帯電話の充電器、アトランタのオフィスが入っているビルのセキュリティ・パス、キー・リング、サングラス、ハンド・ソープ。

すべてそろっていた。必要なもの以外は、すべて。

リリィは、うろたえてティアニーを見あげた。「ないわ」

10

ダッチは、キャル・ホーキンズの散砂車の助手席に乗った。その第一の理由は、ホーキンズが本気で山道をのぼろうとするかどうか信じられなかったから。そして第二の理由は、コテージにいちばんにたどり着きたかったからだ。コテージに真っ先に駆けこむのは、自分でなければならない。輝く鎧《よろい》に身を包んだ、リリィのナイトになるのだ。

ダッチとウェスがホーキンズを見つけたもぐりの酒場から町までの道のりは、ひどいものだった。橋は危険な状態になっていたし、道路もそれよりずっとましということはなかった。ガレージに着くと、ダッチはホーキンズに何杯もコーヒーを飲ませた。ホーキンズは、とぎれる間もなく不平と泣きごとをならべていたけれど、「黙らなければ口にものを詰めこんでやる」とダッチに脅されて、口を閉じた。それからダッチは、文字どおり彼を散砂車に押しこんだ。

運転台はブタ小屋のようだった。去年の冬から床に散らばったままの、ゴミや食べ物の包み紙に、パックリと開いた傷から詰め物がのぞいているビニール製のシートカバー。バックミラーには、歪《ゆが》んだふたつのサイコロと、バイブレーターを弄《もてあそ》んでいる裸の女の子のホログラムといっしょに、ヤシの木のような形の脱臭剤がぶらさがっていたけれど、臭《にお》いを消すという本来の役割はまったく果たしていなかった。

その散砂車は、キャル・ホーキンズの父親が所有していた大型車のうちの一台だった。大ホーキンズは、市の自治体や公益企業や建設業者に車を貸していた。そのビジネスは、彼が亡《な》くなるまでうまくいっていた。そして、それを息子が受け継いだ。でも今、キャル・ホーキンズ・ジュニアの手に残っているのは、この散砂車一台だけだった。

キャル・ホーキンズ・ジュニアは、父親の遺産を担保に借金をして、それを返済できず、散砂車以外、すべて形《かた》にとられてしまったのだ。ダッチは、キャルが金に困っているからといって同情などしていなかったし、今夜、自分がコテージにたどり着けさえすれば、あした取り立て屋がやって来て散砂車を持っていってしまってもかまわなかった。

サイドミラーをのぞいてみると、安全な距離をたもってあとからついてくるブロンコが見えた。部下のサミュエル・ブルがハンドルをにぎっている。ホーキンズが砂と塩を撒《ま》いたあとを走る彼は、恵まれている。それでも、路面が危険な状態であることはたしかだった。時折ダッチの目に、ブロンコがどぶにはまりそうになったり、センターラインをこえたりするのが見えていた。

ウェスは、ブルといっしょにブロンコに乗っていた。ガレージを出る前、ダッチは彼に「いっしょに来る必要はない」と言った。「帰れよ。これは、おれの問題であって、おまえの問題ではない」

「いっしょにいて心の支えになってやるよ」ウェスは、そう言ってブロンコに乗りこんだ。

コテージにたどり着けなかったら、ダッチには心の支えが必要になる。ウェスは、たどり着けるはずがないと思っているようだった。それを言うなら、ブルも同じ。そして、ホーキンズも同じように思っていた。三人が口にする言葉の裏には、疑問の色がはっきりと現れていた。ダッチは、自分を見る彼らの目に哀れみの色を感じていた。

捨て鉢になってると思われているにちがいない――ダッチにはわかっていた。捨て鉢という心の状態は、警察署長にふさわしくない。いや、どんな人間にもふさわしくない。捨て鉢になっている人間が、人に安心感を与えられるはずがない。今ダッチがキャル・ホーキンズに与えているのは、恐怖感だけだった。

マウンテンローレル通りに入る五〇メートルほど手前で、ダッチは言った。「わざとぐずつくような真似《まね》をしたら、ブタ箱に放りこんでやる」

「なんの罪で？」

「おれを怒らせた罪だ」

「そんなことはできっこないや」

「できるかどうかためしてみようなどとは、思わないことだ。とにかく、このポンコツ車を動かすことに全力を注げ。わかったな？」

「ああ、けど――」

「言い訳は聞かない」

ホーキンズは唇を舐《な》め、さらにしっかりとハンドルをにぎってつぶやいた。「こんなことをして、何になるんだ？」それでも彼はギアを低速に切り替えて、交差点に近づいていった。

簡単ではなかった。角を曲がったら道は上り坂になる。スピンを避けるにはゆっくり曲がらなければならないけれど、急な坂道をのぼるにはある程度のスピードが必要だ。

ダッチは、手にしたトランシーバーのスイッチを入れた。「さがっていろ、ブル。

近づきすぎてはいけない」

「心配するな、ダッチ」スピーカーからウェスの声が聞こえてきた。「おれがすでに同じ指示を出している」

「ゆっくりと行けよ」ホーキンズは――自分自身にか、散砂車にか知らないけれど――小さな声で言った。

「スピードを落としすぎるな」ダッチは言った。「急勾配《きゅうこうばい》をのぼらなくてはならないんだ」

「こいつの動かし方がわかってるのは、おれなんだ」

「だったら動かすんだ。ああ、うまく動かしたほうが身のためだ」ダッチは、密《ひそ》かに大きく息を吸うと、そのまま呼吸を止めた。

ホーキンズは慎重に角を曲がった。うまくいった。

ダッチは息を吐いた。「エンジンを吹かせろ」

「おれの仕事に口を出さないでくれ」ホーキンズはピシャリと言った。「クソッ、この道は真っ暗じゃないか」

クリアリィでは本通りになっているステート・ハイウェイは、町の端から端まで、街灯が点《つ》いている。でも、ひとたび本通りをはずれると街灯はない。そのコントラストはすごかった。散砂車のヘッドライトが照らしだすのは、風に舞う氷の粒とみぞれだけ。

その目眩《めまい》を起こしそうな風景に、ホーキンズは怯《ひる》んだ。彼は、アクセルを踏むのをやめた。

「だめだ！」その道を数えきれないほど車でとおっているダッチには、最初の急勾配をのぼりきるために、そこでアクセルを踏みこむ必要があることがわかっていた。「アクセルを踏め！」

「何も見えない」ホーキンズは金切り声をあげた。そしてギアをニュートラルに入れてアイドリングさせ、その間にコートの袖《そで》で顔を拭《ぬぐ》った。凍るほど気温がさがっていたにもかかわらず、彼の額には、さっきまで飲んでいた安ウイスキーの臭いを発する汗の玉が浮きでていた。

「ギアを入れるんだ」ダッチは歯を食いしばったまま、一語一語に力をこめて言った。

「ちょっと待ってくれ。目をならす必要がある。このグルグルと舞ってるやつを見てると、気分が悪くなる」

「待てない。すぐにギアを入れろ」

ホーキンズは顔をしかめた。「あんた、死にたいのかい？」

「いや、死にたがっているのはおまえだ。ああ、五つ数える間に車を出さなかったら、おれが殺してやる」

「警察署長が、一般市民をそんなふうに脅していいのかい？」

「ひとつ」

「どうかしたのか？」トランシーバーのスピーカーから、ウェスの声が聞こえてきた。

「ふたつ」ダッチはボタンを押して、トランシーバーに向かって答えた。「どうやってのぼるのがいちばんいいか、キャルが考えているんだ」彼はスイッチをきった。

「三つ」

「ダッチ、ほんとうに行くのか？」そう訊いたウェスの声は心配そうだった。「考えなおしたほうがいいんじゃないのか？」

「四つ」

「ブルも、なんとかブロンコを道からはずれないようにしている状態だ。そっちは砂を積んでいるんだぞ。それに、ボンネットの先は、ほとんど見えない――」

「五つ」ダッチは、拳銃《けんじゅう》を抜いた。

「クソッ！」ホーキンズは、ギアをファーストに入れた。

「だいじょうぶだ、ウェス」ダッチは、トランシーバーに向かってそう言った。いたって冷静な口調で応《こた》えたつもりだった。「さあ、行こう」

ホーキンズはクラッチをつないで、アクセルを踏みこんだ。散砂車は、数メートル前進した。

「もっとアクセルを踏むんだ。そうでないと、のぼれない」ダッチは言った。

「この車には砂がどっさり積まれてるってことを忘れないでほしいね」

「だったら、それなりにやってくれ」

ホーキンズはうなずいて、ギアをセカンドに入れ替えた。でもアクセルを踏みこんだとたん、うしろのタイヤが空転を始めた。「無理だよ」

「あきらめるな」

「そんなことを言われても――」

「つづけろ！　もっとアクセルを踏みこめ！」

ホーキンズは、神とマリアとヨセフについて何かつぶやき、それからダッチの言葉にしたがった。空転していたタイヤが路面をとらえ、散砂車は走りだした。

「言ったとおりだろ？」ダッチは、得意げにというよりも、ホッとしたかのようにそう言った。

「ああ、けど、すぐに最初のヘアピンカーブが待ってる」

「おまえならうまくやれるさ」

「ふたりして地獄行きってことにもなりかねない。なんてったって、何も見えないんだ。こんな車に乗ったまま、山の斜面をグルグルと落ちていくなんて、おれはごめんだね」

ダッチは、その言葉を無視した。服の下には、ホーキンズ以上に汗をかいていた。彼は、ヘッドライトが照らしだすボンネットのすぐ先に集中した。感心なことに、ホーキンズは大きな散砂車のハンドルをにぎって、数メートル先までしか視界のきかない凍った山道をのぼることについて、もう何も言わなかった。激しく降る氷の粒とそれが、散砂車が撒いたばかりの砂をすでに覆《おお》っていた。ブルが運転するブロンコが、マウンテンローレル通りに入ったところからたいして走っていないことにダッチは気づいた。中にいるふたりは——親友と部下は——おれのどうしようもない愚かさについて話し合っているにちがいない。でも、そんなことで不安になったりはしなかった。

散砂車は、うなり声をあげながら、二十度の傾斜をのぼっていった。ゆっくりとしか進めなかったけれど、三センチごとにリリィに近づいているのだと、ダッチは自分に言い聞かせた。そして、そこにはベン・ティアニーもいる。

よりによって、なぜあの男なんだ？　相手が他の男だったとしても、絶対に堪えられない。それなのにリリィは今、きのう見とれていた男とふたりで、コテージに閉じこめられている。

ダッチは他の女たちが――老いも若きも――ベン・ティアニーの逞《たくま》しい身体《からだ》と、線の太い整った顎《あご》の形に、ウットリするのを何度も目にしてきた。賭《か》けてもいい。あの男は、自分が女たちの心を騒がせていることを、よく知っている。とびきりの色男気取りで、うぬぼれていやがるんだ。スリルに満ちた冒険に、探検に、雑誌に載った写真。そういったものがあれば、これと思う女をベッドに誘いこむのは、ますます簡単だ。

カヤック？　クソッ！

ダッチは、苦々しい思いを押しやって言った。「気をつけろ、ホーキンズ。もうすぐ、最初のカーブだ」

「ああ」

「たぶん一〇メートルほど先だ」

「うまくいくチャンスは、雪の玉ほどもないと思うね」

「おまえがやり方を心得てさえいれば、やれるさ」

何秒かの間、ダッチはほんとうにうまくいったと思っていた。そうなることを強く願うあまり、実際に成功したように思えてしまったのかもしれない。でも、そんな楽観的な思いも自然の法則をくつがえすことはできなかった。ヘアピンカーブを安全にまわるためには、ギアを低速に切り替えなければならない。でも、いざ切り替えてみると、散砂車は勾配をのぼるパワーを失ってしまった。スピードを失った散砂車は、その場に止まっているかのように感じられた。ダッチは息を詰めた。散砂車がうしろにすべりだしたのは、そのときだった。

ホーキンズは、女のような悲鳴をあげた。

「バカ、エンジンを吹かすんだ！」

ホーキンズはそのとおりにしたけれど、ダッチにしてみればまだまだ歯がゆかった。重力という容赦ない敵に勝つためには、もっと頑張る必要がある。いずれにしても、ホーキンズの努力は実らなかった。でも、徐々にブレーキを踏んだことで、すべるスピードが落ち、道をはずれるのを免れた。

散砂車が完全に止まると、ホーキンズは長く息を吐いた。「ちくしょう。まったく危ないところだった」

「もう一度やるんだ」

ホーキンズは、サッとダッチのほうを向いた。あまりの動きの速さに、首の骨がパキッと音をたてた。「あんた、気でも狂ったのか？」

「ギアを入れて、やりなおすんだ」

ホーキンズは、濡《ぬ》れた犬のように頭を大きく振った。「冗談じゃない。ああ、また拳銃を突きつければいい。それで眉間《みけん》をまっすぐに撃てばいい。少なくとも、それで一瞬にして死ねる。何トンっていう重さの散砂車と砂に内臓を押し潰《つぶ》されるよりは、ずっとましだ。おれはやらないよ、署長さん。この嵐《あらし》がとおりすぎるまで待つか、別の運転手を見つけるか、自分でこいつを運転するかだな。おれがやるんじゃなければ、おれはいっこうにかまわない」

キャル・ホーキンズは、言うことを聞かせようとにらみつけるダッチの目を、血走った目でまっすぐに見返した。無精髭《ぶしょうひげ》の生えた顎を、グッと突きだしている。そのとき、助手席側の窓を叩《たた》く音を聞いて、ふたりはギョッとした。

ウェスが、運転台をのぞいていた。「だいじょうぶなのか？」

「だいじょうぶだ」ダッチは、ガラスごしに答えた。

「まるで地獄だよ」ホーキンズは叫んだ。

昇降段にのぼってドアを開けたウェスは、一瞬にしてホーキンズの恐怖を感じとった。「何があった？」

ホーキンズは、ふるえる指でダッチを指した。「この人が、おれに拳銃を突きつけて、何がなんでも山をのぼれって脅すんだ。そうじゃなきゃ、殺すっていうんだよ。便所のネズミなみに狂ってる」

ウェスに驚きの目を向けられて、ダッチはうんざりしたような声で言った。「撃つ気などなかった。手を抜かないように、こいつを脅したかっただけだ」

ウェスはしばらく彼をじっと見つめ、それからホーキンズに向かって親しげな口調で静かに言った。「女房が他の男と山の上のコテージに閉じこめられているんだ」

その意味を理解したホーキンズは、それまでとはちがった目でダッチを見た。「あぁ、なんてこった。ひどい話じゃないか」

ひどい話というのは、キャル・ホーキンズのような男に同情されることをいうのだ。

ウェスは言った。「キャル、この車で本通りまで戻れるか？」

同情心からいくぶん素直な気持ちになっていたホーキンズは、やってみると答えた。そして、三人のガイドを得て本通りに散砂車を戻すことに成功した彼は、町の方向に車を向けた。ダッチは、ブルに散砂車の助手席に乗るよう命じた。ホーキンズが、車が使い物にならなくなるようなことをしないように、目を光らせていろというのだ。

「あの男なら、あした再挑戦したくないがために、わざと車を壊すくらいのことはやりかねない」ブロンコに乗って散砂車のあとを走りながら、ダッチは歯ぎしりした。

「意気地なしの酔っぱらいめ」

「キャル・ホーキンズ・ジュニアが死んでも、惜しくはない。それは認めるよ」ウェスは言った。「しかしな、ダッチ。拳銃を突きつけるというのは、いきすぎなんじゃないのか？」

「リリィが別の男といることを、あいつに話す必要があったのか？　この話は、夜明けまでに町じゅうにひろまるにちがいない。リリィとベン・ティアニーが、暖を取るために——時間を潰すために——何をしているか、連中はおもしろおかしく話すんだ。この町の人間がどんなふうにものを考えるか、おまえも知っているはずだ」

「おまえがどんなふうにものを考えるかも、おれは知っている」

ダッチは、彼にサッと怒りの目を向けた。

「それにな——」ウェスはつづけた。「ベン・ティアニーの名前は口にしていない。ホーキンズが知っているのは、リリィが男とコテージにいるということだけだ」

「そうは思わないね」

「いいか、おれがやつに話したのは、状況をわかりやすくするためだ。嵐の中、コテージに閉じこめられている市民を助けるために山をのぼる？　あの男が、それで納得して働くわけがない。しかし、別の男といる女房を助けにいくということになれば、行動を起こす意味がわかる。拳銃で人を脅してでも、山をのぼりたい気持ちがね」

そのあとは無言のまま、ガレージにたどり着いた。ダッチは、ブルに本部に戻って何か手伝うことはないか確認し、もしなければ帰ってもいいと言った。

「そうさせていただきます、署長」ブルは床に目を落とし、気まずそうに言った。「ほんとうに残念でした。奥さんのところにたどり着けなくて……」

「あす会おう」ダッチはそっけなく言った。

ブルは、自分のパトカーに向かった。ダッチは、すでに大急ぎでピックアップ・トラックに乗りこんでいたホーキンズを捕まえた。「あすの朝いちばんに、おまえをさがす。見つけやすい場所にいることだ」

「うちにいるよ。場所は知ってるだろ？」

「夜明けに迎えにいく。酔っぱらっていたり二日酔いをしていたりしたら、あのときにそのまま撃たれていればよかったと思うような目に遭わせてやる」

ダッチとウェスは、ホーキンズのピックアップ・トラックにつづいてガレージを出た。驚くことではなかったけれど、ピックアップのテールライトの片方がなくなっていた。「あれだけでも呼出状を書いてやるべきなんだ」ホーキンズが交差点で道を折れたとき、ダッチはうなるように言った。「ドライブウェイの入口で降ろしてくれ。ヘイマー家に近づくとウェスは言った。

中に入る必要はない」

ダッチはブロンコを停めた。どちらも、しばらく何も言わなかった。フロントガラスの先をムッツリと見つめていたウェスが、ようやく口を開いた。「やみそうもないな」

ダッチは、みぞれと氷の粒の渦巻に悪態をついた。「あすは何がなんでもコテージにたどり着く。ああ、たとえ羽を生やして飛んでいかなければならなくてもな」

「ああ、羽でも生えなければ無理だろうね」ウェスは言った。「これからどうするつもりだ？」

「町を走る。点検だ」

「夜の間は休んだらどうだ、ダッチ？　少し眠れよ」

「眠ろうと思っても眠れないだろうね。今は、アドレナリンとカフェインで動いている感じだ」

ウェスはしばらく彼を見つめ、それから言った。「おまえを警察署長に推薦したのは、おれだ」

　ダッチは親友に鋭い目を向けた。「後悔しているのか？」

「いや。しかし、これだけは言わせてもらってもいいと思う。おまえの将来は、ここでの成功にかかっている」

「おれが警察署長失格だと思っているなら——」

「そんなことを言っているんじゃない」

「それじゃ、なんなんだ？」

「おまえの評判は危ういと言っているんだ。ああ、おれの評判もね」

「ウェス、おまえはいつだってうまいこと身を護《まも》ってきたじゃないか」

「ああ、そのとおりだとも」ウェスは、即座に言った。

　ダッチは鼻をならした。「おまえはいつだって、ガッシリとした頼れるラインマンに護られていた。連中が思いどおりに働かないと、おまえは怒鳴りつけていた。おれは、ウエストほども首まわりがあるラインバッカーにひどい目に遭わされていた。おまえは自分さえ護られていれば、おれがどんなに打ちのめされても、いっこうにかまわなかったんだ」

　フットボール選手時代の話を持ちだすことが、どんなに子供じみているかに気づいて、ダッチはそのあとの言葉を呑《の》んだ。ウェスの言ったことは、つらいし悲しいけれど事実だ。ダッチにも、それはわかっていた。そんなことを聞かされてもうんざりするだけだ。

「ダッチ」ウェスは、慎重に落ち着いた声で言った。「おれたちは今、子供のゲーム《ティドリーウィンクス》をしているわけではない。フットボールをしているわけでさえない。この小さな町には、おかしな人間がいて、女たちがさらわれている。もう犠牲者は五人になる。女たちがどんな目に遭わされたかは、神のみぞ知るというところだ。犯人が捕まるまでにあと何人犠牲者が出るかと、みんな死ぬほど脅《おび》えている」

「何が言いたい？」

「おまえは、リリィを——嵐の中、居心地のいいコテージで足止めを食らっているリリィを——救いだそうと躍起になっているが、この町の危機的状況に対して、そこまでの気持ちになったことがあるようには思えない。ああ、おまえが彼女を心配するのはわかる。それはいい。気にかけるのはとうぜんだ。しかし、頼むからもう少し客観的になってくれ。おれが言いたいのは、そういうことだ」

「説教はやめてくれ、市参事会の会長さん」ダッチは、身体の中を駆けめぐっている怒りとは対照的な小さな声で言った。「ウェス、おまえは物事を判断する物差しにはなり得ない」その言葉を強調するために、彼はさらにつけくわえた。「特に女に関してはな」

11

「きみは喘息《ぜんそく》持ちなのか？」

「慢性のね。非アレルギー性の喘息よ」リリィは無駄だと知りながら、空っぽのハンドバッグの中を探った。薬が入っている小さなポーチは、やはりそこにはなかった。

リリィは不安げに指で髪をかきあげ、それから口と顎を手で覆《おお》った。「どこにいったのかしら？」

「発作は起きていないようだが」

「薬で予防してるの。吸入薬と錠剤でね」

「それがないと――」

「発作を起こすかもしれない。そうなったら、まずいわ。気管支拡張薬が手元にないんですもの」

「気管支――」

「拡張薬、拡張薬よ」リリィは苛立《いらだ》たしげに言った。「発作を起こしたときに、吸入するの」

「ああ、吸入器を使っている人間を見たことがある」

「あれがないと、息ができなくなってしまうの」リリィは立ちあがって、小さな円を描くようにグルグルと歩きはじめた。「あのポーチは、どこにいったの？　大きさは、このくらい」彼女はそう言いながら、両方の掌《てのひら》を一五センチほど離して掲げて見せた。「緑色のシルクに、透明なビーズの飾りがついてるの。去年のクリスマスに、スタッフのひとりがプレゼントしてくれたのよ。それまで使っていたのがボロボロになってるのに気づいたのね」

「初めからバッグに入っていなかったんじゃ――」

言いおわりもしないうちに、リリィは首を振って遮った。「いつもバッグに入れてるのよ、ティアニー。いつもね。今日の午後も、ここに入ってた」

「たしかなのかい？」

「絶対に入ってた。冷たい空気を吸うと、発作を起こす可能性があるの。だから、コテージを出る直前に、吸入器を使ったのよ」徐々に興奮してきたリリィは、固くにぎった両手を振りまわしながら言った。「今日の午後、ポーチはバッグに入っていた。

それなのに今は入ってないなんて、いったいどういうこと？」

「落ち着くんだ」

パニックにおちいるわけを理解してくれない彼に、猛烈に腹が立った。息がしたくて喘《あえ》ぐのがどんなものか――じきに喘ぐことさえできなくなるかもしれないという恐怖がどんなものか――彼にはわかっていないのだ。リリィは彼に食ってかかった。

「落ち着けなんて言わないで。あなたには、わからないのよ」

「そのとおりだ」ティアニーは彼女の肩をつかんで、軽く揺すった。「喘息については、何も知らない。しかし、ヒステリーが喘息によくないことはわかる。きみは興奮している。だから、落ち着くんだ」

リリィは、その厳しい口調に憤然としたけれど、もちろん彼の言うとおりだった。リリィはうなずき、身をくねらせて彼の手から離れた。「いいわ、もう落ち着いた」

「振り返ってみよう。きみは、コテージを出る前に吸入器を使った。まちがいないね？」

「最後にコテージを出るときにね。ハンドバッグに戻したのはたしかよ。手袋をしてたから、留め金が閉めにくかったのをおぼえてるの。たとえそのときに落としたとしても、この部屋にあるはずだわ。でも、コテージの中は、さっきふたりでくまなく見てまわった。ここにあったら、どちらかが見つけていたはずよ」

「車が木にぶつかったとき、きみのハンドバッグは床に投げだされたんじゃなかったかい？」

そのときまで、リリィは忘れていた。「そうよ」彼女はうなった。「ポーチは、あのときにバッグから飛びだしたんだわ。最後に入れたから、バッグのいちばん上に入っていたにちがいないもの」

「それ以外、考えられないな。ダッシュボードの下からバッグを拾いあげたとき、ポーチがバッグに入っているかどうかたしかめたかい？」

「いいえ。何かが飛びだしたかもしれないなんて、思いもしなかった。ひどい状況だったから、そのことで頭がいっぱいになってたの」

「ふつうの状況だったら、次に薬が必要になるのは？」

「寝る前。でも発作が起きたら、すぐに吸入器が必要だわ」

ティアニーは、それについて考えた。「だったら、発作が起きないように、あらゆる手をつくす必要がある。どういうことが発作の引き金になるんだい？　冷たい空気を吸うのがよくないことはわかった。それにしても、いったいどうして発作に襲われずに山道を——しかも、ぼくを運んで——のぼってこられたんだ？」

「薬が効いてたのね。薬を飲んで、分別をもって行動すれば、なんでもできるのよ。そう、カヤックで急流をくだることもね」リリィは、弱々しい笑みを浮かべて言った。

「しかしリリィ、ここまでのぼってくるのは、ぼくだってたいへんだった。どうして、あんなことができたんだ？」

「火事場のバカ力っていうやつかもしれないわ」リリィは、思っていたことを話しはじめた。「あなたが道に倒れてるのを見て、わたしはブランケットを取りに車に駆け戻った。危機的状況に立たされると、アドレナリンが噴きだすものだっていうでしょ？　あのとき、どうしてそうならないんだろうって思ったの」

「噴きだしているのに、気づかなかっただけかもしれないよ」

「そうみたいね。とにかく、頑張りすぎると発作が起きるの。埃《ほこり》や黴《かび》や汚れた空気といった刺激もだめ。つまり、ここにいれば安全なの。特に冬の間はね。でも、ストレスっていう敵もある」彼女はつづけた。「ストレスは、発作の引き金になるわ。エイミーが亡《な》くなったあと、泣きすぎてよく発作を起こした。もちろん徐々におさまったけど、興奮しないようにしなくちゃいけないわ」リリィは、勇敢に見えることを祈りながら、彼にほほえんで見せた。「きっとだいじょうぶよ。何回か薬を飲まなくても、吸入器を使わなくても、たぶん問題はないわ」

ティアニーは考え深げに彼女を見つめ、それからドアに目を向けた。「車に戻って、取ってくるよ」

「やめて！」リリィは彼の袖《そで》をつかみ、必死の思いでしがみついた。薬が手元にないだけなら、まだなんとかなるかもしれない。でも、薬がない上に、ひとりでいるときに発作に襲われたら最悪だ。

エイミーが亡くなった直後、夜中に発作を起こしたことがあった。自分がゼイゼイいっている音で目をさました彼女は、ひどく咳《せ》きこみはじめた。そして、気管が完全に塞《ふさ》がってしまう直前に、吸入薬を吸って助かったのだ。

ひとりだったことが、その発作を特に恐ろしいものにした。その夜、ダッチは家にいなかった。遅くなるという電話もなかった。見え透いた言い訳も底をついた彼は、嘘《うそ》をならべるよりも電話をしないほうが簡単だと気づいたのだ。

リリィが発作を起こしたのは、彼を待ちくたびれてベッドに入ったあとだった。吸入薬を吸うのが遅れていたら、あるいは吸っても気管がひろがらなかったら、家に戻ったダッチは彼女が死んでいるのを見つけることになったはずだ。「自分が他の女といる間に、わたしが窒息死したことを知ったら、いい気味だったのに」と、あとで思ったのをリリィはおぼえている。

リリィは、まだティアニーの袖をしっかりとつかんでいたことに気づいて、手を放した。「車のところまで行って、無事に戻ってくるなんて無理よ」彼女は言った。「道に迷って凍えてしまうかもしれないし、気を失うかもしれない。そうなったら、わたしは薬がないままここにひとり取り残されることになる。状況は、よくなるどころか、今より悪くなるわ」

ティアニーは深く息を吸って、ゆっくりと吐きだした。「残念だが、きみの言うとおりだ。他にどうしようもなくなるまで、行かないことにするよ」

「どうしようもなくなっても、黙って行ったりはしないでね」湧《わ》きあがってくる感情を口にするのは恥ずかしかったけれど、どうしても彼にわかってもらう必要があった。「生まれてからずっと喘息と付き合ってきたの。でも、ひどい発作を起こしたのは数えるほどだわ。いざというときに使える吸入器があれば、ひとりでも安心していられる。でも今、それが手元にないの。苦しくて喘ぎながら目をさましたときに、ひとりだって気づくのはいやなのよ、ティアニー。だから約束して」

「約束するよ」彼は、小さな声で応《こた》えた。

暖炉の薪《まき》が動いて、煙突まで火花があがった。リリィは彼に背中を向け、暖炉の前にひざまずくと、鉄製の火格子《ひごうし》の下の燃えさしをかきまわした。

「リリィ？」

「何？」ティアニーは答えなかった。彼女は振り向いた。「どうしたの？」

「いっしょに寝ないか？」

マリリィ・リットは、その夜をくつろいで過ごしていた。

公式に伝えられたわけではないけれど、あした学校が休みになるのは確実だ。バスが走るはずがないし、たとえ走ったとしても、この気温では校舎を暖めるのに費用がかかる。

校長は、いつも最後の瞬間——たいていは、授業の始まりを告げる鐘がなる一時間前——まで休校を知らせない。そうすることに、ひねくれた喜びをおぼえているのだ。権力を使って、みんなの寝坊の楽しみを奪って喜んでいるにちがいない。

いつもなら夜は採点をして過ごすマリリィだったけれど、今夜はドラッグストアで借りてきたビデオを見ることにした。ヒロインはつまらない女で、その相手役はそれをおぎなう特質もない下劣な男。その作品の長所は、俳優たち自身の魅力と、それにピッタリのスティングがうたうテーマソングだけだった。でも、プロットが穴だらけで、台詞《せりふ》がバカげているから、なんだっていうの？　ドストエフスキーに匹敵する作品だなんて、とても言えないけど、おもしろい現実逃避にはなる。彼女は、そのビデオを楽しんだ。

ビデオが終ると、マリリィは家の中を歩きまわり、明かりを消して、ドアというドアに鍵《かぎ》がかかっていることをたしかめた。ベッド・ルームにつづく廊下に目を向けた彼女は、ウイリアムの部屋のドアの下から明かりが漏れていないことに気づいた。何時間も前に眠ってしまったにちがいない。彼は、早寝早起きなのだ。

マリリィは、自分の部屋に入ってドアを閉めた。でも、明かりは点《つ》けなかった。ブラインドごしに射《さ》しこむ、半ブロックほど先にある街灯の明かりで、充分あたりは見える。彼女は、ベッドの上の飾りのついたクッションをどけて、羽毛のかけ布団《ぶとん》をめくった。

それから彼女は、バス・ルームに行って着替えを始めた。たっぷり時間をかけて、ゆっくりと服を脱ぎ、一枚脱ぐたびにそれをそっと横に置いていく。鳥肌が立ったけれど、それでも急がなかった。

裸になったマリリィは、ポニーテールのゴムをはずして頭を振り、密《ひそ》かに自慢にしている小麦色の髪に指をすべらせた。裸の肩に、やわらかな髪が落ちる感触がたまらない。

マリリィは、ドアの裏側のフックにかけてあったナイトガウンを身にまとった。冬に着るには薄すぎるけれど、レースを使ったシルクのそのナイトガウンが気に入っている彼女は、一年じゅうそれを着ている。マリリィは身をふるわせながら、静かにベッド・ルームに戻った。

そして、ベッドにあがろうとしたときだった。マリリィは、誰かにうしろから腰をつかまれ、もう片方の手で口をふさがれてしまった。彼女は叫ぼうとして、その手を逃れるべく必死で身を反らせた。

「騒ぐんじゃない！」男は、彼女の耳元で言った。「おとなしくしていれば、傷つけない」

マリリィは、もがくのをやめた。

「そのほうがいい」男はいった。「兄貴は眠っているのか？」

「ううう？」

男は、彼女の腰にまわした腕に力をこめて、その身体《からだ》を自分の胸に引き寄せた。男の温かく湿った息が、彼女の耳に、首に、吹きかかる。「兄貴は眠っているのかと訊《き》いているんだ」

マリリィは一瞬ためらい、それからうなずいた。

「よし。そいつはいい。言うとおりにしろ。傷つけるようなことはしない。わかったか？」

心臓が肋骨《ろっこつ》を打つほどドキドキしていたけれど、マリリィは同意のしるしにもう一度うなずいた。

「この手を放しても、叫ばないな？」彼女はうなずいたけれど、その反応はあまりにすばやすぎた。信用しきれずに、男はうなった。「もし叫んだら――」

マリリィは、さっきよりもしっかりとうなずいて見せた。

男は、彼女の口から徐々に手を放した。彼女は、哀れっぽい声で訊いた。「わたしに何をしようっていうの？」

男は、何をするか彼女に示した。

12

侵入者は、乱暴に彼女の手をつかむとうしろにまわし、その掌《てのひら》を露出した自分のモノに押しあてた。マリリィは、ショックに息を呑《の》んだ。男は、彼女に硬くなったモノをにぎらせ、その手を上下に動かした。

部屋の向こうの大きな姿見に、ふたりの姿が映っていた。その古いつくりの鏡は、母方の祖母から母へ、そしてマリリィへと受け継がれたものだった。大きな楕円形《だえんけい》の鏡の枠は木製で、クリーム色をバックにピンクのバラが描かれている。

でも、今そこに映っているものには、趣のかけらもなかった。世俗的で、生々しくて、エロティック。薄暗がりの中、マリリィの目には、丈の短い薄手のナイトガウンをまとった自分の姿が見えていた。男のほうは影になっていて、防寒帽を被《かぶ》っていることくらいしかわからない。それでも、その目は見えた。鏡の中で、ふたりの目が合った。

男は、彼女のヒップのくぼみをそっと突きながら、ささやいた。「ガウンを脱げ」

マリリィは首を振った。最初はゆっくりと、それからきっぱりと。「いや」

彼女が反応する間もなく、男はナイトガウンのストラップを肩から引きおろした。ガウンが腰まで落ちて、胸があらわになった。その瞬間、男は両腕を彼女の身体に巻きつけるようにして、その胸をギュッと押し潰《つぶ》した。

マリリィはうめいた。

「声を出すんじゃない」男は、鋭い声で言った。

彼女は唇を嚙《か》んだ。

男は、片方の手を胸の間からまっすぐに下に向かってすべらせ、腿《もも》の間にすべりこませようとした。「脚を開け」

「お願い――」

「脚を開け」

マリリィは、数センチだけ、脚を開いた。

「もっとだ」彼女はためらい、それから言われたとおりにした。男の指が、彼女の中に入ってくる。マリリィは、鏡の中で彼の目をとらえた。その目は、燃えているかのように見えた。「ベッドにあがって、マットレスに顔を押しつけろ」

マリリィはベッドの端に膝《ひざ》をついて座ると、そのまま身を折って頰をマットレスにつけた。男は熱い手で、彼女を愛撫《あいぶ》し、彼女を押し開き、彼女をあらわにした。ペニスの先で探り、じらす。そして、男は彼女を貫いた。

マリリィは、思わずギュッとシーツをつかみ、それと同じほどの強さでギュッと男のモノをしめつけた。男はうめき、さらに深く彼女の中に入っていった。「さあ、言うんだ。今、何をされている？」

マリリィは、マットレスに向かって小さな声で答えた。

「もっとはっきりと答えるんだ」

彼女は、答を繰り返し、男のほうに腰を押しつけた。

「いきそうなのか？　そうだろう？」男の動きが、短く速くなった。

マリリィは、切れ切れに息を吐きながらうめいた。「そうよ」

オーガズムの余韻の中で、彼女は汗ばみ、グッタリとなり、意識が遠のくほどの幸福感をおぼえていた。そして、その波が引きはじめたそのとき、マリリィは男がクライマックスに達したのを感じた。彼女のヒップを両手の間に挟むようにつかんだ男の全身が、突っ張ったようになって脈打った。マリリィに、ふたたび快感の波が押し寄せてきた。今度のオーガズムは、さっきよりも小さかったけれど、満足感においては引けを取らなかった。

しばらくして息が整うと、マリリィはベッドの上を前方に這《は》うようにして身を倒し、上向きになって彼に手をのばした。「刺激的だったわ」マリリィがファンタジーについて語るのを聞いている彼は、彼女が何を望んでいるか心得ていた。いつもそのファンタジーどおりに愛し合うわけではなかったけれど、彼女はそうするのが大好きだった。

彼はマリリィの胸に手を置いて、硬くなった乳首を親指でなでた。「きみは、怖い思いをさせられるのが好きなんだね」

「そうみたい。そうでなかったら、あなたをここに忍びこませたりはしないわ」ふたりは、長く物憂《ものう》いキスをした。そして、ようやく唇を離したとき、マリリィは愛《いと》しげに彼の顔にふれた。「バス・ルームでのわたしを見ていたの？」

「見られているのは、わかっていたんだろう？」

「正直言って、わかってた。部屋に足を踏みいれたとたん、あなたがいることがわかったの。だから、ゆっくりとストリップショーをしたくなったのよ。自分にふれてみてもいいと思った」

「それはすごいね」

「今度ね。今夜は寒すぎたわ。そうよ、こんな天気ですもの。来てくれるとは思わなかった」

彼は、マリリィの胸からお腹《なか》へ、そしてさらに下のほうへと唇を這わせ、開いた脚の間にひざまずいた。そして、その顔を彼女自身に押しあてながらうめいた。「これをしないではいられないよ」

マリリィの部屋のドアの前に立っていたウイリアムは、そのあと数分、ふたりの声に耳をすませていた。それから彼は、独善的な笑みを浮かべ、笑いたいのをなんとか我慢しながら、暗い廊下をそっと歩いて自分の部屋に向かった。

⁂

ティアニーの質問は、リリィの不意を突いた。彼女は、彼を見つめた。あまりのショックに、答えることもできなかった。

「こんなふうに出し抜けに言わずに、それとなくいい感じに気持ちを伝えるべきだったのかもしれない」彼は言った。「いつもは、もっと巧妙なんだ」

もっと巧妙に女を誘うのね。それはよくあることなのだろうかと、リリィは思った。どう考えても、よくあることにちがいない。そして、彼の誘いを断る女はほとんどいないこともたしかだった。

リリィは気楽そうな笑い声をあげたけれど、それはまったくの偽りだった。「喜んでいいの？　それとも傷つくべき？　どうしてわたしのことは、もっと巧妙に誘おうって思わなかったの？」

「リリィ、きみにはどんなルールもあてはまらない」

「どうして？」

「きみは、賢すぎるし、美しすぎる」

「わたしはきれいじゃないわ。ちょっとは魅力的かもしれないけど、美人じゃない」

「きれいだよ。きみがバスに乗りこんできた瞬間、そう思った」

リリィは、あの日のことを思い出した。集合時間に何分か遅れて到着した彼女は、最後にバスに乗りこんだのだ。彼女は、他の参加者と向き合う形で、席をさがした。ティアニーは三列目の窓側に座っていて、そのとなりの通路側の席は空いていた。ふたりの目が合った。リリィは彼に笑みを返したけれど、となりに座らないかという無言の誘いには乗らなかった。そうする代わりに、リリィは通路を進み、彼のすぐうしろの通路側の席に座った。

ドアが閉まって、バスは走りだした。急流くだりツアーのガイドが通路に立って、挨拶《あいさつ》をはじめた。ガイドは十分ほどかけて、安全について、それからフレンチブロード川での一日に何が期待できるか、大袈裟《おおげさ》にしゃべりまくった。そのジョークは悲惨だったけれど、リリィもティアニーも礼儀正しく笑って見せた。

そして、ようやくガイドが陽気なスピーチを終えて、運転手のうしろの席に座ると、他の参加者たちはそれぞれ話を始めた。ティアニーは、彼女のほうを向いた。

ぼくはベン・ティアニー。

リリィ・マーティンよ。

お目にかかれて光栄だな、リリィ・マーティン。

「あの日のきみはすごかった」ティアニーは言った。

この話題はここで切りあげるべきだと、リリィにはわかっていた。さっき彼女は、今の状況とは関係ない個人的なことには踏みこまずに、現実の問題に集中しようと提案した。これ以上この話をつづければ、そのルールに背くことになる。でも、リリィの中の女の部分が、そんな話を始めた彼の意図を知りたがっていた。

リリィは、覚束《おぼつか》なげに彼に顔をしかめて見せた。「すごかったって、カヤックに対するわたしの熱意が？」

「黒のスパンデックスが、あんなにかっこよく見えたことはないよ」

「そんなことはないでしょ。でも、ありがとう」

「きみは旧姓を名乗った。次にクリアリィに来るまで、ぼくが川で会ったリリィ・マーティンが、新しく警察署長に就任したダッチ・バートンの別居中の奥さんだということは知らなかったんだ」

「仕事では、ずっと旧姓を使ってたの。離婚が決まって、それ以外のときも旧姓を使うようになったのよ。ダッチとわたしが夫婦だって、誰から聞いたの？」

「ガス・エルマーという老人から。彼のことは知っているかい？」

彼女は首を振った。

「このあたりに来た際に滞在するロッジのオーナーだ。元気な人でね。いつも客と話したがる。それで、あまり見えすいて聞こえないように注意しながら、彼に尋ねてみた。このへんにコテージを持っているリリィ・マーティンという女性を知らないかとね」

「そうしたら、意外な事実がわかった」

ティアニーは、皮肉っぽい笑みを浮かべた。「ガスが、人の噂話《うわさばなし》をすることにうしろめたさを感じる人間だったとしても、そんなものはバーボンですっかり洗い流されてしまったようだ。ボトルが空く頃には、きみについて――エイミーを亡《な》くしたことも含めて――基本的なことはほとんど聞きだしていた。それで、納得がいった」

「どういうこと？」

ティアニーは慎重に考えて答えた。「川で過ごしたあの日、ぼくは気づいたんだ。

きみは声をあげて笑っても、途中でハッとしてやめてしまう。ほんとうにとつぜんに。その顔から笑みが消えて、目の輝きもなくなってしまうんだ。あのときは当惑したよ。なぜ楽しむことをやめてしまうのか、不思議でならなかった。自分には、楽しむ権利はないとでも思っているような感じだった。そう、自分は楽しいときを過ごしてはいけないと思っているみたいだった」

「そのとおりよ、ティアニー」

「エイミーは死んでしまったのに、自分は生きている。それで、楽しむことに罪の意識をおぼえるわけだ」

「カウンセラーは、そう言ってるわ」

リリィに対する彼の洞察力は半端《はんぱ》ではなかった。まるで、彼女の心の中にある秘密の抽斗《ひきだし》の中身まで、すべて見えているような感じだった。初めて会った日でさえ、彼はリリィの心を読んでいた。そう思うとエイミーのことも気兼ねなく話せたけれど、その洞察力には驚かずにはいられなかった。

ティアニーは、炉の前に彼女とならんで座った。「今夜、きみの口からエイミーの死について聞いたとき、あの日、きみの中に見た悲しみの正体がわかった」

「ごめんなさい」

「なぜ謝るんだい？」

「悲しみは、人を不快にするわ」

「他の人間は不快感をおぼえるかもしれない。しかし、ぼくはちがう」

リリィは興味深げに彼を見た。「どうして？」

「悲しみを克服しようと頑張っているきみを、すばらしいと思うから」

「いつも頑張れるわけじゃないわ」

「それでも、屈服しないことがだいじなんだ」ティアニーは、きみのご主人のようにねとは言わなかったけれど、もちろんそういう意味で言ったのだ。

「どっちにしても、悲しみに暮れてる人間のそばにいたいとは誰も思わないわ」リリィは言った。

「ぼくは、ここにいる」

「どこにも行かれないもの。わたしたちは、ここに閉じこめられているのよ。忘れたの？」

「ぼくは、この状況がいやではない。ああ、告白するよ。世の中とのつながりを絶たれた状態で、きみとふたりきりでここにいられて喜んでいるんだ」彼は、声を落として言った。「この会話は、質問から始まった」

「いいえ、あなたとは寝ない」

「最後まで聞いてくれ、リリィ。服を脱いで、何枚も重ねた毛布の下で寄り添っていれば、熱は逃げにくくなる。熱を発することさえできるんだ。身体《からだ》を合わせていれば、暖かく過ごせるんだよ」

「ええ、たしかにね。でもあなたは、一〇〇パーセント必要だけを考えて提案してるわけじゃない」

「ああ、一〇〇パーセントとは言えない。七五パーセントくらいだ」

「その残りの二五パーセントが気になるの」

ティアニーは、彼女の髪を手に取った。でも、車の中でそうしたときとはちがって、すぐには放さなかった。彼は、その髪を指の間でこするようにした。「初めて会った日から、きみが欲しかった。きみは、最初からそれがわかっていた。ぼくには確信がある。だったら、なぜつまらないことに無駄に時間を費やす必要がある？　ぼくは、きみを抱きたい。しかし――ここが重要なんだが――きみも同じ気持ちになるまでは、何もしない。ただ、暖かく眠るために寄り添うだけにする」ティアニーは指をひろげ、その間をリリィの髪が落ちていくのを眺め、それから彼女の目に視線を戻した。「誓うよ」

彼の目を見つめ、その誠意に満ちたハスキーな声を聞いて、リリィは彼の言葉を信じた。ある程度は。彼は、自分の欲望を口にした。それは、あまりに刺激的な告白だった。

リリィが信じられないのは、その状況だった。彼女は、自分がティアニーと寄り添って身を横たえているところを想像してみた。暖かく眠るために、全裸とはいわないまでも服を脱いで、抱き合って……。それでも、セクシィなことは何もなし。いったいティアニーは、どういうつもりなんだろう？　自分自身を騙《だま》しているの？　でも、わたしを騙すつもりがないことはたしかだ。

ふたりがその魅力に降参したからといって、空が落ちてくるわけではない。リリィの中の肉の衝動は、そのアイディアに青信号を出していた。でも、彼についてわたしが知ってることなんて……何がある？　川での一日を入れても、彼と過ごしたのは全部で十五時間ほど。性に対して寛容で、その結果も考えずに欲求を満たすのがあたりまえの時代にあってさえ、彼と寝るのは少し早すぎるように、リリィには思えた。ティアニーについて知っているのは、いい聞き手であることと、雑誌用のおもしろくて簡潔な記事が書けることくらいだ。それしか知らない男性と、肉体的に結ばれる心の準備はできているの？　若い女の子たちに、古いと、淑女ぶってると、臆病《おくびょう》すぎると、言われるかもしれない。でもリリィは、自分のことを理性的で慎重だと思いたかった。

「いいえ、ティアニー。答は、やっぱりノーよ」

「わかった」彼は顔を歪《ゆが》めて、リリィに少しだけ笑って見せた。「正直なところ、反対の立場だったら、ぼくだって信用しない」彼は立ちあがった。「計画Bもある。ベッド・ルームとバス・ルームの通気孔をふさいで、しっかりとドアを閉め、この部屋に閉じこもるのはどうだろう。ここは、いくぶん暖かいからね。ベッドのマットレスを運んできて、暖炉のそばに敷くよ。きみは、そこで眠ればいい。ぼくはソファで寝る。きみから一メートル半離れてね。しかし、それでも近すぎていやだというなら、それも納得できる」

リリィは立ちあがって、ズボンのお尻《しり》の埃《ほこり》を払った。「計画Bは完璧《かんぺき》だわ」

「同意してくれて、ありがとう。それじゃ、さっそく取りかかるよ」ティアニーは、ベッド・ルームに向かった。

「ティアニー」

彼は足を止めて振り返った。

「何も言わずにわたしが決めたとおりにしてくれて、ありがとう。あなたって、いい人ね」

ティアニーはしばらく彼女を見つめ、それから大股《おおまた》に彼女に近づいてきた。「そんなにいい人ではない」

13

「エレミア書を読んだことはあるか、ホート？」

「エレミアですか？　いいえ。とおしては読んでいません。いくつかの節を読んだだけです」

ベグレイ支局担当特別捜査官は、聖書を閉じた。この一六キロほど、彼はずっと聖書を読んでいた。そのわずか一六キロを走るのにかかった時間は、ほぼ二時間。「主は、エレミアという善人を得た」

「はい」

「エレミアは、イスラエルの神、万軍の主の命を受けて、人が聞きたがらないことを、むしろ知らずにいたがっていることを、人に告げた」

旧約聖書の預言者たちに関するワイズの知識は、曖昧《あいまい》だった。だから彼は、ベグレイの言葉に漠然とうなるように応《こた》えた。

「彼は、殺人を犯した」

必死で車を走らせながらベグレイの話を聞いていたワイズは、彼というのは預言者のことだろうか、主のことだろうか、それともクリアリィのコミュニティを荒らしまわっている謎《なぞ》の男のことだろうかと、考えた。そして、謎の男のことにちがいないという結論に達した。

「たぶん、おっしゃるとおりだと思います。しかし、被害者が殺害されているなら、そして犯人の動きがこのエリアにかぎられているなら――そう、これまでのところ、本件と他の地域とのつながりは見あたりません――死体が見つかっているのではないでしょうか」

「クソッ、しかしこのエリアを見てみろ」ベグレイは、凍りついた風景がよく見えるように、助手席側のくもった窓ガラスを袖《そで》で拭《ぬぐ》った。「このあたりには、計り知れない広さの鬱蒼《うっそう》とした林がある。地形的にも、山ばかりでひじょうに険しい。岩だらけの川床に洞穴。彼は、野生動物さえ味方につけている。おそらく、被害者の女性たちはクマの餌《えさ》になっている」

それを聞いて胸が悪くなったワイズの口元に、最後に飲んだコーヒーの酸味が喉《のど》を伝ってこみあげてきた。「そうでないことを祈りましょう」

「人もたいして住んではいない。アトランタのオリンピック公園を爆破したクソ野郎は、捕まる前、何年もこんなところに隠れていたんだ。いいや、ホート。仮にわたしが若い女性を狙《ねら》う殺人鬼だったとしたら、こういう場所で獲物をさがす」彼は前方を指さして訊《き》いた。「あれか?」

「そうです」

ワイズの生涯で、目的地を目にして、これほどうれしかったことはなかった。彼は、車よりもリュージュに向いているような道を、夜どおし運転してきたのだ。シャーロットからそう遠くないインターチェンジでは、ハイウェイ・パトロールの車が進入ランプをふさいでいた。警官が車から降りて、ワイズに戻るよう合図した。でもワイズは、ベグレイの命令にしたがって車を進めた。

警官は車に近づいてきながら、怒りもあらわに叫んだ。「合図が見えないのか? この道はとおれない。ハイウェイは封鎖されている」

ワイズは車の窓を開けた。ベグレイは、ワイズを押しのけるように助手席から身を乗りだして、警官に身分証明書を見せ、重罪犯を追っている最中であることを説明し、警官とやり合い、階級を振りかざし、最後には「すぐにそこをどかなければ、そのクソ忌々《いまいま》しいパトカーを、このクソ忌々しい道から押し落としてやる」と脅した。警官は、車をどけた。

ワイズはスピンすることなく、なんとかハイウェイに車を乗りいれたけれど、首も背中もガチガチになっていた。ベグレイは、自分たちがどんな危険を冒しているか気づいてもいないようだった。あるいは、本人以上に、ワイズの運転技術を信頼しているのかもしれない。

ベグレイが車を停めるのを許したのは、たったの二回。ふたりは持ってきたスナックを食べ、コーヒーを飲んだ。最後の休憩のときは、用を足したあとなんとかジッパーをあげたところで、ベグレイにドアを叩《たた》かれ、さっさとしろと急《せ》かされた。

夜が明けて、ほんの少し明るくなってきた。低い雲が、空を厚く覆《おお》っている。霧と吹きつける雪のせいで、数メートル先までしか見えなかった。ボンネットのエンブレムの先を見据えつづけてきたワイズの目は、ひどく疲れていた。スピードは、最高でも時速二五キロ。それ以上速く走るのは、自殺行為だ。きのう降っていた氷の粒とみぞれは、ワイズの三十七年の生涯でもほとんど見たことがないほどの大雪に変わっていた。

ベン・ティアニーに話を聞きにいく前に、シャワーを浴びて、髭《ひげ》を剃《そ》って、ブラック・コーヒーをたっぷり飲んで、熱々のたっぷりした朝食をとりたかった。でも、クリアリィの町に近づいたとき、ベグレイは町はずれのロッジに直行するようワイズに命じた。

滝がつくる小さな湖のほとりに建つ、いくつかのコテージ——それが、ホイッスラー・フォールス・ロッジだった。その敷地を囲むフェンスには、かなりの雪が積もっていた。事務所の煙突から、煙がのぼっている。それをのぞけば、人の気配はまったくない。ただ一面に雪景色がひろがっていた。

ワイズは、慎重にハイウェイからそれて、そこがドライブウェイであることを祈りながら、それらしい場所にセダンを乗りいれた。ドライブウェイもわからないほど、深く雪が積もっていたのだ。

「どのコテージだ？」ベグレイは訊いた。

「八番です、サー」ワイズは、その方向に頭を傾けた。「湖にいちばん近いコテージです」

「まだチェックアウトはしていないんだな？」

「ゆうべの時点では。しかし、チェロキーが見あたりません」ワイズは、がっかりして言った。正面に車が停まっているコテージは、一軒だけ。それも、部分的に雪に埋もれていた。タイヤの跡もない。「オーナーに会って、たしかめてみましょう」

「何を?」ベグレイは訊いた。ワイズは彼を見た。「八番のコテージのドアは、わずかに開いているようじゃないか、ワイズ特別捜査官。あの様子では、ノックをしたら開いてしまうだろうね」ベグレイはそう言いながら、陰険な笑みを浮かべた。

「しかし、彼がわれわれのさがしている男だったら、どうするんです? われわれが市民の権利を侵害したことが原因で、刑罰を免れられてはたまらない」

「われわれのさがしている男だったら、クソ忌々しい決まりのせいで釈放される前に、頭に銃弾を撃ちこんでやる」

ワイズは、八番のコテージの前に車を停めた。そして車を降りた彼は、足首まで雪に埋もれてさえ、立ちあがって身体をのばせることに心地よさをおぼえた。風のせいで息もできなかったし、眼球も一瞬にして凍ってしまいそうだったけれど、背中をのばせただけでも、それに堪える価値はあった。

ベグレイは、目を眩《くら》ませる雪も、痛いほどの冷たい風も、気にならないようだった。彼は階段をのぼって、コテージを囲むようにのびているポーチにあがった。そしてドアに手をかけ、鍵《かぎ》がかかっていることを知ると、平然とクレジットカードを差しこんだ。数秒後、ベグレイとワイズはコテージの中に立っていた。

外よりは暖かかったけれど、それでも息が白く見えるくらい寒かった。暖炉の灰は、白く冷たくなっている。リビング・ルームの横にある簡易キッチンは、きれいにかたづいていて、食べ物も見あたらないし、洗った食器は水切りの中でとっくに乾いていた。だいぶ前から、そこに置かれているにちがいない。

ベグレイは両手を腰にあて、片方の足からもう片方の足へゆっくりと体重を移しながら、リビング・ルームに目を走らせた。「しばらく帰っていないようじゃないか。彼がチェロキーで出かけていったのは今朝ではあり得ない。こんな雪でも、今朝出かけたならタイヤの跡が残る。ホート、ティアニー氏がゆうべ過ごした場所に心あたりはあるのか？」

「ありません」

「このあたりに女は？」

「わたしの知るかぎりでは、いないようです」

「親類は？」

「いません。それに関してはたしかです。彼はひとりっ子で、両親はすでに亡《な》くなっています」

「だったら、どこで夜を過ごしたんだ？」

ワイズには、答えようがなかった。

彼は、ベグレイにしたがって正面のベッド・ルームに入っていった。ザッと部屋の中を見まわしたあとで、ベグレイはダブルベッドを指さした。「ベグレイ夫人が見たら、だらしがないと言うだろうね。男は、たとえベッドを整えても、こういう整え方しかできないんだそうだ」

「はい」

ワイズは男ではあるけれど、ベッドは必ず整える。しかも、ベッドカバーの縁がまっすぐになっているかどうか、いつもたしかめる。それに、水切りの中に食器を置きっぱなしにもしない。キッチンタオルで拭《ふ》いて、それぞれの置き場所に戻しておく。もっと言うなら、CDは——タイトルではなく——アーティスト名によってアルファベット順にならべてあるし、ソックスは色別に——左端がいちばん明るい色で、右端がいちばん暗い色になるように——きちんと抽斗《ひきだし》に入っている。

でもワイズは、ベグレイ夫人に異議をとなえる前に言葉を呑《の》んだ。

リビング・ルームとはちがって、ティアニーが寝起きしているベッド・ルームには生活感があった。部屋の隅に脱ぎ捨てられている泥だらけのカウボーイ・ブーツ。部屋の真ん中に置かれたダッフルバッグと、その開いた口から溢《あふ》れだしている衣類。窓辺のデスクの上には、雑誌が散らかっていた。ワイズは、きれいに積みあげたい衝動と戦いながら、その光沢紙の表紙にすばやく目を走らせた。

「ポルノ雑誌か？」ベグレイは訊いた。

「アドベンチャー、スポーツ、アウトドア、フィットネス。彼が記事を書いているような雑誌です」

「そうか、クソッ」ベグレイは、がっかりしているようだった。「向こうの部屋を見るかぎり、ティアニーは几帳面《きちょうめん》な男のように思える」

「われわれがさがしている男のプロファイルと一致しますね」ワイズはそう言いながらも、自分の潔癖すぎる傾向を心の中でとがめていた。

「そのとおりだ。しかし、これを見ろ。どうなっているんだ？」ベグレイは言った。

「まるで、うちの長男の部屋だ。いったいどっちなんだ？ティアニーは精神を病んでいるのか？それとも見たままの男なのか？アウトドアを好む、マスかき本の世話にならずにマスをかく、あたりまえの男なのか？」

なんとも美しい表現だった。ベグレイがポルノ雑誌のことをマスかき本というのを聞いて、ワイズは言葉を失った。

クロゼットの扉は開いていた。ベグレイは、その中をのぞいた。「カジュアルだが、いいものばかりだ」いくつかのラベルをチェックしたあとで、彼は言った。

「クレジットカードの明細を見ても、それはわかります」ワイズは言った。「彼は、ディスカウントストアでは買い物をしない」

ベグレイは踵《きびす》を返してすばやく部屋から出ていくと、リビング・ルームを横切って、もうひとつのベッド・ルームのドアを開いた。そして二歩と進まずに立ち止まった。

「これは……。ホート！」

走ってきたワイズは、部屋に入ったすぐのところにベグレイとならんで立った。

「ああ、なんということだ」彼は、小さな声でつぶやいた。

行方不明になっている五人の女性の写真が、テーブルの前の壁にテープで貼《は》ってあった。テーブルはキッチンにあったものにちがいないと、ワイズは思った。その部屋で目にするまで、キッチンからテーブルがなくなっていることには、少しも気づかなかった。

テーブルの上には、コンピュータと印刷物が載っていた。それは、証拠となる貴重な発見だった。行方不明者についての新聞の記事だ。〈クリアリィ・コール〉紙から切り抜いたものに、ローリーやナッシュヴィルの新聞から切り抜いたもの。そのところどころに、色つきのフェルトペンでしるしがつけてある。殴り書きの文字がならぶ、何枚もの黄色い法律用箋《ようせん》もあった。消されている記載もあれば、アンダーラインを引いたりして、再読する価値があることを——忘れてはならないことを——示している箇所もある。それにフォルダーが五つ——行方不明者ひとりにひとつずつ——置かれていた。その中身は、手書きのメモに、新聞の切り抜きに、行方不明者のポスターに使われた写真に、新聞や雑誌に載った写真。

そして、謎の犯罪者にふれた箇所には、すべてブルーのマーカーでしるしがつけてあった。

ベグレイは、その箇所を指さした。「ブルー」

「わたしも気づきました」

「やつのテーマカラーだ」

「そのようです」

「トリー・ランバートを誘拐して以来、やつはブルーのリボンを現場に残している」

「はい」

「コンピュータは——」

「パスワードが設定してあるにちがいありません」

「なんとかできるか、ホート?」

「やってみます」

「いいか、動くんじゃない。さもないと、その頭を吹っ飛ばしてやる」コンクリート・ミキサーなみのガラガラ声が言った。「手をあげて、ゆっくりこっちを向くんだ」

言われたとおりに振り向いたベグレイとワイズは、双身の散弾銃のふたつの銃腔《ボア》と向き合うことになった。

ワイズは言った。「こんにちは、エルマーさん。わたしをお忘れですか? チャーリー・ワイズです」

エルマーは胸の高さに散弾銃をかまえて、部屋の真ん中に立っていた。ワイズが名乗ったとき、彼は標的に照準を合わせるべく目を細めていた。長いこと日にあたりすぎた柿《かき》の実のように、赤くしわくちゃになった顔。虫が食ったボロボロの防寒帽に、そこからはみだしている汚らしい白髪。モジャモジャの髭も、髪同様に白くなっている。その端に煙草《たばこ》のヤニがしみついた唇を歪《ゆが》めて彼が笑うと、欠けた三本の歯と、歯のない歯茎があらわになった。

「助かった。もう少しで、あんたたちを殺しちまうところだったぜ」彼は散弾銃をおろした。「ティアニーさんに、賞金をとどけにきたのかい?」

ワイズは一瞬とまどったものの、ベン・ティアニーについて聞きだすために自分がでっちあげた話のことを思い出した。「ああ、そうではないんです。ここにいるのは、ベグレイ支局担当特別捜査官です。われわれは——」

「ガス？　ここにいるのかい？」

「やれやれ」ガス・エルマーは言った。「警察に電話をしたんだよ。誰かが、ティアニーさんの留守に物取りに入ってるってね」

ベグレイは、一連の神を冒瀆《ぼうとく》する言葉をたてつづけにつぶやいた。

老人は振り向き、玄関のドアから顔を突きだしている警官に、中に入るよう手振りで示した。警官は拳銃《けんじゅう》を手に、ＦＢＩ捜査官たちをしげしげと見つめた。「物取りっていうのは、このふたりのことかい？」

「われわれは空き巣に入ったわけではない」そう言ったベグレイの声を聞いたワイズには、彼があまりのバカバカしさにうんざりしているのが——不意に妙なことになってしまったこの状況をなんとか立てなおそうとしているのが——わかった。ベグレイは、ワイズを押すようにしてベッド・ルームから出ると、ふたりが見つけたものがエルマーと警官の目にふれないよう、そのドアをバタンと閉めた。

「われわれは、ＦＢＩ特別捜査官だ」ベグレイはつづけた。「誰かを——つまりわたしを——撃ってしまう前に、その拳銃をホルスターにおさめてほしい」

警官は若かった。ワイズがまちがっていなければ、三十歳のいくつか手前というところ。ベグレイ支局担当特別捜査官のクルミも割れるほどの眼差《まなざ》しと、いかにもえらそうな口調に、警官はすっかり慌《あわ》てていた。拳銃をおさめたあとで初めて、身分証明書の提示を求めることを思い出したようだった。ふたりは求めに応じて、身分証明書を見せた。

本人の主張どおりの人物であることを確認した警官は、賢くも自己紹介をした。「ハリスです。クリアリィ警察の警官です」彼はそう言って、その上で雪がとけかけている制帽の縁にふれた。制服のズボンをゴム長靴の中にたくしこみ、ウールの裏がついた革のボマージャケットを着こんでいる。そのジャケットが一サイズか二サイズ小さすぎるせいで、腕は身体《からだ》から少し離れた不自然な位置にぶらさがっていた。ガス・エルマーは髭《ひげ》をこすりながら、ポカンとワイズを見つめていた。「あんたがFBIの捜査官だって？　嘘《うそ》じゃないんだろうね？」

「嘘ではない」ベグレイが、ワイズに代わって答えた。

「だったら、あんたたちはここで何をやってるんだ？　ティアニーさんになんの用があるんだ？」

「話がある」

「なんの話が？　あの人は、お尋ね者なのかい？　いったい何をやったんだ？」

「わたしも知りたいですね」ハリスは言った。「逮捕状を持っていらしたんですか？」

「そういうことではない。いくつか訊《き》きたいことがあるだけだ」

「なるほど、訊きたいことね」ハリスは一瞬それについて考えながら、ふたりを胡散《うさん》臭《くさ》そうに眺めた。「この部屋の捜査令状は？」

ハリスという警官は、見かけほど未熟ではないようだ――ワイズは思った。

その質問を無視して、ベグレイは訊いた。「きみのところの署長の名前は、バートンだったね？」

「そうです。ダッチ・バートンです」

「どこに行けば会える？」

「今すぐにですか？」

ベグレイには、そんなバカげた質問に答える気はなかった。彼のスケジュール帳には、今すぐという以外の時間は存在しない。

過《あやま》ちに気づいたハリスは、口ごもりながら答えた。「ええと……ああ……さっき無線で聞いたんですが、署長はキャル・ホーキンズを迎えにいったようです。そのあと、彼にコーヒーを飲ませるためにドラッグストアに向かっているということでした。ああ、ホーキンズというのは、町で唯一《ゆいいつ》の散砂車を持っている男のことです」

「ホート、ドラッグストアの場所はわかっているのか？」ベグレイは、ワイズがうなずくのを見て、ハリスに向きなおった。「バートン署長に、三十分後にドラッグストアで会いたいと伝えてくれ。わかったか？」

「伝えます。しかし、署長の気持ちは今——」

「これ以上、重要なことなどあり得ない。わたしがそう言っていると、署長に伝えるんだ」

「わかりました」ハリスは応《こた》えた。「それで、令状は？」

「あとで見せる」ベグレイは若い警官にそばに来るよう指で合図した。ハリスは、ドスドスと歩きだした。その長靴は、ジャケットとは反対に少し大きすぎるようだった。ベグレイは警官をさらに引き寄せ、差し迫ったような声でささやいた。「警察の無線でわたしのメッセージを伝えるなら、どうしても今すぐに会う必要があるとだけ言うんだ。いかなる名前も口にしてはいけない。わかったか？　これは、最優先されるべき、ひじょうにデリケートな問題だ。したがって、慎重に動く必要がある。きみの口の堅さを信じていいな？」

「もちろんです。よくわかりました」ハリスは、ふたたび制帽のつばの縁にふれ、それから走り去った。

シャーロット支局に移ることが決まったとき、ワイズはこの有名な上司の下で働けることを喜んだ。でも、これまでは、ベグレイのそばで働いたことはなかった。今回が彼のやり方を間近で見る――その手腕を観察する――初めてのチャンスだ。ケント・ベグレイは、他の捜査官たちの間でも、犯罪者たちの間でも、生きた伝説となっている。同僚たちは、彼から学んでいた。そして法を犯す者たちも、彼から学んでいた。ただし、後者にとって彼は厄介者だった。

中東で働いていた日々について本人が語ったことはなかったけれど、話によるとベグレイは、その口のうまさをもって、仲間三人と自分の命を救ったらしい。彼がいなかったら、サダム・フセイン政権に対して諜報《ちょうほう》活動を行っていたとして、四人とも処刑されるところだったというのだ。実際、四人はそのとおりのことをしていたにもかかわらず、ベグレイは、人ちがいだと言い張り、自分たちを傷つけたら――どんなふうにであれ、誤ったあつかいをしたら――殺害したら――とんでもなく高いツケを払うことになると言って、相手を納得させてしまったのだ。

捕らえられた日の五日後、四人は喉《のど》を渇かし泥だらけになって、バグダッドのダウンタウンにあるヒルトンホテルのロビーに入っていって、同僚や外交官や報道陣を驚かせた。みんな、死んだものとあきらめていたのだ。

話は、語られるたびに尾ひれがついていったにちがいない。それでもワイズは、基本的にはそのとおりなのだろうと思っていた。ベグレイは矢のようにまっすぐな男だけれど、ペテン師の素質を持っている。巧妙な男だと言われるには、それなりのわけがあるのだ。

ベグレイは、ハリスに重要なことは何もあかさずに、自分も最優先すべき、ひじょうにデリケートな問題に関わるひとりなのだと思わせることで自尊心をくすぐり——家宅侵入の現場をおさえられたというのに——捜査令状の件も忘れさせてしまった。

そしてさらにベグレイは、すぐに署長に連絡をとるよう強く命じることで、ハリスをその場から追いやった。これで誰の耳も気にせずに、自由にガス・エルマーに話を聞ける。

「コーヒーが飲みたくてたまらない。そう思わないか、ホート?」出し抜けにベグレイは言った。「エルマーさん、あなたのご親切に甘えさせていただけますか?」

老人は、訝《いぶか》しげに目を細めてベグレイを見た。「なんだって?」

「コーヒーをご馳走《ちそう》していただけますか?」ワイズが通訳した。

「ああ、もちろんだ、もちろんだとも。事務所にあるよ。それに、火もある。足下に気をつけなよ。階段は、ドアノブに鼻水を垂らしたみたいにすべりやがる」

数分後、三人は、パチパチと燃える火の前に置かれた、背に梯子《はしご》状の模様があるロッキングチェアに座っていた。ブーツの中の雪がとけて、足は冷たく湿っていた。心地悪さをおぼえたワイズは、その足をできるだけ火に近づけた。

ガス・エルマーがふたりにわたしたマグカップは、彼の三本の歯同様、欠けていてしみだらけだったけれど、コーヒーは熱くて濃くておいしかった。でも、切望していたから、舌においしく感じただけかもしれない。

ガス・エルマーはFBIの捜査の役に立ちたがっていたけれど、彼からはワイズがすでに聞いていた以上の情報は得られなかった。ベン・ティアニーは感じのいい泊まり客で、払いもクレジットカードできちんとすませてくれる。ただひとつ妙なのは、滞在中のコテージの掃除を断ること。そう、ふたつ目のベッド・ルームにあんなものを置いていては、人に掃除は頼めない。

「だけどさ、それが唯一の奇癖だっていうなら、おれは文句は言わないね」ガスは言った。「いいかい、あの人は理想的な客なんだ。出かけるときには、いつだってきちんとしていってくれる。電気だって消していくし、クマやアライグマにあらされないように、ゴミだってゴミ箱に入れていく。チェックアウトする日は、昼までには出ていってくれるしね。ああ、ちゃんと決まりを守ってくれるんだ」

「りっぱなシカですね、エルマーさん」ベグレイは、暖炉の上の石の壁にかかっている剝製《はくせい》の頭を指して言った。「あなたが仕留めたんですか？」

これは、ベグレイの有名な戦術だ。話を聞いている最中に、時折まったく関係のないことを口にする。そうすることで、相手は進んで質問に答えつづけるというのだ。それに、不意に話題が変わるせいで、質問を受けている人間は次に何を聞かれるか予想がつかなくなり、その答を心の中で用意することができなくなる。それで、ほんとうに聞きたいことに対する、本来の答が引きだせるわけだ。

「ティアニーさんが、女性について話すのを聞いたことがありますか？」

狩りで獲得したトロフィーともいうべきシカの剝製を惚《ほ》れ惚《ぼ》れと眺めていたエルマーは、サッと振り向いてベグレイを不思議そうに見た。「女性？」

「奥さん、別れた奥さん、ガールフレンド、愛人……そういう女性たちのことです」

彼は声を低くしてつけくわえた。「彼が自分の性生活について口にしたことは？」

老人はクックッと笑った。「おぼえがないね。そんな話を聞いてたら、思い出すさ。いっぺん、かみさんは来ないのかと訊いたことがあるんだが、来ないと言われた。別れたんだそうだ」

「彼は、ストレートだと思いますか？」

老人の口がポッカリと開き、歯のない口の中があらわになった。なんともゲッソリする眺めだった。「あの人がホモだって？　あの人が？」

「彼がホモだと考える理由は何もない」ベグレイは答えた。「しかし、あんなにハンサムな独身男が、あなたに女の話をしないなんて、ちょっと妙だと思ったんですよ」

またも、ワイズは感心した。ベグレイは、それとなくガス・エルマーの記憶を探っているのだ。ベグレイは、エルマーがホモ嫌いだと考えている。彼のような男は、常連客には——特に親しくなった客には——男の中の男であることを、骨の髄まで異性愛者であることを、望んでいるものだ。だから、ティアニーが女の名前を口にしたことがあったかどうか、老人は必死で思い出そうとしていた。

エルマーは考えながら、汚らしい短い指を耳毛の中に突っこんで耳垢《みみあか》をほじっていた。「今、思い出した。この前の朝、最近いなくなっちまった女の子のことを話してたよ」

「もう一杯、コーヒーをいただいていいですか？」ベグレイは、答を待たずに立ちあがり、テーブルの上のコーヒー・メーカーに向かって歩きだした。

「あの人は〈クリアリィ・コール〉を取りに、ここに来たんだ。それで、一面の記事を読んでね。おれは言ったんだ。『この町は、どっかのいかれた野郎のせいで、ひどいことになってる』ってね。あの人は、女の子の両親に同情するって言ってたよ。どんな思いをしてるだろうってね」

ベグレイは、ロッキングチェアに戻って、コーヒーを吹き冷ました。「エルマーさん、このコーヒーはほんとうにすばらしい。ワイズ特別捜査官がメモをして帰れるように、ブレンドのしかたを教えてやってくださいますか？」

「もちろんいいさ」

「ベグレイ夫人への土産に、少しシャーロットにいただいて帰りたい。女の子についてティアニーさんが言ったのは、それだけですか？」ベグレイは訊いた。

「そうだな――」老人は、なんとか思い出そうとしていた。「ああ、それだけじゃないよ。たしか、あの日、つまり女の子が姿を消す前に、その子に会ったと言っていた」

「どこで会ったと？」ワイズは訊いた。

「あの人が道具なんかを買ってる店で会ったらしい。新しい靴下を買いに寄ったら、あの子がいて、あの子に勘定を払ったと言っていた」

「何時頃？」

「あの人が、何時に店に寄ったかって？　知らないね。あの人は、新聞を折りたたんで地図を持って、山のてっぺんでハイキングをしてくると言ったんだ。クマにやられないように気をつけろと注意してやったんだが、あの人は笑ってた。『気をつけるが、今の時期はクマは冬眠してるんじゃないのかい？』って言ってね。あそこの自動販売機でグラノーラ・バーを二本ばかり買って、出ていった」

「行方不明になっている他の女性について、彼が口にしたことは？」

「ないね。おぼえてるかぎりじゃ——」エルマーは不意に口をつぐんだ。彼はベグレイにサッと視線を向け、それからそのショボついた目をワイズに向けた。ワイズは、平然とした表情をくずすまいとした。ベグレイに視線を戻したエルマーは、ゴクリと唾《つば》を呑《の》んだ。嚙《か》み煙草《たばこ》を呑みこんでいなければいいのだが——ワイズは、そう思わずにはいられなかった。「あんたたち、ティアニーさんが、あの女たちをさらったと思ってるのかい？」

「ちがいます。われわれは、彼と話がしたいだけです。そうすれば、容疑者リストから、彼をはずすことができる」

エレミア書について話していたときのほうが、よほど表情があったと思うくらい、ベグレイは平然としていた。それでも、ガス・エルマーは騙《だま》されなかった。彼がかぶりを振ると、薄汚い髭《ひげ》が胸元をこすった。「あの人が、そんな卑劣なことをしでかす人間だなんて、とてもじゃないが思えないね」

ワイズは身を乗りだして訊いた。「彼が女性について、危険な発言をするのを聞いたことはありますか？」

「危険……？」

「否定的な発言や、あからさまなコメントです」

「ああ、女についてね」

「そう、女性一般についてでもいいし、特定の女性についてでもいい」ワイズは言った。

「いや、さっきも言ったとおり、あの人が女のことを話したのは、あのときだけだ――」エルマーは言葉をきると、ドクターペッパーの空き缶を手に取り、その中に唾を吐いた。「待てよ。ちょっと待ってくれ。あれは――」彼は目を閉じた。「そうだ、そうだ、思い出したぞ。あれは、去年の秋のことだ。ああ、おれたちは、あそこのポーチにならんで腰かけて、紅葉を眺めてたんだ。あの人に、いっしょに飲まないかと誘われてね。おれは、ふたつ返事で誘いに乗った。ちょっとばかり暖まろうと思ってさ。それで、どういうわけかダッチ・バートンの話になったんだ」

「警察署長の？」ワイズは驚きもあらわに訊《き》いた。

「ああ、そうだよ。ダッチは署長になりたてだった。一カ月かそこらしか経《た》ってなかったと思う。それで、おれとティアニーさんは、行方不明事件だのなんだの厄介なことばかりなのに、なんでこの町の警察署長になんかなったんだろうって話したんだ」

「彼は、特に何か言っていましたか？」

「いや、何も。それだけだよ」彼は、ふたたび空き缶に唾を吐き、手の甲で口元を拭《ぬぐ》うと、ふたりに向かってニヤッと笑った。「あの人は、ダッチの女房のほうに興味があったんだ。ああ、今じゃ、別れた女房ってことになるがね」

ベグレイは、ワイズが注意を払っていることをたしかめるかのように、彼をチラッと見た。「署長の奥さんに？」

「ティアニーさんは、夏にあの女に会ったらしい」ホッとしたかのように、ガス・エルマーの笑みがひろがった。「ああ、あの人はホモなんかじゃないよ。絶対だ。あの人は、ダッチの別れた女房に惚れてるみたいだったからね」

ベグレイは、椅子《いす》を揺するのをやめた。「惚《ほ》れている？」

老人は、痰《たん》が絡《から》んだような笑い声をあげた。「夢心地っていうのかい？　ウットリしてるような、興奮してるような、どう言ったらいいのか知らないが、そんな目をしてたよ」

14

リリィは、あまりの寒さに目をさました。自分がどこにいるのか、なぜそこにいるのか、一瞬わからなかった。彼女は、しっかり服を着こんだまま、三枚の毛布の下で、膝《ひざ》を胸に抱えるように身を丸めていた。冷気が、毛布も衣類も貫いて骨にまで染《し》みこんでくる。

暖炉に顔を向けていたけれど、もうそこに熱は感じられない。ティアニーが電気を消したときにくすぶっていた残り火は、ずっと前に灰になっていた。顔にかかっていた毛布を少しだけ押しさげて口から息を吐くと、そこに白い雲ができた。

夜の間に、プロパンガスがつきてしまったにちがいない。こうなったら、暖炉が唯《ゆい》一《いっ》の熱源だ。起きて火格子《ひごうし》の上に薪《まき》をならべ、火を入れる必要がある。それに、動けば暖かくなる。でも、リリィは、その比較的暖かい繭《まゆ》の中から抜けだすことができなかった。

灰色の鈍い光がカーテンの縁をかたどっているだけで、部屋はまだ暗かった。風は、ゆうべから衰えていない。氷に覆《おお》われた木の枝が、屋根をひっきりなしに激しく打っている。誰かと寄り添って過ごすのに完璧《かんぺき》な日というものがあるのなら、今日はまさにそんな日だ。

たぶんティアニーの誘いに乗るべきだったのだ。そうしていれば、今、寒さにふるえることもなかったはずだ。

でも、だめ。断ってよかったのよ。いっしょに寝たりしたら、この先、妙なことになってしまう。状況は、今の十倍もややこしくなってしまう。ただのキスで、充分ややこしくなっているのに。

ただのキス？　とんでもないわ。

それは息を呑むほどのキスだったけれど、一瞬で終わった。ティアニーは、すぐに彼女を放した。そして、リリィに背を向けた彼は、キスなどしなかったかのように、話のつづきを始めた。脳震盪《のうしんとう》を起こしてから何時間か経っているから、眠ってもだいじょうぶだろうと、彼は言った。

リリィも平静をよそおって、彼に同意した。

ティアニーは、何か食べるよう、もう一度すすめたけれど、リリィはお腹《なか》が空《す》いていないと応《こた》えた。彼も、ぼくも空いていないと言った。

ティアニーは、先にバス・ルームを使うよう、彼女にすすめた。そして、リリィがバス・ルームにいる間に、ベッドからマットレスをおろし、リビング・ルームに運んでしまった。リリィは、自分を待たなかった彼をたしなめた。それに対して彼は、重労働は喘息《ぜんそく》の発作の引き金になりかねないのだから、きみにマットレスを運ばせるわけにはいかないと言った。リリィは彼に、自分も脳震盪を起こしたのだという事実を思い出させた。彼も重労働などするべきではないのだ。でも、彼はすでにマットレスを運んでしまった。だから、口論はそこまでで終わった。

ティアニーがバス・ルームから戻ったときには、リリィは自分の分の毛布の下でうずくまっていた。彼は電気を消して、ソファに横になった。そして、彼女に暖かいかどうか尋ね、もう一枚——彼の分の——毛布をかけないかと訊いた。リリィは、だいじょうぶだと断り、礼を言った。

ティアニーはゴソゴソ動いていた。彼が身を落ち着けるまでには、しばらくかかった。リリィは彼に、傷は痛まないかと訊いた。そんなにひどくはないというのが、その答だった。リリィは彼に、傷を見ようかと、消毒して新しい絆創膏《ばんそうこう》に貼《は》り替えようかと、訊いた。彼は、バス・ルームでチェックしてきたからだいじょうぶだと答えた。鏡は一枚しかないのに、どうしたら頭のうしろをチェックできるんだろうと思ったけれど、リリィは何も言わなかった。

脇腹《わきばら》の打ち身もひどい状態だが内出血の兆候はないようだと言ったティアニーに、彼女は「それはよかったわ」と無意味な応えを返した。そして、彼がくぐもった同意のうなり声をあげたのを機に、会話は終わった。

リリィが眠りに落ちるまでに、少なくとも一時間かかった。そして、ついにウトウトしはじめたときも、彼が眠っていないことがはっきりとわかっていた。明かりが消えてから、眠りに落ちるまでの間、リリィは身を硬くして静かに……何？　わたしは、何かを期待していたの？

キスのあと、ふたりの間の緊張感は堪えがたいまでに高まった。会話はぎこちないものに変わり、目も合わせず、たがいに必要以上に礼儀正しく振る舞った。

キスをかわしたことを無視して過ごそうとすればするほど、その意味はますます深くなっていくようだった。冗談のひとつも言えたら――「ふーっ、これで少なくとも、したかったことはしたわけだ。お互い、好奇心を満足させたところで、リラックスしてサバイバルに集中できる」とでも言えたら――キスをしたことを、もっと簡単に忘れられたにちがいない。

でもふたりは、冗談など言わずに、キスなどしなかったかのように振る舞った。どちらも、相手がどう思っているかわからずにいた。だから、ふたりともへまを——微妙なバランスをくずすようなことをしたり言ったりすることを——恐れて、事実を認められなくなってしまったのだ。

それでも——キスをしたことをぎこちなくはぐらかしたり、無頓着《むとんじゃく》をよそおったりしていても——リリィは彼が「こんなのはバカげている」とつぶやいて、ソファを離れ、彼女の寝ているマットレスの毛布の中にもぐりこんできてくれることを半分期待していた。そう、あれはただのキスではなかった。プレリュードだ。

「そんなにいい人ではない」彼は言った。

そのすぐあと、彼はリリィの顔を力強い手で——その夜、彼女がずっと憧《あこが》れの目で見ていた力強い手で——はさみ、その唇を彼女の唇に押しあてた。ためらいもしなければ、彼女に許可を求めようともしなかった。うしろめたそうに？　おずおずと？　いいえ、そんな様子は微塵《みじん》もなかった。唇がふれた瞬間から、彼は貪欲《どんよく》で執拗《しつよう》だった。

ティアニーは彼女のコートの前を開き、その中に手を入れた。両腕に彼女を抱き、わずかに膝を折って彼女をやや上向きに引き寄せると、細い背中に手をひろげ、さらにギュッと抱きしめた。曖昧《あいまい》さはかけらもなかった。きみが欲しいと言っているも同然だった。

リリィは、お腹から太股《ふともも》にかけて、欲望の波が押し寄せてくるのを感じた。ふたたびそんな思いができて、なんとも幸せだった。この衝撃は、お酒でもドラッグでも得られない。他のどんな歓《よろこ》びも、心酔わせるこのセクシィなゾクゾク感とは比べものにならない。

こんなことは何年もなかった。エイミーが亡《な》くなってからずっと。エイミーを亡くして、リリィもダッチも、素敵なセックスをする気持ちを失ってしまったのだ。努力はしたけれど、しだいに没頭しているふりをすることさえむずかしくなっていった。そしてリリィは、感じているふりをすることさえやめてしまった。

リリィの無反応は、ただでさえズタズタになっていたダッチの自尊心をさらに傷つけた。そしてダッチは、次から次へと浮気をすることで、自尊心を取り戻そうとした。それについては、リリィも赦《ゆる》せなくはなかった。ダッチは、彼女から得られないものを別の女性たちから得ようとしたのだ。

リリィが赦せなかったのは、彼女がエイミーを身籠《みご》もる前のことだ。結婚して間もない頃、まだふたりの性生活も画期的で素敵だったときに、なぜダッチが他の女性たちと寝ていたのか理解するのに、ずいぶん時間がかかった。でも、リリィは気がついた。彼には、たえず自分の力を確認して安心する必要があったのだ。もちろん、ベッドの中で。そして、ベッドの外ではなおのこと。リリィは、彼に安心を与えつづけるために、どれだけ自分が疲れているかにも気づいた。いくら与えても、彼は満足しないのだ。

　ふたりは、アトランタ警察が支援している慈善団体が主催した、資金集めのためのブラックタイ・パーティで出逢《であ》った。その頃、何人もが殺害された事件を解決に導いた人物と報道されていたこともあって、波に乗っていたダッチは、署の顔としてそのパーティでスピーチを頼まれていた。

　演台の上の彼は、ハンサムでチャーミングで雄弁だった。殺人事件を解決するヒーローになった、カレッジの元フットボール・スター――それは目も眩《くら》むほどの経歴だった。彼のスピーチを聞いた社交界の人たちは、その気になって気前よく寄付金をはずみ、リリィは彼に近づいて自己紹介をした。そして、その夜が終わる頃には、ふたりはディナー・デートの約束をしていた。

　それから半年と経たないうちに、ふたりは結婚し、一年ほどはそれ以上ないくらい幸せだった。どちらもキャリアを築くために必死で働きながら、思い切り遊んで、思い切り愛し合った。コテージを買って、週末にはそこにこもって過ごした。ベッド・ルームから出ずに過ごしたこともある。

その頃のダッチは、ベッドでも自信満々だった。愛し方に、それは現れていた。彼は繊細で寛大なパートナーであり、熱烈で思いやりのある恋人であり、頼りになる夫だった。

それから口喧嘩《くちげんか》が始まった。自分よりも彼女の収入が多いことに、ダッチは憤《いきどお》りをおぼえていたのだ。リリィは、どちらが多く稼ごうと関係ないと主張した。「あなたは、公務員の仕事を選んだのよ。たいへんな労力を要するのに、実入りも少なくて、評価されることもほとんどない仕事をね」

リリィの言うことは事実だった。でもダッチには、歴然とした自分の負けを正当化する台詞《せりふ》にしか聞こえなかった。彼は、雑誌で彼女が成功するのと同じほどの成功を、警察署内でおさめられないのではないかと恐れていたのだ。

そのうち、自分は負け犬だというダッチの思いこみが、現実になっていった。同時に、リリィの運は上昇していった。彼女の成功は、ダッチのプライドを蝕《むしば》んだ。彼は、プライドを取り戻すために女を——自分のことを颯爽《さっそう》としたヒーローだと思ってくれる女を——求めた。彼は、颯爽としたヒーローでありたかったのだ。

浮気が発覚するたびに、ダッチは深く後悔しているふりをして、ちょっと羽目をはずしただけで、その女性との関係にはなんの意味もないと言い切った。でも、リリィにとっては、意味がないではすまされなかった。そして、ついにリリィは別れると言って彼を脅した。ダッチは、きみが出ていったら死ぬと宣言し、二度と浮気はしないと誓い、愛していると言い、赦してほしいとすがった。リリィは赦した。なぜなら、エイミーを身籠もっていたのだ。

子供が生まれることがわかって、夫婦の絆《きずな》は強くなった。でも、それもエイミーが生まれるまでのことだった。エイミーが生まれて数カ月のうちに、ダッチは女性警官と付き合いはじめた。そして、リリィに責められた彼は、それが事実だったにもかかわらず、そんなことはないと否定し、きみが疑うのは疲れすぎているせいだと、産後の鬱《うつ》のせいだと、授乳をしているせいだと、ホルモンのバランスが狂っているせいだと、言った。そうした嘲《あざけ》りは、見えすいた嘘《うそ》以上にリリィを傷つけた。

戦々恐々とした結婚生活の中で、エイミーの存在は、ふたりが平和に共存できる中立地帯をつくっていた。リリィは、事がほとんどふつうに見えるように、彼を愛そうとした。子供を見て歓びを分かち合うことで、ふたりはそれまでの喧嘩を忘れられた。どちらも、喧嘩の原因になるような話題は避けていた。完璧に幸せとは言えなかったけれど、ふたりの関係は安定していた。

そして、エイミーが亡くなった。結婚生活の脆《もろ》い土台は、その悲しみの重さに耐えきれず、あっと言う間にくずれてしまった。それからというもの、ふたりの関係は日増しにひどいものになっていった。これ以上ひどくはなり得ないと、リリィは思った。でも、関係はさらに悪化した。

離婚を決意させたあの出来事を思って、リリィは身をふるわせ、思わず膝を胸に引き寄せて、さらに深く枕《まくら》に頭をうずめた。

でも数秒後、リリィは思い出した。結婚は、過去のものになったのだ。だから、もうそんなことを考える必要はない。きのうをもって、ダッチから解放されたのだ。法的にも感情的にも、もう彼に縛られることはない。まっすぐ前を向いて歩いていけばいいのだ。

ベン・ティアニーが、彼女の人生に再登場したタイミングは、不思議なほど皮肉だった。ダッチとのことがすっかり片づいたその日に、彼が現れたのだ。ゆうべティアニーは、彼女の中で眠っていたセクシィな感覚を、呼びさましたというより、叩《たた》き起こしてくれた。彼とキスをしているリリィの耳元で、目覚ましのベルがなりひびいていた。

リリィは、キーキーと軋《きし》る錆《さび》だらけのバスの座席からほほえみかけている彼を見た瞬間、惹《ひ》かれるものを感じた。そして川で過ごすうち、リリィは彼のすべてがどんどん好きになっていった。そう、もちろんそのルックス。素敵でないところなんて、ひとつでもあるだろうか？　でも、リリィは彼そのものも好きだった。どんな話でも気楽にできる、彼の知性にリリィは惹かれた。

ツアーの他の参加者たちも、彼に惹かれたようだった。女子大生たちは、彼にのぼせあがっているのを隠そうともしなかった。最初のうちはティアニーのカヤックの腕前を羨《うらや》んでおもしろくなさそうにしていた気むずかしい男性も、その日が終わる頃には彼の助言をあおいでいた。ティアニーは、これといった努力もせずに人を引きつけてしまう。ティアニーにとって、ストレンジャーは存在しないのだ。

でも、彼自身はストレンジャーのままだった。

ティアニーは、みんなに自分のことを話させたけれど、自分については何も口にしなかった。彼があんなに謎《なぞ》めいて誘惑的に見えたのは、たぶんそのせいだ。

誘惑的？——リリィはそう思っただけで、その妖《あや》しい含みにドキッとした。でも、ティアニーの魅力を表すのに、それ以上の言葉は見つからない。あのときも今回も、リリィは、そのなんとも言いがたい彼の魅力を前に、かなり落ち着かない気分にさせられていた。

去年の夏に初めて会って、ゆうべふたりはキスをした。別々に、でも着実に、ふたりはその方向に向かって歩きつづけていたのだ。だから彼にキスをされたとき、それはとうぜんのことのように思えた。何カ月か、保留になっていただけのことだ。

そのキスには、待っただけの価値があった。リリィは、上向かされたときに頬骨に感じた彼の親指の感触を、唇に感じた彼の吐息を、口の中にすべりこんできて何かを呼びさましてくれた彼の舌を、鮮明に思い出した。そして、自分の中の深いところで、かすかな欲望が目覚めるのを感じた。

リリィは、できるだけ音をたてないように寝返りを打って彼のほうを向き、笑みを浮かべた。ソファで眠るには、彼は背が高すぎた。ふくらはぎの真ん中あたりが、肘《ひじ》かけに載っている。枕を首の下にたくしこむようにしているのは、後頭部がソファから浮くようにするための工夫にちがいない。

スッポリとくるまった毛布からのぞいている顎《あご》には、一日分のびた髭《ひげ》が影のように見えていた。何年も風と太陽にさらされてきた彼の肌は、たしかにダメージを受けていたけれど、それが反対に魅力になっている。リリィは、彼の目尻《めじり》のしわが大好きだった。唇も、少し荒れている。リリィは、キスをしたときに、その荒れた唇が自分の唇にふれた感触を思い出した。

もっと長くキスをしていてもよかった。もう一度キスをしてもよかった。いっしょに寝ようという誘いは断わったけれど、キスまで断わったわけではない。でも彼は、そうは思っていないようだった。

あるいは、ティアニーは彼女ほどキスをしたくなかったのかもしれない。ちがう。そんなはずはない。彼の股間《こかん》は、まちがえようがないほど緊張していたし、それがなかったとしても、彼女を放したときに彼があげた禁欲のうめき声を聞けば、彼もリリィと同じくらい——もしかしたらそれ以上に——キスをつづけたがっていたことはわかる。キスをやめて、腕をほどき、うしろを向いたとき、ティアニーはほとんど怒っているように見えた。

だったら、なぜキスをやめてしまったんだろう？　少なくとも、キスをしてもいいかどうか訊《き》いてくれてもよかったのに。ダッチに対しては、もうロマンティックな気持ちはかけらもないと、はっきり言ったはずだ。だから、他の誰とも親密な関係にはないことを理解してくれなくては——。

リリィの思いは、すっかり脱線してしまった。

わたしは、他の誰とも親密な関係にはない。でも、ティアニーは、どうなの？

彼は、指輪をしていなかった。それに奥さんやたいせつな人についても口にしたことはない。でも、特に訊いたわけでもなかった。初めて会った日にデートに誘われたからといって、彼が独身だとはかぎらない。結婚していても、別の女性を誘う男はいくらでもいる。

ゆうべ彼は、誰のことも――彼が帰らなかったら心配するにちがいない奥さんのことも、ガールフレンドのことも――口にしなかった。でも、だからといって、彼が誰とどこにいるのかヤキモキしながら、部屋の中を行ったり来たりしている誰かがいないとは言い切れない。リリィはダッチを思って、数えきれないほど多くの夜を、そんなふうに過ごしたのだ。

ティアニーに特別な女性がいないと考えるなんて、無邪気すぎる。彼みたいな素敵な人が？　待ってよ、リリィ、現実的になりなさい。

リリィは、彼からバックパックに視線を移した。ゆうべ彼が、役に立つものは何も入っていないと言って、サイド・テーブルの下に押しこんだままになっていた。もしかしたら、その中を見れば何かがわかるかもしれない。

「スコット」

「うーん？」

「起きなさい」

「うーん？」

「起きなさいと言っているんだ」

スコットは上向きになって、必死で目を開いた。しかめっ面《つら》のウェスが、戸口から見おろしていた。スコットはベッドに肘をついて身を起こし、窓の外を見た。ひどい吹雪になっていた。裏庭のフェンスさえ見えなかった。「学校は休みだよね？」

「ああ、休みだ。しかし、一日じゅうダラダラ寝ていられるなどとは、思わないことだ。起きるんだ。キッチンで待っている。三分以内に来なさい」

ウェスは、ドアを開け放したまま立ち去った。もう眠るわけにはいかない。スコットは悪態をつきながら、枕に頭を戻した。雪の日でさえ、好きに過ごすことは許されないのだ。今日は町じゅうの人がダラダラと過ごすことになる。でも、だめだ。スコットには、コーチの息子には、それは許されない。

彼は、頭まで上がけにくるまってしまいたかった。ひとりだったら、一日じゅう眠って過ごしたにちがいない。でも三分以内にキッチンに行かなければ、そのツケを払うことになる。ほんのちょっとよけいに眠っただけで、そんな面倒に堪えなくちゃならないなんて冗談じゃない。

スコットは「クソッ！」と怒りの声をあげながら、上がけをサッとはいだ。

ウェスは、ほんとうに時間を計っていたようだった。スコットがキッチンに入っていくと、壁の時計をチラッと見てから、遅いと言わんばかりの目つきで息子をにらんだ。母親が、スコットを助けに現れた。

「おはよう、スコット。ベーコン・エッグにする？ それともワッフル？」

「簡単なほうでいいよ」スコットはテーブルに着くと、大きなあくびをしながら自分のグラスにオレンジ・ジュースを注いだ。

「ゆうべは何時に寝たんだ？」ウェスは訊いた。

「わからない。でも、父さんはまだ帰ってなかったな」

「ダッチといっしょだったんだ」

「ずっと？」

「何時間もな」

「山をのぼれたの？」

ウェスが前夜の出来事を話しおえる頃には、スコットの前に、卵をふたつ使ったベーコン・エッグとワッフルが二枚載った皿が置かれていた。スコットは、母親に笑みを向けて礼を言った。

「ほんとうに危なかったよ」ウェスは言った。「特に、キャル・ホーキンズを見つけたもぐりの酒場ではね。あの三人組の山男たちに撃たれもせず、ファックもされずに出てこられたのは、ラッキーだったね」

「ウェス！」

彼は、妻の悲鳴に大声で笑った。「気にすることはないさ、ドーラ。スコットだって、そんなことくらい知っている。なあ、そうだろう？」

母親の前でそういう話をされるのは、ほんとうにいやだった。スコットは、あまりの気まずさにうつむいたまま食べつづけた。ウェスが息子の前で卑《ひ》猥《わい》な言葉を使うのは、気がきいていると思ってのことだ。こういう言葉を使えるのは一人前の男の特権なのだと、おまえをその社会の一員として認めてやると、息子に言っているつもりなのだ。もちろん、それは本心ではなかった。他のことでは、彼は息子を二歳児のようにしかあつかっていない。あと数カ月で十九の誕生日を迎えるというのに、スコットは何を食べるか、何時にベッドに入るか、何時に起きるか、自分で決めることも許されないのだ。

スコットは、最高学年の生徒の中でいちばん歳上《としうえ》だった。六年で留年することを、父親が決めたせいだ。どの教科も落としたわけではなかったし、社会的に未熟だったり、何かに適応できなかったわけでもない。ウェスは、息子をもう一年分成長させてから、上の学校のフットボール・チームに入れたかったのだ。

留年は名誉なことではないけれど、ウェスは本人とも妻とも話し合わずに、そうすることに決めてしまった。そして、ふたりが異議をとなえても考えを変えなかった。

「七年生から八年生になると、もうカレッジのスカウトの目が向きはじめる」ウェスは言った。「それまでに一年余分にトレーニングを積んでおけば、有利になるんだ。うちは小さな学校だ。だから、事をうまく運ぶには、できることはなんでもする必要がある」

スコットに関することは、いまだにすべてウェスが決めていた。法的には、スコットは大人だ。戦場に行って国のために死ぬこともできる。それなのに、父親に立ち向かうことはできないのだ。

彼の心を読んだかのようにウェスは言った。「今日じゅうに、願書を書きおえるんだ。いかなる言い訳も聞かない」

「みんなでガリーのうちに集まることになってるんだ」ガリーは、同じクラスの友達だ。特に仲がいいわけではなかったけれど、ガリーの家には娯楽室があってプール・テーブルが置いてある。こんな雪の日、玉を突いて過ごすのは、願書を書いて過ごすよりずっといい。

「まず願書だ」ウェスは言った。「今回は、ほんとうに書きおえたかどうかチェックする。そして昼食のあと、トレーニングをし損なわないように体育館まで車で送ってやる」

「自分で運転していくよ」

ウェスは首を振った。「車がスピンして、何かにぶつかって脚でも折ったらどうする？　だめだ、わたしが運転する」

ドーラは言った。「一日くらいトレーニングを休んでもかまわないと思うわ」

「そういうことが言えるのは、何もわかっていない証拠だ」

電話がなった。

「ぼくが出るよ」

「いや、わたしが出る」ウェスは、息子の手から受話器をひったくった。「おまえは願書に取りかかるんだ」

スコットは自分の皿を流しに運び、皿洗い機に食器を入れるのを手伝おうかと母親に言った。「父さんに言われたとおりにしたほうがいいわ。することを早くしてしまえば、それだけ早くお友達のうちに行かれるでしょ」

ウェスは電話をきった。「ウイリアム・リットだ」

スコットのうなじの毛が逆立った。

「すぐにドラッグストアに行かなくてはならない」

「どうして？」スコットは訊いた。

ドーラは窓の外に目をやった。「ドラッグストアは開いてるの？」

「ああ、ウイリアムは店を開けて商売をしている。誰がダッチに会いにやって来たと思う？　信じられないような話だ」ウェスは数秒間、口を閉ざし、それから芝居がかった声でささやいた。「ＦＢＩだ」

「ダッチになんの用があるのかしら？」ドーラは言った。

スコットには見当がついていたけれど、父親が答えるのを待った。

「ミリセントのことにちがいないね。大金を賭《か》けてもいい」ウェスはコートをつかんで、それを着こんだ。「市参事会の会長として、この展開は知っておくべきだと、ウイリアムは考えたようだ」ウェスは裏口のドアを開け、出ていきながら言った。「連中は、何か手がかりをつかんだのかもしれない」

スコットは、出かけていく父親を見ていた。そして、父親が行ってしまったあとも、長いこと閉まったドアを見つめていた。

15

いつもならリンダ・ウェクスラーは、六時きっかりにリッツトズ・ドラッグストアにやって来て、毎朝グリッツ（訳注　茹でて、ときにはさらに炒めた粗びきのトウモロコシ）とフライドハムを食べに寄る、頑固な保守主義者たちのために、コーヒーを沸かして七時の開店の準備を始める。

でも、今朝はちがった。夜が明ける直前に「うちのまわりは、シベリアみたいになっている」と言ってウイリアムに電話をかけてきたのだ。「その上、まだすごい降りだわ。散砂車が裏の通りをなんとかしてくれるまで、うちから出られそうもないわね」

ウイリアムからその話を聞いたマリリィは、兄が出かけていって店を開けるのを思いとどまらせようとした。「こんな朝に、誰がわざわざ外に出ようなんて思う？　少なくとも道に砂が撒《ま》かれるまで、何時間か待つべきよ」

でもウイリアムは、時間どおりに店を開けると言い張った。「ドライブウェイの雪かきはすませてある。それに、客が待っているんだ」

ふたりの車は、家の横のカーポートに停まっていた。マリリィは、ウイリアムが自分の車に乗りこむのを、キッチンの窓から見ていた。エンジンがかかると、彼はフロントガラスごしに親指を立てて見せた。そして慎重にバックで車を出し、走り去っていった。

出かけるのを思いとどまらせようとしていたにもかかわらず、マリリィは家でひとりになれたことを喜んでいた。一日じゅう、ひとりでいられると思うと、信じられないほど気楽で自由な気がした。彼女は自分の部屋に戻ってローブを脱ぐと、恋人とのゆうべのセクシィな思い出に浸るべく、温かいベッドにもぐりこんだ。

彼は、もちろん朝までいることはなかったけれど、愛し合ったあとすぐに帰ったりもしなかった。ふたりはいつも事が終わったあとも、横たわったまま淫《みだ》らに戯《たわむ》れ、短くもウットリするようなときを過ごす。頭を寄せ合い、詩的な——あるいは淫らな——言葉を使ってささやきながら、ものすごく冒険好きな恋人たちでさえ愛想をつかすにちがいないようなファンタジーをつくりあげるのだ。ふたりは、たびたびそれを実行に移した。

マリリィは、彼になんでも許した。だから、彼は彼女の身体《からだ》をほしいままにした。彼を前にすると、マリリィの性的な可能性は際限なくひろがった。初めてのときも、彼女は恥ずかしげもなく心のまま、彼に好きにするよう求めた。

気持ちが盛りあがって、初めて愛し合うまでには時間がかかった。数年来の知り合いだったふたりは、あるとき、不意に互いをちがったふうに理解するようになった。

そして同時に、別の目で見るようになったのだ。でも、どちらも相手が同じ気持ちでいるかどうかはわからなかった。だから、性的に惹《ひ》かれ合っていることがなんとなくわかるまで、慎重に接しつづけた。

そして、それがわかると、ふたりは何かと理由をつけて顔を合わせるようになった。ふたりの会話は――他の人間には、無邪気なあたりまえの会話に聞こえたけれど――そこに含まれたきわどさゆえに、ゾクゾクするものになった。たまたま目が合うと、それが人混みであっても、公共の場所であっても、たがいに無言のまま欲望を伝え合った。そんなとき、ふたりは興奮し、身体の力が抜けるような感覚を味わっていた。

そう、ふたりはあとで互いにそう告白した。

そして、ある夜、ふたりは長いことそれぞれが望んでいたものを得ることになった。

ウイリアムは、古い家の改築をするために山に行っていた。だから放課後、マリリィが大急ぎで家に帰る必要はなかった。彼女は教室に残って、教卓で採点をしていた。家に持ち帰って、翌日また持ってくるよりも、そのほうがいいと思ったのだ。

彼は、教員用の駐車場にマリリィの車が停まっているのに気づいた。そして、誰かをさがしているふりをして、校舎に入っていった。

校舎には誰もいないと思っていたマリリィは、教室の開いた戸口に彼が現れたのを見て跳びあがった。ふたりは、とにかく礼儀正しく、その場にふさわしい態度をとりつづけた。彼は、さがしていることになっている人物の名前をあげて、彼女に見かけなかったかと尋ね、彼女は「いいえ」と答えた。でも、それがただの口実だということはわかっていた。

彼は、いつまでも立ち去ろうとしなかった。マリリィは、ホチキスを手に取り、それを新しい不思議な発明品を見るように眺め、それから元の場所に戻した。彼はジャケットを脱いで、腕にかけた。彼女はパールのイヤリングを指で弄《もてあそ》んでいた。ふたりは、あたりさわりのない話をした。

でも、陳腐に聞こえないような話は、すぐにつきてしまった。それでも彼は立ち去らなかった。その場にいつづけ、彼女に憧《あこが》れの眼差《まなざ》しを向けながら、ゴー・サインを——ふたりが欲望のまま動くために必要な彼女のサインを——待っていた。

そう、彼は主導権を放棄していた。彼には、愛人を持つ自由はない。マリリィはそれを知っていて、受け入れ、無視したのだ。彼女が人の意見を聞かずにわがままになって、欲しいものを手に入れようとしたのは、それが初めてだった。それでどうなったとしてもかまわないと、彼女は思っていた。

マリリィは大胆にも、倉庫にいっしょに行って、ひと箱分の本を教室に運ぶのを半分手伝ってくれないかと彼に頼んだ。「五時間目のクラスで、来週から〈アイヴァンホー（訳注 十二世紀の英国を舞台にしたW・スコット作の小説）〉を読みはじめるの」すぐ近くの倉庫に向かって歩きながら、マリリィは言った。人気《ひとけ》のない廊下に沿ってならんだメタル製のロッカーに、ふたりの足音がひびいていた。「その本が、この倉庫に入っているのよ」

マリリィは倉庫の鍵《かぎ》を開け、彼の先に立って中に入っていった。そして、天井の照明器具からぶらさがっている紐《ひも》を引っぱって明かりを点《つ》けると、彼のうしろに手をのばしてドアを閉め、鍵をかけた。マリリィは彼と向き合い、気をつけの姿勢のまま待った。そう、ここまでは彼女がやった。次は彼の番だ。

待たされた時間は三秒。彼はマリリィを引き寄せ、抑えていた憧れの気持ちをときはなって彼女にキスをした。ヒップをギュッとつかみ、胸を愛撫《あいぶ》する。それから髪のゴムを引っぱって取り去ると、髪をひと束つかみ、それを指でひねった。

ここまでの激しい情熱は、本の中でしか知らなかった。今、自分がそれを体験していることが、マリリィにはほとんど信じられなかった。

彼の手がセーターの下を探りはじめた。でも、マリリィはもっと大胆だった。彼女は頭からセーターを脱ぎ捨てると、ブラジャーもはずして、生まれて初めて男の前に胸をさらした。それからスカートの中に手をのばし、パンティ・ストッキングもパンティも脱ぎ、積みあげた箱の上に、誘いかけるように軽く腰を載せた。

「あなたが思い描いていたことを、してみたかったことを、わたしにして」マリリィはささやいた。「あなたが満たされるところを見たいの。心ゆくまで、さわって」

彼はマリリィの太股《ふともも》をなであげた。彼女は、すでにぬれていた。彼が指を入れると、彼女はのけぞった。「好きにして。なんでもしていいのよ」

その目は欲望のせいで虚《うつ》ろになっていたけれど、ズボンの前を開けてコンドームを着けた彼には、彼女にヴァージンかと訊《き》くだけの冷静さが残っていた。マリリィは、唯一《ゆいいつ》の体験を彼に打ち明けた。カレッジでの最後の年、相手はいっしょに哲学を学んでいた学生だった。でもそれはたった一度のことだったし、礼儀正しいキスと同じ程度のものでしかなかった。

「車のフロントシートじゃ、満足できるファックはできないわ」

ミズ・マリリィ・リットが、そんな言葉を使うとは思ってもみなかった。彼女のとりすました口から「ファック」という言葉が吐きだされるのを聞いて、彼は抑えきれないほど興奮した。もう不安など微塵《みじん》も感じなかった。彼は、性急に激しくマリリィを奪い、彼女より先にクライマックスに達した。

彼女から身を離しながら、彼は言った。「きみは、いかなかったんだね？」

「いいのよ」

「最悪だ」

彼は、指を使って彼女をいかせた。

終わったあと、マリリィはひどく身体がふるえて、うまく服が着られなかった。彼は、彼女に手を貸した。マリリィは、その不器用さに声をあげて笑い、手を止めた彼に愛撫されてため息をつき、気をそそる彼の淫らなコメントにふざけながら抗議した。彼は、マリリィがパンティをはくのを手伝い、それから湿った布地ごしに指を動かし、またも彼女をいかせた。マリリィは、彼の肩にしがみついて、その胸に切れ切れの吐息を吐《つ》いた。

倉庫の空気は重くなり、麝香《じゃこう》の香りがただよっていた。ふたりして倉庫を出るとき、この次にドアを開けた教員はセックスの匂《にお》いに気づくだろうかと、マリリィは思った。

気づいてほしかった。そして、そんな悪戯《いたずら》っぽい思いに、彼女は笑みを浮かべた。

秘密めいているという点では、倉庫はその初めての体験に刺激を添えてくれたけれど、現実的に考えれば、倉庫を使いつづけるわけにはいかなかった。見つかる危険が大きいばかりか、ロマンティックという点でも満たされない。

「わたしの部屋の北側に、フレンチ・ドアがあるの」マリリィは彼に言った。「あなたのために、毎晩、鍵を開けておく。だから、来られるときに来て」

彼は、その計画に疑問を持ったけれど、ウイリアムに見つかる恐れはないとマリリィは断言した。「兄さんは早くベッドに入ってしまうの。それで翌朝まで、部屋から出てこない」

初めて彼がマリリィの部屋に忍びこんだ夜、ベッドに身を横たえて、完全に裸になって愛し合えるなら、いかなる危険をも冒す価値があるということで、ふたりは合意した。彼は、マリリィの身体のあらゆる部分を言葉にして褒め、彼女を赤面させた。そしてマリリィは、恥じらいもせずに彼に好奇心を示して、彼を驚かせた。

「わたしの美しい恋人さん」今、マリリィはつぶやいてみた。ゆうべ彼女がそうささやいたときには、彼のペニスを唇の間にくわえていた。彼は、そうされるのが気に入っているようだった。プラムのようになめらかで硬い彼のペニスの先……彼は、マリリィがそれを包みこむように口を閉じるのが大好きなのだ。

電話がなって、素敵な回想の世界が粉々にくだけてしまった。

マリリィは横向きになって、電話の横のナンバー・ディスプレイをチェックした。ウイリアムがドラッグストアからかけているようだった。出なくても、シャワーを浴びていたと言えばすむ。でも、もしほんとうに兄さんが助けを必要としていたら？　秘密の恋人を思って白日夢に耽《ふけ》りたいばかりに電話に出なかったなんて、そんな自分を許せる？　罪の意識が勝った。

＊

「どうしたの、兄さん？」

マリリィの声は疲れているようにも聞こえたけれど、不機嫌そうでもあった。おれが家を出たあと、ベッドに戻ったんだろうか？　ウイリアムは思った。たぶんそうだ。ゆうべ、あいつはたいして寝ていない。しかし、それは情熱的な夜を過ごした代償だ。今日一日、ダラダラと過ごすつもりでいたとしたら、ざまあみろ。ああ、ゆうべのあとじゃ、そのつもりだったにちがいない。

それにしても、あいつのスタミナには感心する。夜どおし愛し合ったあとで、よくも朝、ベッドから這《は》いだしてこられたものだ。男のほうの体力も、たいしたものだ。ウイリアムは、どちらかに——あるいは両方に——ふたりの不義を知っていることを、いつか知らせてやろうと考えていた。実際、彼はその瞬間を——あの部屋でおまえたちが盛りがついたみたいに愛し合っていることを、おれは知っているのだと言ってやる瞬間を——舌なめずりしながら待っていた。ふたりは、自分たちの未来がおれの気まぐれにかかっていることを知って、あまりの恐怖に呆然《ぼうぜん》とおれを見つめるにちがいない。

その瞬間、おれは勝ち誇った気分になる。もちろん、そんな瞬間が必ず来ることがわかっているからこそ楽しいのだ。だから待てるのだ。おれには、その頃合いが、タイミングが、わかる。そのときになったら、罠《わな》のバネを跳ねあがらせて、ふたりを捕らえて見せる。それまでは、好きなだけ楽しませておこう。

声に笑いの色をにじませずにおくのはむずかしかった。「マリリィ、今すぐ店に来てほしいんだ」

「どうして？　何かまずいことでも起きたの？」

「いや、まずいことは何も起きていない。ただ、客がいてね。だいじな客だ」彼は小さな声で言った。「FBIの捜査官がふたり来ている。店に着いたら、車の中で待っていたんだ。ガンの娘の失踪《しっそう》事件について、ダッチと話をするらしい。それで、連中に朝食を出さなくてはならないんだが、知ってのとおりリンダはいない」

「わたしは、そこにあるコンロの使い方も知らないのよ」

「むずかしいことがあるものか。だいじょうぶ、すぐにわかるさ。グズグズするなよ。とにかく今すぐ、おまえの助けが必要なんだ。ウェスにも電話をかけて――」

「どうしてウェスに？」

「やつは市参事会の会長だからね。これについては、知っておくべきだと思ったんだ。いずれにしても、彼はこっちに向かっている。どのくらいかかる？」

「十分ちょうだい」

ウイリアムは電話を切りながら、満足げにニヤッと笑って鼻をならした。

＊

ダッチがドラッグストアのドアを開けると、頭の上でベルがチリチリとなった。その楽しげな音が、彼を苛立《いらだ》たせた。

ダッチは、キャル・ホーキンズの肘《ひじ》をしっかりとつかんで、半ば引きずるようにカウンターの前に連れていくと、その衝撃でバカなホーキンズがはっきりと目をさますことを祈って、不作法なやり方でスツールに座らせた。

「こいつにコーヒーを飲ませてやってくれ」ダッチは言った。それに応《こた》えたウイリアム・リットの快活な笑みが、ドアの上のバカバカしいベル同様、彼を苛立たせた。

「うんと濃くしてブラックで。おれにも同じものを頼む」

「今、淹《い》れているところだ」ウイリアムは、ブクブクと音をたてているコーヒー・メーカーを示した。

驚くには及ばなかったけれど、ダッチが今にもくずれそうなホーキンズの家に着いたとき、彼は出かけたがってもいなかったし、起きてもいなかった。ノックをしても反応がないのを知って、ダッチはかまわず中に入った。家の中は、いつ火事になっても不思議ではないほど、がらくたで溢《あふ》れかえっていた。詰まった下水と、腐ったミルクの臭《にお》い。ホーキンズは服を着たまま、皮膚病を患《わずら》った犬でさえ入るのをいやがりそうなベッドで眠っていた。ダッチは、ホーキンズをベッドから引きずりおろすと、そのまま家を出て、停めておいたブロンコに彼を乗せた。

ダウンタウンまでの車中、彼はホーキンズに、しっかり目をさまして散砂車で山をのぼるのがどれほどたいせつなことか、繰り返し話して聞かせた。そのひとことひとことにうなずいてはいたけれど、ホーキンズがほんとうにわかっているのかどうか、ダッチには確信が持てなかった。

ホーキンズを相手にするだけでも充分苦痛だった。それなのに、まだ苦しみ足りないとでもいうように、いやらしいFBIに会わなければならない。こんなときでなくても会いたい相手ではなかったけれど、ゆうべのあとでは特にうんざりだった。

ゆうべウェスを家まで送ったあと、ダッチはまっすぐ本部に戻らなかった。そして、かなり遅くなってから戻った彼は、通信係から出迎え代わりに何十件もの伝言メモをわたされた。

天気が回復するまではどうすることもできないことばかりだった。銀行の前の噴水が凍っているとか、乳牛がいなくなったとか、氷と雪の重みで庭の木の枝が折れて屋外の温水浴槽の上に落ち、そのカバーが割れてしまったとか……。

なぜ、おれにそんなことを言ってくるんだ？　い、い、い、い、い、い、い、い、
その中に、クレーマー夫人からの電話のメモがあった。賢い曾祖父《そうそふ》がコカ・コーラの株を安く買っておいたおかげで、夫人は誰よりも金を持っている。それなのに、彼女は誰よりも卑《いや》しく、誰よりも惨《みじ》めっぽかった。そのクレーマー夫人が、裏庭をうろつきまわっている男がいるといって電話をかけてきたのだ。ダッチは、通信係が書いたメッセージを読みなおした。「スコット・H？」

「はい。ヘイマー家の息子です。夫人によれば、五月の夜と同じように、彼が裏庭をブラブラと横切っていったということです。よからぬことを企《たくら》んでいるにちがいないと、夫人は考えているようです」

「夫人の考えなど聞きたくないね」ダッチは言った。「これはあの人の妄想だ。わたしはヘイマー家にいたんだ。スコットは自分の部屋にいて、ステレオをガンガンかけていた。それに、こんな夜に、ウェスが息子を外に出すはずがない」

通信係はガッシリとした肩をすくめて見せ、ジョン・ウェインが男たちを撃ち殺している白黒テレビの画面に目を向けたまま言った。「ゴミ箱をあさるのが趣味の変わり者のことですからね。何を言いだすか、わかったものじゃない」ゴム手袋をはめたクレーマー夫人が、暗闇《くらやみ》に紛れてゴミ箱をあさっていることは周知の事実だ。まったく理解しがたいことだった。

ダッチは、そのメモを丸めて、すでに入りきれないほどになっているゴミ箱に投げこむと、他のメモをシャツのポケットにしまった。それについては、あとで対処するつもりだった。とにかく、リリィを無事に山頂から救いだすのが先決だ。今朝、ダッチの頭の中には、それ以外何もなかった。キャル・ホーキンズに散砂車を運転させて山をのぼり、リリィを救いにいくのだ。

たしかに、まだ雪は狂ったように降っている。たしかに、雪の下には三センチほどの氷の層ができている。ホーキンズが積極的に任務を遂行できるほどしらふだとは思えなかったし、そんなことをするのが妥当だとも思えなかった。それでも、ゆうべほどむずかしくはないはずだ。ゆうべは暗かったからあんなことになったのだ。少なくとも、ダッチはそう考えていた。

カウンターの向こうの壁に設《しつら》えられた鏡に目をやったダッチは、FBI捜査官の目に映ることになる自分の姿をそこに見た。燃えつきた負け犬だ。ダッチは夜明けまでデスクでうたた寝をし、その間にもリリィを思って――その瞬間にも彼女が何をしているかを思って――たびたび目をさました。ベン・ティアニーが何をしているのか、ふたりいっしょに何をしているのか、ダッチは気が気ではなかった。

署を出る前に、ダッチはトイレの洗面台の浅い洗面ボールに生ぬるい湯をはり、なまくらな剃刀《かみそり》と固形石鹸《せっけん》を使って、顔を洗い髭《ひげ》を剃《そ》った。FBIの特別捜査官に会うことがもっと早くわかっていたら、家に戻ってシャワーを浴び、新しい制服に着替えてきたにちがいない。

でも、今さら何を言っても遅すぎる。

「コーヒーはまだか？」彼はウイリアムに訊いた。

「あと一分か二分待ってくれ。できたら持っていくよ」

ミーティングを遅らせる口実がつきたダッチは、ふたりの捜査官が待っているブースのほうを向いた。まるで動物の死骸《しがい》の上を飛ぶハゲワシだ。年嵩《としかさ》の捜査官は、腕時計をチェックするのを忘れなかった。

クソ野郎め！――ダッチは思った。おれが言いなりになるとでも思っているのか？ああ、思っているにちがいない。そうでなければ、いきなりやって来て強引にミーティングを迫ったりはしない。

ダッチがハリスからの連絡を受けたのは、ホーキンズの家の前に車を停めたちょうどそのときだった。若い警官は、息をはずませて興奮気味に早口でまくしたてていた。それでも最後に、なんとかメッセージは伝わった。ＦＢＩがドラッグストアで会いたいと言っている。「三十分以内に会いたいと言っています」

「誰が？　ワイズ特別捜査官か？」

「いいえ」ハリスは答えた。「もっと歳《とし》のいった人です。支局担当特別捜査官だそうです」

上等じゃないか。「どこで連中に会ったんだ？」

「ああ、それについては口止めをされました。無線で話すなら、いかなる名前も口にしてはいけないと言われたんです」

「それで、わたしになんの用があると？」

「それも無線ではしゃべるなと言われています」

ダッチは小声で悪態をついた。いったいハリスのやつはどうしてしまったんだ？

魔法にでもかかったのか？「いいだろう。わたしがドラッグストアに着いたときに連中がいたら会ってやる。しかし、待つのはごめんだ」

「あの人たちを怒らせないほうがいいんじゃないですか、署長？」

ダッチは、自分の権限に疑問を持たれるのが大嫌いだった。特に、自分の下で働く警察官に対しては絶対でありたかった。「向こうだって、わたしを怒らせたくはないと思うがね」

「もちろんです」ハリスは言った。「しかし、支局担当特別捜査官は、どうしても今朝のうちに署長に会わなければならないと言っています。あの感じからすると、もし……その……署長がドラッグストアに現れなかったら、激怒するにちがいありません。ただの、わたしの考えですが」

今、その支局担当特別捜査官を前にして、ダッチはハリスの言うとおりだと思った。無駄を認めない威嚇《いかく》的な男だということが、ひと目でわかる。アトランタ警察で、そういう堅物はさんざん見てきた。ダッチは、もう彼を嫌っていた。

ダッチは急ぐこともなく、ブラブラとブースに向かい、ふたりの向かいに腰をおろした。「おはようございます」

ワイズは、ふたりを引き合わせた。「ダッチ・バートン署長です。こちらは、ケント・ベグレイ支局担当特別捜査官です」

ベグレイという男には温かみも愛想もありはしないと、ダッチは思った。フォーマイカのテーブルごしに握手をかわしながら「バートン」と言ったその口調にさえ、それは感じられなかった。それだけでも、こいつがおれをどう思っているかがよくわかる。ベグレイは、「初めまして」と言い合ってもいないうちに、おれを重要視するのをやめている。ベグレイにとって、これは邪魔くさい地元のヘボ警官を追いやるために欠かせない儀式でしかないのだ。

ＦＢＩのクソ野郎どもは、地元の法の執行者たちのことをそんなふうに考えてはいないと公言している。しかし実際には、他のバッジを着けた人間に払う程度の敬意しか払わない。クソッ。目を皿のようにしてＦＢＩの連中をくまなくあたってみたら、中には例外もいるかもしれない。しかし一般的に言うなら、やつらは自分たちこそ何もかも心得た完璧《かんぺき》な人間だと思っている。そういうこと。それで話はおしまいだ。

「とつぜんお呼び立てして、申し訳ありませんでした」ワイズは言った。ダッチがワイズを紹介されたのは、クリアリィに戻って警察署長に就任したすぐあとだった。初めて握手をかわしたとき、ワイズは「ノウハウを心得ている方といっしょに失踪事件の捜査ができることになって、ホッとしています」と言った。でもダッチは、その礼儀正しさの下にあるものを見抜いていた。ワイズは、地元の警察署長の機嫌をとっているだけで、その実、ＦＢＩの利益しか考えていないのだ。

ウイリアムは、三人にコーヒーを運んだ。ベグレイは、手をつけようともしなかった。ワイズは、甘味料の袋を開けた。ダッチは、ひと口飲んで訊《き》いた。「それで、その差し迫った用というのは？」

「五人の女性の失踪に関して以外に、何がある？」ベグレイは言った。

ダッチは、強力な研磨剤で神経を直《じか》にこすられているような気がした。ベグレイを殴ってやりたかった。でも彼は、そうする代わりに年長の捜査官をにらみつけた。そして、互いに軽蔑《けいべつ》の念を伝え合った。

ワイズは拳《こぶし》で口を覆《おお》うようにして軽く咳《せき》をし、ずり落ちてきた眼鏡を押しあげた。「バートン署長は、けっして失踪事件の捜査を軽視しているわけではないと思います」

「この天気では、捜査を一時中断せざるを得ない」

「それで？」ベグレイは訊いた。

如才ないワイズが、大急ぎでベグレイの質問に言葉をくわえた。「そちらの調査でわかった最新情報をお伝えいただけますか、バートン署長？」

ダッチは切れる寸前まできていたけれど、さっさと答えてしまえば、それだけ早く自分の問題に取りかかれる。「ミリセント・ガンの失踪を初めてしらされて以来、可能なかぎり――うちの署からも、州警察からも、郡の保安官事務所からも――人員を集め、かなりの数のボランティアとともに、このあたりを捜索させている。しかし、地形のせいで時間がかかる。念を入れて調べるよう命じてあるものだから、よけいにね。きのう嵐《あらし》が来て、しかたなく捜索隊を引きあげさせた。こんな天気がつづいているかぎり、捜索は再開できない。そして、この嵐が証拠や手がかりにどんな影響を及ぼすかは、言うまでもないだろう」

そう言って店の外を示したダッチの目に、それぞれ反対方向から入口に向かって近づいてくるウェス・ヘイマーとマリリィ・リットの姿が映った。ふたりは、同時にドアの前にたどり着いた。ウェスはドアを開けて彼女をとおし、自分もすぐあとにつづいた。ふたりは服についた雪を払い落としていた。そしてドアを入ってすぐのところで立ち止まると、足を踏みならすようにして、ブーツから雪を振り落とした。

ウェスは、帽子と手袋を脱いだ。そして、帽子を脱いだマリリィを見て大声で笑った。静電気のせいで髪が逆立っていたのだ。鼻の頭は赤くなっていたけれど、ダッチの目にその朝の彼女は美しく生き生きとして見えた。

ウイリアムに呼ばれて、彼女は大急ぎでカウンターの向こうにまわった。ウェスは、ダッチとFBI特別捜査官が座っているブースにチラッと目を向けた。驚いてはいないようだと、ダッチは思った。自らを町の世話役だと思いこんでいるウイリアムが、このミーティングのことを電話でしらせたにちがいない。

ゆうべ、ダッチとウェスは激しい残酷な言葉を浴びせ合い、互いに腹を立てて別れた。ダッチに女との関係について皮肉られたあと、ウェスはブロンコの助手席側のドアを開け、車を降りた。「ダッチ、おまえにはおれを怒らせることなどできないんだよ。もうこの町には、おまえの友達は——味方は——おれしか残っていないんだからな」彼は乱暴にドアを閉めると、渦を巻いて降りしきる雪の中、歩き去っていった。

今、ふたりは挨拶《あいさつ》代わりにそっけなくうなずき合い、ダッチはワイズとベグレイに注意を戻した。

「昨夜、ガン夫妻と話をした」ダッチはつづけた。ミリセントの両親が彼に会いに来たのであって、その逆ではなかったことは言わなかった。それだけでも報告することがあってよかったと、ダッチは思った。この件に精力的に取り組んでいるように聞こえる。

「夫妻には、ミリセントが失踪《しっそう》当日に――まずハイスクールで、それからアルバイト先で――会った人物に関する調査について話した。そういう人物の名前は多くあがってはいるが、嵐の前に、その全員に話を聞いてまわることはできなかった。なにしろ小さな警察署のことだ。使える人員はかぎられている。予算にしても、わずかしかない」言い訳が泣き言めいてきたことに気づいて、ダッチは口をつぐみコーヒーをもうひと口飲んだ。

ダッチは、カウンターのほうに目を向けた。ホーキンズは背を丸め、そうしなければきちんと持っていられないかのように、両手でコーヒー・カップを持っていた。ウェスは、ウイリアムとマリリィを相手に何かを話していた。小さな声ではあったけれど、ウイリアムもマリリィも熱心に耳を傾けていた。あそこまで聞き手の心をとらえるとは、ウェスはいったい何を話しているのだろうと、ダッチは思った。

彼は仕事に注意を戻し、ワイズに訊いた。「ミリセントの日記から、何かわかったことは？」

同じ思いを味わわせてやろうと、ダッチは思った。こいつらだって、この事件の担当者なのだ。金も人も存分に使える立場にありながら、ＦＢＩも事件を解決してはいない。

「一、二点、興味を引かれる記載がありました」ワイズは答えた。そして、もうひと袋、甘味料をコーヒーに入れると、何気なくそれをかきまわした。「しかし、彼女の失踪とは重要なつながりはなさそうです」

「重要なつながりはない？」ダッチは嘲《あざけ》るように言った。「重要なつながりがなかったら、あんたが今ここにいるはずはない。ベグレイ支局担当特別捜査官もね。いったい何が、あんたの興味を引いたんだ？」

ワイズは、ベグレイをチラッと見た。ベグレイは無言のまま、ダッチを見つめつづけていた。ワイズは咳払いをし、ダッチに目を戻すと、大きなレンズごしに彼をじっと見つめた。「ベン・ティアニーという名前の男をご存知ですか？」

ティアニーは、ギクッとして目をさました。

一秒前まで、彼は夢も見ずにぐっすりと眠っていた。でも何かを感じた彼は、次の瞬間、すっかり目ざめていた。まるで電流が通っている牛追い棒でつつかれたかのような気分だった。

本能のまま、ティアニーは毛布を押しやって身を起こした。一連の痛みに襲われて、彼は息を呑《の》み、涙を浮かべた。目眩《めまい》もした。彼はじっと動かずに、静かな浅い呼吸をつづけ、痛みが遠のくのを待った。そして痛みが堪えられるレベルにまでおさまり、平衡感覚が戻ると、そっと足を床におろして身を起こした。

リリィはすでに起きているようだった。おそらく、バス・ルームにいるのだろう。

部屋は暗かったけれど、夜が明けていることはわかった。サイド・テーブルの上のランプのスイッチを入れてみると、明かりが点《つ》いた。電気は、まだとおっている。でも、ふるえるほど寒かった。夜の間にプロパン・ガスがつきてしまったにちがいない。まず、いちばんに火を熾《おこ》す必要がある。

いつもなら、ティアニーはすぐに行動を起こす。でも今朝は、まっすぐに座っているだけでもたいへんな労力がいった。ひと晩じゅう、狭いソファが許してくれる唯一《ゆいいつ》の姿勢で眠っていたせいで、筋肉は痛み、関節はこわばっていた。それに、息を吸うと肋骨《ろっこつ》が痛んだ。

コートとセーターをまくりあげて、そのあたりを調べてみた。左の脇腹《わきばら》全体が、ナスのような色になっていた。ティアニーは、恐る恐る肋骨を一本ずつさわってみた。

骨は折れていないようだったけれど、断言はできない。折れていても不思議ではないほどの痛みだった。幸い、内臓は無事だったようだ。でも、もしかしたら破裂していて、ゆっくりと出血しているのかもしれない。いずれにしても、夜のうちに出血多量で死ぬことはなかった。

頭の傷から出た血が枕《まくら》カバーについていたけれど、たいした量ではない。頭蓋骨《ずがいこつ》を突き抜けるような痛みも、もう消えていた。ただ鈍い頭痛と、繰り返し襲ってくる目眩があるだけだ。急に動かなければ、それはなんとかなる。

ありがたいことに、吐き気もゆうべほどではなくなっていた。それどころか空腹をおぼえていた。彼は、それをいい兆候だと受け止めた。コーヒーを思うと、口の中に唾《つば》がわいてきた。蓄えてある水を少し使って、ふたりに一杯ずつ――二杯分だけ――淹《い》れればいい。

ティアニーは、ベッド・ルームにつづく閉まったドアを見つめた。リリィは、ずいぶん長いことバス・ルームにいるようだった。リビングよりも寒いにちがいない。こんなに長く、いったい何をしているんだろう？　でも、それはデリケートな質問だ。そう、女性にそんなことを訊いてはいけない。

それにしても、彼女とコテージに閉じこめられてしまうなんて、とんでもないことになったものだ。ほんとうに、とんでもないなんていうものじゃない。

ティアニーはソファを離れ、窓辺に向かった。風はまだ吹いていたけれど、ゆうべほどひどくはなかった。でも、ましになっていたのはそれだけだ。雪は激しく降りつづき、木々やコテージの側面にまで積もりはじめていた。地面には、少なくとも膝《ひざ》くらいまで積もっているようだと、ティアニーは思った。今日は山をおりられそうもない。納屋《なや》への往復は死ぬほどつらかったけれど、行っておいてよかった。たぶん薪《まき》は、もっと必要になる。

ティアニーはカーテンを元に戻すと、ベッド・ルームのドアの前に進み、そっとノックした。「リリィ？」木製のドアに耳を押しつけてみたけれど、音も聞こえなければ気配も感じられなかった。

何かが変だ。

ただ感じたわけではない。わかったのだ。自分の足が冷たいのがわかるのと同じくらい、はっきりと。また頭が痛みだした。おそらく、血圧があがったせいだ。

ティアニーは、もう一度――今度は大きく――ノックした。「リリィ？」彼はドアを押し開けて、中をのぞいた。彼女は、ベッド・ルームにはいなかった。バス・ルームのドアは閉まっていた。彼は足早にその前に進み、冷えた関節が痛むほどドアを強く叩いた。「リリィ？」すぐに応《こた》えが返ってこないのを知ると、彼はドアを開けた。

誰もいなかった。

ティアニーは、驚いて部屋の中を見まわした。そして、ふらつきながら、その動きを止めた。ドアのうしろに彼女が立っていた。そこに隠れていたのだ。

く、クソッ！

リリィの足下に、彼のバックパックの中身が散らばっていた。

そして彼女の手には、ティアニーの拳銃《けんじゅう》が――その銃口をまっすぐ彼に向けて――にぎられていた。

16

ティアニーは、彼女に向かって一歩足を踏みだした。

「そこから動かないで。さもないと撃つわよ」

彼は、床に散らばっているものを示して言った。「すべて説明できる。しかし、きみに拳銃を向けられている間は話せない」彼は、もう一歩足を進めた。

「止まって。ほんとうに撃つわよ」

「リリィ、拳銃をおろすんだ」彼は、癪《しゃく》にさわるほどの冷静さで言った。「きみは、ぼくを撃たない。少なくとも、意思を持って撃つことはない」

「神にかけて、わたしはあなたを撃つ」

リリィは、ふるえる両手で拳銃をにぎりしめていた。それは、ダッチに教わったやり方だった。ダッチは、いやがる彼女に無理やり撃ち方を教えたのだ。自分が捕まえた犯罪者が、刑期を終えて恨みを晴らしに来るかもしれないと――それに備えておく必要があると――ダッチは主張した。彼はリリィを射撃場に連れていき、いざというときに彼女が自分の身を護《まも》れるという確信が持てるまで、撃ち方を教えた。

それで心の平和を得たのは、リリィよりもダッチのほうだった。その成果をためすときが来ようとは、思いもしなかった。ましてや、ベン・ティアニーに拳銃を向けようとは、思ってもみなかった。

「あなたは誰なの？」彼女は訊いた。

「知っているはずだ」

「知ってると思っていただけ」彼女は声を荒らげて応えた。

「このあたりでは、十二歳以上の男はみんな、なんらかの小火器を持ち歩いている」

「そのとおりよ。ハイカーのバックパックに拳銃が入ってたって、少しも不思議じゃないわ」

「だったら、なぜぼくに拳銃を向けているのか、その理由を説明してくれ」

「理由ならわかってるはずよ、ティアニー。あなたはバカじゃないわ。でも、わたしはバカだったみたい」

この十八時間に彼が言ったりしたりしたことは、彼女の興味を引きはしたけれど、恐怖をかきたてはしなかった。でも、バックパックの中身と併せて考えると、その意味は劇的なまでに変わってくる。

「リリィ、拳銃を――」

「動かないで！」彼女は、ためらいがちに足を踏みだした彼を見て、もう三センチ拳銃を前に突きだした。「撃ち方は知ってるの。だから、ほんとうに撃つわ」

その言葉を相手に信じさせるには、声に力がなさすぎた。力など出るはずがない。いかなる助けも望めない状況の中、いっしょにコテージに閉じこめられている男が、五人の女性を誘拐し、おそらくは殺害した犯人かもしれないと、今リリィは疑っているのだ。それに、喘息《ぜんそく》の薬を二回分飲んでいないせいで、息が苦しくなりはじめてもいた。

ティアニーが、それに気づかないはずがなかった。「苦しそうだ」

「いいえ。苦しい立場にあるのは、あなたのほうよ」

「ゼイゼイいっている」

「わたしはだいじょうぶ」

「いつまでもだいじょうぶなわけではないだろう」

「だいじょうぶよ」

「ストレスは発作の引き金になると、きみは言った。恐怖もよくないんじゃないのかい？」

「拳銃を持ってるのは、わたしなのよ。どうしてわたしが恐怖をおぼえるの？」

「ぼくを恐れる必要はない」

リリィは鼻をならし、彼の刺すような視線に——青い瞳《ひとみ》に——負けまいと頑張った。

「わたしが、あなたの言葉を信じると思う？」

「きみを傷つけたりはしない。誓うよ」

「悪いけどティアニー、そんなことは信じられないわ。嘘《うそ》をつくにしても、もっとましな嘘をつくべきね。きのう、山で何をしていたの？」

「話したとおり、ぼくは——」

「バカにしないで。きのうは、ハイキングに向くような日ではなかった。ひどい嵐《あらし》が来るっていうときに、誰が山のてっぺんでハイキングなんかする？　アウトドアの経験を積んだあなたみたいな人が、そんなことをするはずがないじゃない」

「軽率だったことは認める」

「軽率？　あなたが軽率であるはずがない。もう少しましな言い訳をすることね」

彼が固く唇を結んだのを見て、リリィは思い出した。そう、ティアニーは自分の言葉を否定されるのが我慢ならないタイプの人間なのだ。「思ったより早く嵐が来た。車のエンジンがかからなくて、歩いて山をおりる以外なかった」

「そのほうが、ずっと信じられるわ」

「道に沿ってジグザグにおりることはせずに、近道をした。そして、道に迷って――」

「道に迷った？」リリィは、その言葉に飛びついた。「あなたが――方向に関しては第六感がはたらくあなたが――道に迷った？」

嘘で身動きがとれなくなったティアニーは口ごもったけれど、すぐに別の方向から攻めてきた。「きみは取り憑《つ》かれている」

「取り憑かれてる？」

「ああ、失踪《しっそう》事件にね。クリアリィじゅうの女性が、次に姿を消すのは自分かもしれないという恐怖に取り憑かれている。それはコミュニティ全体の病気だ。きみは、一週間ここにいた。それで、パニックが伝染《うつ》ってしまったんだ。男全員を疑っている」

「全員じゃないわ、ティアニー。たったひとりよ。暴風雨の中、林をうろついていたことに対して筋のとおった説明ができない男を、わたしは疑ってるの。教えたおぼえもないのに、わたしのコテージがある場所やその配置を知っている男を疑ってるの。ゆうべバックパックを開くのを拒んだ男を疑ってるの。ええ、その理由が、今ははっきりとわかる」

「すべて説明すると約束する」ティアニーは、きっぱりと言った。「しかし、銃口を向けられている間は話せない」

「ダッチに話すのね」

彼の表情が硬く決然としたものに変わった。まるで、とつぜん皮膚が骨にピッタリと貼《は》りついてしまったかのようだった。

リリィは、コートのポケットから携帯電話を取りだした。ディスプレイの表示は、まだ『圏外』になっていた。

「リリィ、きみはまちがいを犯そうとしている」

その言葉と、その落ち着いた口調が、リリィの血を凍らせた。

「そうやっていいように想像を膨らませていたら、手痛いミスを犯すことになる」

リリィは聞く気にもなれなかったし、聞いたからといって気持ちが変わることもなかった。初めから――バスの中で愛想よくわたしにほほえみかけたときから――嘘をついていたんだ。役を演じていただけ。その役のおかげで、彼はこれまでうまくやってきた。彼がしたことも言ったことも、何もかもみんな嘘だった。彼そのものが嘘だったんだ。

「確固たる証拠もなしにぼくを罰するのは、どうかやめてほしい」

「わかったわ、ティアニー」彼女は言った。「これについてあなたが説明できるなら、やめてあげる」

リリィの足下にあったのは、手錠だった。バックパックのジッパーつきのポケットに、拳銃といっしょに入っていたのだ。彼女はそれを蹴《け》った。手錠は堅材の床をすべり、靴下を履いた彼の足にぶつかって止まった。ティアニーはしばらくそれを見つめ、それから顔をあげて彼女を見た。その眼差《まなざ》しに感情の色はなかった。

「思ったとおりね」リリィは右手に拳銃をあずけて、左手でダッチの携帯電話の番号をプッシュした。電話はつうじていなかったけれど、彼女は留守電にメッセージを吹きこむふりをした。「ダッチ、すごく危険な状態にあるの。ティアニーのせいよ。すぐに来て」

「リリィ、きみは大きなまちがいを犯している」

リリィは携帯電話をコートのポケットに戻し、拳銃を両手でにぎりしめた。「そうは思わないわ」

「聞いてくれ。頼む」

「聞いてるわよ。さあ、手錠を拾って」

「どうして、ぼくがブルーだなんて思えるんだ？　手錠とリボンを持っていたからか？」

正体不明の容疑者がブルーと呼ばれていることは、ダッチから聞いていた。今、それをティアニーの口から聞いて、リリィの鼓動は肋骨《ろっこつ》にひびくほど激しくなった。でも、彼女が恐怖におちいったのはそのせいではなかった。

リリィの恐怖は、表情に現れていたにちがいない。「頼むよ、リリィ」ティアニーは小さな声で言った。「警官たちが犯人につけたニックネームをぼくが知っていたからといって、驚くことはないだろう。クリアリィは小さな町だ。町じゅうの人が知っているよ」

「そんなことで驚いたわけじゃないわ」彼女は、大きくゼイゼイいいながら応えた。「リボンのことなんか、わたしはひとことも口にしなかった」

＊

ワイズ特別捜査官の質問は、意味をなしていなかった。そう、ダッチには意味をなしていないように思えた。一瞬、彼はまごついた。「ベン・ティアニー？」ミリセント・ガンの失踪について話していたはずなのに、ワイズは唐突にベン・ティアニーを知っているかと訊《き》いたのだ。

ダッチは、ワイズとベグレイに交互に探るような視線を向けてみたけれど、人形の目をのぞいたほうがましだった。ふたりの目には、なんの表情も浮かんでいない。

「ベン・ティアニーとこの事件と、どういう関わりがあるんだ？」

「顔と名前が一致する程度にね」ダッチは不意に寒気をおぼえた。外の気温とは関係ない。かつて容疑者が身を隠しているはずの建物に踏みこむ際に常に感じていた、不安と恐怖が入りまじったなんとも言えない感覚に襲われたのだ。よくない何かが起ることはわかっているのに、それがどんな形で起こるのか、どの程度のものなのかがわからない。正体がわからないのに、それが恐れるに値するものであることはわかっている。そんなときにおぼえる感覚だった。「ベン・ティアニーがどうしたと?」

ワイズはコーヒー・カップに目を落とし、ソーサーの縁にそっとスプーンを置いた。そのはぐらかしが、言葉以上に何かを語っていた。ダッチは、心臓がキュッとなるのを感じた。「いいか、あいつがこの事件に関わっているというなら――」

「あんたの別れた女房は、どの程度ティアニーを知っている?」

ダッチは、その質問をぶつけてきたベグレイにサッと目を向けた。血が、一気に頭にのぼるのがわかった。「いったい、あんたは何を言っているんだ?」

「ふたりが知り合いだということは、わかっている」

「誰に聞いた?」

「どの程度の知り合いなんだ? ふたりは、どういう関係にある?」

「関係などない」ダッチは怒りもあらわに言った。「一度会ったことがあるだけだ。なぜそんなことを訊く?」

「ちょっと興味があっただけだ。われわれは、様々なアングルから――」

ダッチは、拳《こぶし》でテーブルを叩《たた》いた。そのあまりの勢いに、スプーンもカップもふるえた。ワイズのスプーンがソーサーから落ちて、テーブルの上でカタカタとなっている。「くだらないはぐらかしはやめて、あの男について知っていることを話すんだ。ああ、あんたたちは神も畏《おそ》れるご立派なFBI特別捜査官さまだ。そして、わたしはクソほどの価値もないただの警官だ。しかし、敬意を払ってもらう権利はあるし、あんた方がうちの捜査に関わりのある情報をにぎっているなら、それを聞かせてもらう権利もある。さあ、ベン・ティアニーについて話してもらおうか」

「落ち着いてほしい」ベグレイは言った。「それに、汚い言葉を使うことも、神の御《み》名《な》を乱用することも、容認できない。わたしの前では、二度としないでもらいたい」

ダッチはブースの横にすべりでると、コートと手袋をつかみ、怒りに満ちた態度で乱暴にそれを身に着け、かがみこむようにしてベグレイの顔に自分の顔を近づけた。

「まず、ファック・ユーと言ってやる。それから、信心家ぶったいやな野郎だと言ってやるよ。あんたたちがベン・ティアニーと失踪者たちとの関係に興味を持っているというなら、わたしはそれについて知る必要がある。ちょうど今、妻が山の上のコテージにあの男とふたり、閉じこめられているんでね」

初めてFBI特別捜査官が反応を示した。その驚きの表情が警戒の色に変わるのを見て、ダッチは一歩あとずさった。「クソッ、なんてことだ。ベン・ティアニーがブルーだというのか？」

ワイズは、夢中で話しこんでいるカウンターの三人に用心深い視線を向け、声を落として言った。「ベン・ティアニーについて、さらなる捜査が必要だと考えるに充分な、いくつかの状況証拠があがっています」

特別捜査官は核心にふれなかった。殺人課にいた頃、ダッチが何度となく使ったおなじみのやり方だ。容疑者がまちがいなく犯人だとわかっているときに――容疑を固めるために、あと少しだけ確固たる証拠が必要なときに――そんな言い方をするのだ。

ダッチは、ベグレイに指を突きつけた。「さらなる捜査などしなくても、あのろくでなしがゆうべ妻と過ごしたことはわかっているんだ。あの男が妻に――たとえ髪一本にでも――ふれていたら、ただではおかない。わたしより先にあの男を捕まえられるよう、せいぜい神に祈ることだ」

ダッチはふたりに背を向け、カウンターの前まで行くと、キャル・ホーキンズの襟をつかんでスツールから引きずりおろした。「さあ、行くぞ」

＊

「あのクソ野郎のジェラシーのせいで、この捜査がだいなしになったら、あいつのクソ忌々《いまいま》しい首を絞めてやる」

それが、六十秒前に「汚い言葉を使うことは容認できない」とダッチに言ったFBI特別捜査官の発言だった。

ベグレイとワイズは、カウンターに向かって歩きだした。その決然とした表情と、威嚇《いかく》的な態度を見て、マリリィはあとずさりたくなった。年嵩《としかさ》のほうが吠《ほ》えるように訊いた。「署長がどこに行くつもりか、誰か心あたりは？」

「山をのぼってリリィを助けにいくんですよ」ウェスは立ちあがって、右手を差しだした。「ウェス・ヘイマーです。市参事会の会長で、ハイスクールのフットボール・チームのヘッド・コーチを務めています」

ウェスは、名前と身分を名乗るふたりの特別捜査官と交互に握手をかわした。そして、小さな革製のケースを取りだしたふたりに手を振った。「身分証明書の提示など、必要ありません。あなた方が本物のFBI特別捜査官だということは、わかっている。ワイズ特別捜査官、あなたが町を歩いているところを、一、二度、見かけたことがあります」ウェスはそう言うと、カウンターの向こうのマリリィとウイリアムを示した。「ウイリアム・リットと、妹のマリリィ・リットです」

「何かつくりましょうか？」ウイリアムは訊いた。「コーヒーをもう一杯いかがです？　朝食は？」

「けっこうです」そう答えたベグレイの口調を聞いたマリリィは、彼がこの礼儀上のやり取りに苛立《いらだ》ちをつのらせているのを感じた。「バートン署長は離婚したと聞いている。それで、別れた奥さんのほうはリリィ・マーティンと名乗っていると」

「あの人は、それを受け入れられなくて、つらい思いをしているんですよ」ウイリアムは言った。

「数年前に、子供を――娘を――亡《な》くしましてね」ウェスは説明を始めた。「そういう悲劇に見舞われたとき、人はそれぞれ異なった反応を示すものです」

ベグレイは、「しっかりおぼえておけ」とでもいうように、パートナーをチラッと見た。でも、そんな必要はなかった。ワイズがすでに心の中にメモをしていることが、マリリィにはわかった。

「彼女がベン・ティアニーと山の上で身動きがとれなくなっていることについて、何かご存知ですか？」ベグレイは訊いた。「ふたりは、そこで会う約束をしていたのですか？」

「たしかなことはわかりませんが、そういうことではないと思いますね」ウェスは、最近バートン夫妻が、自分たちのコテージを売ったことを話した。「きのうの午後、ふたりは最後のかたづけに行っていたんですよ。ダッチは、ひと足先にコテージを出たと言っています。彼女は山をおりる途中、なんらかの事故に遭ったようです。どうやらその事故に、ベン・ティアニーも巻きこまれたらしい。ダッチの携帯の留守電に、彼女からの短いメッセージが入っていたんです。ティアニーが怪我《けが》を負っていて、ふたりでコテージにいるから、できるだけ早く助けを寄こしてほしいとね」

「怪我というのは？」

「怪我の程度については、何も言っていなかったようです。それ以来、連絡がとれていないんですよ。コテージの電話はすでに接続を切ってあるし、山の中では携帯電話はクソほどの役にも立たない――ああ、失礼、ベグレイさん。天気のいい日でも、このあたりでは携帯電話はつながりにくい。天気が悪ければ、まったく頼りになりません」

ウェスは、ベグレイの沈黙を、つづけろという合図と受け止めた。「ゆうべ、ダッチが訪ねてきましてね。キャル・ホーキンズをさがすのを手伝ってくれと言われたんです。今、ダッチが引きずっていった男を見たでしょ？　あの男が、町で唯一《ゆいいつ》の散砂車を持っているんです」彼は、失敗に終わった昨夜の山のぼりについて詳しく話した。「結局、ダッチも無理だと認めざるを得なくなった。彼は腹を立て、今朝もう一度ためしてみることに決めたんですよ。それが、彼が今しようとしていることです」

ワイズは言った。「今朝も、成功の望みはなさそうだ」

「彼にそう言ってみるといい」

「わたしもコテージに行くことにしよう」ベグレイはコートを着ながら、そう言った。「なんの準備も整わないうちに、バートンに早まった真似《まね》をされてはかなわない」

「ほんとうにベン・ティアニーがブルーだと？」

「どこでそれを聞いた？」ベグレイは、軽率な質問をしたウイリアムをにらみつけた。突進してくるサイでさえ、足を止めるにちがいないほどの眼差しにさらされて、ドラッグストアの店主は、わかりきったことを――耳が不自由でなければ、ブースの話し声はカウンターまでとどくということを――言うのを思いとどまった。

その代わりにウイリアムは、緊張気味に唇を舐《な》めて言った。「ちょっと妙な感じがしますね」

「ほう？　何が妙なんです、リットさん？」

「この町の人間は、みんな互いをよく知っている。しかし、ティアニーさんはよそ者だ。われわれは、あの人のことはほとんど知らない」

「それでは、彼についてあなたはどんなことをご存知なのですか？」ワイズ特別捜査官は訊いた。

「店に来たときに、この目で見たことだけですよ」

「ここには、よく？」

「町にいるときは、しょっちゅう来ますよ。それで、いつも……」ウイリアムは、聞き手たちを慎重に見まわした。「ああ、おそらくこれは重要ではないと思います」

「なんですか、リットさん？」ベグレイは苛立たしげに手袋で、自分の掌《てのひら》を叩いた。

「重要か重要でないかは、われわれが判断することです」

「ただ、彼は店に来るといつも、注意を引いていたということです」

「注意を？」ベグレイは、またもワイズをチラッと見た。「誰の？」

「女たちですよ」ウイリアムは、ひとことそう答えた。「あの人は、磁石のように女たちを引きつけるんです」それからウェスを見て、つけたした。「ウェス、あんたがダッチや他の友達と、彼の話をしているのを耳にしたことがあるんだ。誰かが、あの人のことをクジャク野郎と呼んでいた」

「わたしだ」ウェスは右手をあげて言った。「あの男は、女たちがああいう無骨なアウトドア・タイプに弱いということを知っているんですよ」

四人の男にいっせいに目を向けられて、マリリィはあまりの気まずさに頬が赤くなるのを感じた。「ティアニーさんに会ったのは、たった二、三回だけど、彼の記事はいくつか読んだことがあるわ。かなりおもしろい記事よ。ええ、そういう方面に興味がある人なら、楽しめると思うわ」

ベグレイは、そういう方面に興味がある人ではなさそうだった。彼はウイリアムのほうに向きなおった。「彼が女性と話をすることは？」

「いつもしていました」

「どんな話を？」

「いつも客の話を聞いているわけではありませんからね」

嘘《うそ》ばっかり——マリリィは思った。たった今、ウェスとダッチの話を耳にしたって、認めたじゃない。

ベグレイもウイリアムの言葉を信じていないようだったけれど、何も言わずにやり過ごした。「ティアニーは、どんなものを買うんですか？　ドラッグストアの主《あるじ》としては、話せないこともあるでしょう。客のプライバシーを侵害しない範囲で、話せることがあれば聞かせていただきたいですね」彼は皮肉たっぷりにつけたした。

ウイリアムは、彼にニッコリほほえんだ。「差し支えありませんよ。処方薬を買いにくるわけではありませんからね。リップバーム、日焼けどめ、歯磨き、使い捨ての剃刀《かみそり》——あの人が買っていくのは、そういうものです。ふつうでないものは、何もない。そういう意味で訊《き》かれたのならね」

「そういう意味です」

「それなら、ええ、彼が変わったものを買うことはありませんよ。ただひとつ妙なのは、一度に一点しか買わないんです。今日はバンドエイドで、次の日は鎮痛薬《アドヴィル》、そしてまた次の日にペーパーバックを買いにくる」

「ここに来る口実をつくっているように見えると？」ベグレイは探りを入れた。

「今思えば、そんな感じですね。それに、やって来るのは、いつも客でごったがえしているときだ。夕方から夜にかけての時間ですよ。帰宅前に買い物に寄る人たちが、大勢いるんでね」

「ミリセント・ガンは？」

「もちろん来てましたよ。学校帰りにソーダファウンテンに立ち寄るハイスクールの生徒も、かなりいる。行儀よくしていてくれさえすれば、何も――」

「ベン・ティアニーとミリセント・ガンが、同時に店にいたことは？」

ウイリアムは答えようとしたけれど、その質問の重みに気づいて口を閉じた。それからふたりの特別捜査官に交互に目を向け、しょげかえったかのように、ゆっくりとうなずいた。「十日ほど前のことです。あの子が姿を消す二日前だった」

「ふたりは話をしていたんですか？」ワイズは訊いた。

ウイリアムは、もう一度うなずいた。

ベグレイはウェスのほうを向いた。「散砂車はどこに？」

「よかったらお連れしますよ」

ベグレイは、ウェスが歩きだすのを待とうともしなかった。踵《きびす》を返し、手袋をはめながら足早にドアに向かった。

「いつもあんなにせっかちなんですか？」重ね着をした服に手を入れて、札入れを取りだそうと苦労しているワイズに、ウイリアムは訊いた。

「いや、ゆうべは一睡もしていないんで、今朝はいつもよりゆったりと動いています。おいくらですか？」

ウイリアムは、金はいらないと手振りで示した。「店のおごりです」

「ありがとうございます」

「どういたしまして」

ワイズはウイリアムに向かってうなずき、マリリィに敬礼の真似をして見せると、その場をあとにしてベグレイに追いついた。

そのあとを追おうとしたウェスをマリリィが呼び止め、カウンターの上に置き忘れた革手袋をわたした。「手袋は必要だわ」

ウェスは受け取った手袋で、ふざけ半分に彼女の鼻の頭を軽く叩《たた》いた。「ありがとう。またあとで」

ウェスのうしろ姿を見送っていたマリリィの目に、鏡の中で「何もかもわかってるんだ」と言わんばかりの薄笑いを浮かべているウイリアムの姿が映った。彼女は、それを無視して言った。「誰も朝食なんか食べる気分じゃなかったみたいね」

「卵をふたつ焼いて食べるとしよう」彼は、鉄板のほうを向いた。「おまえも食べるかい？」

「いらないわ。ブルーのことは、口にするべきじゃなかったわね」

「えっ？」

「ブルーっていうのは、警察内で使われてるニックネームよ。ベグレイの反応を見たはずよ。ブルーのリボンについては、捜査に関わっている人間以外、知らないことになってるのよ。わたしは兄さんから聞いたのよね。兄さんはウェスから聞いた。ウェスは誰から聞いたの？」

ウイリアムが鉄板に落としたバターが、ジュージューとけはじめた。「ウェスはたしかな筋から直接聞いたんだ」

「ダッチ？」

「もちろんダッチだ」

「あの人は、警察署長なのよ」マリリィは声を荒らげた。「秘密のはずの証拠についてウェスに話すなんて、どうかしてるわ」

「あのふたりは仲がいいんだ。親友ってやつだ」ウイリアムは卵をふたつ割って、鉄板に落とした。「なんでも秘密にはしておけないんだ。しかし、なんの害がある？」

「捜査がだいなしになってしまうかもしれないわ」

「どうして、捜査がだいなしになるんだ？」

「兄さんもわたしも知ってるっていうことは、他にも知ってる人が大勢いるっていうことなんじゃない？」

ウイリアムは塩入れを手に取って、卵に塩を振りかけた。「ブルーの正体がわかった今、それがどうしたっていうんだ？」

「たしかにね」

「しかしマリリィ――」ウイリアムは、卵をひっくり返しながら言った。「ここに学ぶべきことがある」

「学ぶべきこと？」

「この町の人間は、誰も秘密を守れない」彼はマリリィにほほえみかけたけれど、その笑みが彼女を落ち着かない気分にさせた。彼女には、それが見せかけどおりのやさしい笑みではないことがわかっていた。

17

リリィは、床で丸まっているブルーのベルベットのリボンを爪先《つまさき》でそっと突いた。ティアニーにだいじな女性がいることを示す証拠を求めてバックパックをかきまわしているときに、ジッパーつきのポケットに入っているのを見つけたのだ。彼女は目をあげて彼を見た。言葉は必要なかった。

「見つけたんだ」彼は言った。

「見つけた?」

「きのう」

「どこで?」

彼は、クリアリィ・ピークの山頂があるほうを顎《あご》で示した。

「林の中に落ちてたっていうの？　ブルーのリボンが？」

「下生《したばえ》に引っかかっていた」彼は言った。「風にはためいていたんだよ。それで、ぼくの目にとまった」

彼女が信じていないことは、その表情を見ればあきらかだった。

「ああ、これを見つけたきみが怖がるのはわかる」彼は言った。「このリボンが何を意味するかもわかる」

「どうして、あなたが知ってるの？」

「リボンのことなら誰でも知っているよ、リリィ」

彼女は首を振った。「警察官と犯人だけしか知らないわ」

「ちがうね」ティアニーはきっぱりと否定した。「みんな知っている。ダッチが率いる警察署は、水も漏らさぬ組織とは言いかねる。誘拐現場と見られているそれぞれの場所に、ブルーのリボンが残されていたことを、誰かが漏らしたんだ」

リリィは、ダッチからこっそりその話を聞いていた。「警察は、わざとその情報を公開しなかったのよ」

「しかし、うまくはいかなかったようだ。ドラッグストアでも、みんな話している」彼は言った。「クリーニングを取りにいったときも、前にならんでいた女性に店主が

『ブルーに用心してください』と言っていた。その女性は、彼が何を言っているのか、ちゃんとわかっていたようだ。みんな知っていた。

彼は、リボンを顎で示した。「ブルーが残していくのが、こういうリボンなのかどうかは知らない。しかし、大自然の中にこんなものがあるのは、妙だと思ったんだ。だから取ってきて、バックパックに入れた。町に戻ったら、警察にとどけようと思ってね」

「ゆうべは、何も言わなかったわ」

「関係のないことだからね」

「もう二年以上前から、クリアリィでは失踪《しっそう》した女性たちの話でもちきりだわ。わたしだったら、その事件の証拠かもしれないものを見つけて黙ってるなんて、絶対にできない」

「忘れていたんだよ」

「バックパックに使えそうなものは入ってないのかって、わたしは訊いた。あなたは、入ってないって答えたのよね。どうしてあのとき、リボンのことを話さなかったの？」

『使えそうなものは何もないが、今日、林の中でこんなものが風にはためいているのを見つけたんだ。見てごらん』って言ってもよかったんじゃない？」

「そう言ったら、きみはどうした？　考えてごらん、リリィ。ゆうべ、ぼくがこのリボンを見せていたら、きみはぼくのことをブルーだと思わなかったと言えるかい？」

その答は、わからなかった。リリィには、何もかもわからなかった。彼のことを、見かけどおりの――チャーミングで、有能で、知的で、愉快で、繊細な――男だと信じたかった。でも、たとえそういう人間だったとしても、女性たちを誘拐するはずがないとは言いきれない。それどころか、そういう特色は相手に安心感を与えるしカモフラージュにもなる。

それに、手錠についての説明もまだ聞いていない。ＳＭプレイと犯罪者を拘束する以外、手錠なんて何に使うの？　リリィは、考えただけで気分が悪くなった。「ミリセント・ガンの捜索願が出されたのは、一週間前のことよ」

「そのニュースは、ぼくも気をつけて読んでいる」

「彼女はまだ生きてるの、ティアニー？」

「知らない。どうして、ぼくが知っているんだ？」

「あなたが彼女を誘拐したのなら――」

「していない」

「あなたが誘拐したのよ。だから、あなたのバックパックにブルーのリボンと手錠が入ってるのよ」

「ちなみに、きみはなぜぼくのバックパックの中を探ったりしたんだ？」

その質問は無視して、彼女は言った。「きのうの午後、あなたは山頂で嵐《あらし》の前にかたづけてしまいたいことをしていた。死体を始末してたの？　ミリセントを埋めてたの？」

彼は、またも皮膚が骨に貼《は》りついたような表情を浮かべた。「ゆうべ、きみはぼくから一メートルも離れていない場所で眠った。それなのに、そのほんの数時間前にぼくが墓穴を掘っていたと、本気で思っているのか？」

ゆうべの自分の勘ちがいと無防備さについて考えたくなかったリリィは、拳銃《けんじゅう》をにぎる手にさらに力をこめた。「手錠を取って」

彼はためらい、それから腰をかがめて手錠を拾いあげた。

「まず、右手に輪っかをはめて」

「きみは、たいへんな過《あやま》ちを犯そうとしている」

「これが過ちなら、あなたは不自由な午後を過ごして腹を立てることになる。でも、過ちでなかったら――あなたがブルーだったら――こうすることで、わたしの命が救われる。どちらかを選べと言われたら、わたしはあなたを怒らせるほうを選ぶわ」リリィは、拳銃をほんの少しあげた。「右手の輪っかをロックして。さあ」

数秒の重いときが流れた。ついに彼は言われたとおりにし、そうしながら訊いた。

「コテージが火事になったり、きみが発作を起こして息ができなくなったりしたときのために、鍵《かぎ》は手元に置いてあるんだろうね？」

「ポケットに入ってるわ。でも、助けが来るまでは、あなたを放さない」

「助けが来るのは、何日も先かもしれない。そんなに長く、薬なしでだいじょうぶなのか？」

「それは、わたしが心配することよ」

「ぼくだって、心配しているんだ」その声は、かすれていた。「きみのことが心配なんだよ、リリィ。ぼくのキスが、それを物語っていたはずだ」

一瞬、胸が高鳴ったけれど、彼女は無視した。「ベッドにあがって、ヘッドボードの透かし模様の穴に右手をとおして」頑丈な木製のフレームの中に、凝った細工の鉄製のボードがはめこまれている。その透かし模様の穴は、彼が手をとおすのに充分な大きさがあった。

「ぼくがキスをしたとき――」

「そんな話はする気もないわ」

「なぜだ？」

「ベッドにあがって、ティアニー」

「あのキスに、きみはぼくと同じように身をふるわせていた」

「警告するわ。言うとおりにしないなら――」

「ふたりの好奇心が満たされただけでなく、それ以上のものを感じたからだ。ぼくは、ずっときみとのキスを夢見ていた。しかし、あのキスは――」

「ベッドにあがって」

「夢に描いていたキスの百万倍すばらしかった」

「これが最後の警告よ」

「ぼくは、手錠で自分をヘッドボードにつなぐような真似《まね》はしない！」彼は怒りもあらわに叫んだ。

「そして、わたしはこれ以上は言わない」

「ゆうべは、長いこと寝つけなかったんじゃないのかい？　きみが起きていることはわかっていたんだ。きみも、ぼくが眠っていないことはわかっていたはずだ。ぼくたちは、同じことを考えていた。ああ、キスのことを考えていたんだ。あのまま――」

「黙って。さもないと撃つわよ！」

「先をつづければよかったと思っていたんだ」

リリィは引き金を引いた。銃弾は壁にあたった。彼の頬に空気の動きが伝わるほど、きわどかった。ティアニーは、恐怖よりもショックをおぼえたようだった。

「腕はたしかなの」彼女は言った。「次は、はずさないわ」

「きみはぼくを殺さない」

「膝《ひざ》を撃ち抜かれたら、殺してほしかったって思うでしょうね。さあ、ベッドにあがって」リリィは、一語一語をはっきり発音した。

彼女の新たな一面を見たティアニーは、ふくらはぎがベッドのボックススプリングにあたるまであとずさり、そこに腰をおろすと、うしろ向きに腰をすべらせた。痛みに顔をしかめたのが演技でないことはわかっていた。でも、リリィは決意を曲げなかった。ヘッドボードの位置まで来ると、彼は鉄製の透かし模様に右手をとおした。

「左手を手錠の輪っかにとおしてロックして」

「リリィ、頼むからこんなことはやめてくれ」

彼女は無言のまま、短い銃身ごしに彼を見つめつづけた。ついにティアニーはあきらめ、左手に手錠をかけた。「ほんとうにロックしたことがわかるように、思い切り両手を下に引いて見せて」

ティアニーが何度か強く手を引きさげると、金属同士がぶつかり合って音をたてた。彼は、完全にヘッドボードにつながれていた。

リリィは、五〇〇キロほども重みがあるかのように、腕をダラリと脇《わき》におろした。そして背後の壁に身をあずけると、そのますますべるように床に座りこみ、立てた両膝に頭を載せた。その瞬間まで、ひどく寒いことにも気づいていなかった。でも、ふるえているのは恐怖のせいかもしれない。

彼がブルーだという自分の考えがまちがいでなかったらと思うと、リリィは恐ろしかった。でも、まちがいだったらと思うと、それも恐ろしかった。ティアニーをヘッドボードに手錠でつないでおいたら、呼吸困難を起こした時点でわたしは死ぬ。だめよ、そんなことは考えちゃだめ。リリィは生き残ること以外、考えまいとした。彼女の選択肢に、死は入っていない。死は、エイミーから命を――長い寿命を――奪った。リリィは、自分も同じ目に遭う前に、死を追いやってしまうことにした。

しばらくして、リリィはなんとか立ちあがった。そして、ティアニーのほうはチラリとも見ずに、リビング・ルームに移った。

「体力が残っているうちに、薪《まき》を運び入れておかないとまずい」ティアニーは大声で言った。

彼と話す気はなかったけれど、リリィもまさにそのことを考えていた。冷たく湿っているのも無視して、彼女は革のブーツに足を突っこんだ。

ティアニーの防寒帽は、乾いた血でバリバリになっていたけれど、スタジアム・ブランケットを頭に巻きつけるよりは簡単だ。リリィは防寒帽を、耳も眉《まゆ》も隠れるほど深く被《かぶ》った。そして、マフラーも彼のものを使うことにして、それを首に巻きつけ、顔の下半分を覆《おお》った。カシミアの裏がついた手袋は、ここまでの厳しい寒さに対応するようにできてはいないけれど、ないよりはましだ。

準備が整ったリリィは、ドアに向かった。

ベッド・ルームから見ていたティアニーが言った。「頼む、リリィ、ぼくにやらせてくれ。その間、銃口を向けていればいいじゃないか。ぼくは、それでかまわない。とにかく、ぼくにやらせてくれ」

「だめよ」

「冷たい空気は――」

「黙って」

「クソッ」彼は悪態をついた。「ポーチから離れてはいけないよ。とにかく中に運んで、そこで薪割りをするんだ」

まっとうなアドバイスだった。彼は、すばらしいサバイバルの知識を持っている。それに、女性を信じさせる術《すべ》も？　リリィは考えた。ええ、そうにちがいないわ。五人の女性が彼を信じた。わたしも入れれば、六人の女性がね。

コテージの中も寒かったけれど、外の寒さはそんなものではなかった。冷たい空気が、むきだしの頰を打つ。リリィは、思わず目を細めた。ティアニーが薪の山にかけておいた防水シートの上に、庇《ひさし》の下にまで吹きこんだ雪が何センチも積もっていた。

リリィは、シートの下に手を入れて、いちばん上にあった薪を一本引きずりだした。そのずっしりと重い薪が、彼女の手からすべってポーチの床に――爪先《つまさき》のすぐ近くに――落ちた。リリィは不器用にそれを拾いあげ、両腕に抱えるようにしてドアを開けた。そして、中に入ると足でドアを閉めた。

炉の前に薪を置き、息をするのは簡単なことだと自分に言い聞かせながら、口で大きく息をする。

「リリィ、だいじょうぶかい？」

彼女は、その声を無視して、細くなった気管支に空気をとおすことに集中しようとした。

「リリィ？」

その不安げな声は、心からのもののように聞こえた。彼が引っぱるたびに、手錠がヘッドボードの透かし模様にあたってガシャガシャと音をたてた。リリィは炉の前を離れ、彼の視界に足を踏みいれた。「大きな声でわたしを呼ぶのはやめて。わたしは、だいじょうぶよ」

「ひどくつらそうじゃないか」

「連続殺人犯とコテージに閉じこめられてることをのぞけば、わたしはだいじょうぶ。彼女たちに手錠をかけて、いったい何をしたの、ティアニー？　拷問《ごうもん》して、レイプして、殺したの？」

「もし、ぼくが彼女たちにそんなことをしたなら、なぜきみを拷問して、レイプして、殺さなかったんだ？」

「わたしがダッチに電話をかけて、あなたとここにいるってメッセージを残したからよ」リリィは、不意にあることに気づいた。「なぜ、わたしが彼の名前を口にするたびに、あなたが怯《ひる》むのか――なぜ、あなたがひどく彼にこだわるのか――なぜ、わたしと彼との今の関係についてしつこく訊《き》くのか――そのわけが、今わかったわ」

「きみが、今でも彼を愛しているのかどうか知りたかったからだ」

そう、彼女は今までそう思いこんでいた。ダッチについて――別れた夫について

——しつこく訊くのはジェラシーのせいだと、ティアニーは彼女に思わせたのだ。リリィは彼に対して怒りをおぼえると同時に、そんな策略に引っかかった自分に腹を立てていた。「あなたと話すことで、これ以上ひと息も無駄にしたくない」ティアニーは、手錠を何度か乱暴に引っぱった。リリィにとって幸いなことに、手錠もヘッドボードも壊れはしなかった。

リリィはまた外に出て、一時間ちかく、一度に一本ずつ薪を運びつづけた。一回ごとに、薪は重くなっていくように思えた。リリィは、だんだんにつらくなってきた。そして、薪を運びこんでから、ふたたび外に出ていくまでの休憩時間が、しだいに長くなっていった。

運のいいことに、細いものも何本かあって、焚《た》きつけの火がうまく燃え移ってくれた。その暖かさが、ありがたかった。恐れていたとおり、手斧《ちような》で太い薪を割るのはむずかしかった。

リリィは、納屋《なや》に行ってティアニーが見つけられなかった斧《おの》を取ってこようかとも思ったけれど、帰ってこられなくなるかもしれない。だから手斧を使って、何時間か持ちこたえるに充分なだけの薪を割ることにした。

わからないのは、彼女がそんなに長く持ちこたえられるかどうかだった。

「リリィ?」

三十分ほど前から、リリィはマットレスに座ってソファに寄りかかり、休みながら呼吸を整えようとしていた。

「リリィ、返事をしてくれ」

彼女は、ソファの端に頭をあずけて目を閉じた。「何?」

「だいじょうぶなのか?」

リリィは答えずにいようと思ったけれど、この五分、彼は断続的に彼女の名前を呼びつづけていた。彼女が答えるまで、あきらめないにちがいない。

リリィは肩かけをどけて立ちあがると、開いているベッド・ルームのドアに向かった。「なんの用?」

「なんてことだ、リリィ」彼の顔にショックの色が浮かぶのを見たリリィは、ゾンビのように見えるにちがいないという自分の考えが正しかったことを知った。以前、彼女は喘息《ぜんそく》の発作に苦しんでいる自分の姿を見たことがあった。それは、けっして美しい姿ではなかった。

「寒くない？」彼女は、愛想のない声で訊いた。

「息苦しそうじゃないか」

背を向けようとした彼女に、ティアニーは大急ぎで言った。「脚に毛布をかけてもらえるかな？」

リリィは、マットレスの上の毛布を手に取った。ウールの毛布は、暖炉の熱を受けて温かくなっていた。彼女は、ベッドの足下に立ち、毛布をひろげて彼の脚の上にかけた。

「ありがとう」

「どういたしまして」リリィは、彼の手首が手錠にこすられてすりむけていることに気づいた。「そんなことをしても無駄よ。自分が傷つくだけだわ」

ティアニーは、すりむけた皮膚をチラッと見た。「やっと、それがわかったよ」彼はそう言って何度か手を開いたり閉じたりした。「血の流れが止まって、手がしびれているんだ。手錠をかけたときは、何も考えていなかった。もう少し、低い位置に手錠をつなぐべきだった。腰のあたりにね。そうすれば、こんなに無様でつらい格好をしなくてすんだはずだ」

「迂《う》闊《かつ》だったわね」

「手錠の位置をなおす間だけでも、ロックをはずしてくれる気は――」

「ないわ」

「そうだと思ったよ」ティアニーは、痛みに怯みながら身体《からだ》の位置をずらした。同情心に訴えようとしていたのかもしれないけれど、リリィは屈しなかった。

「お腹《なか》は？」彼女は訊いた。

「さっきから、グーグーなっている」

「何か持ってくるわ」

「コーヒーを飲ませてもらえるかい？」

「いいわ」

「それも、今日使える分の水に数えておいてくれ」

いつも、まるでボーイスカウト。抜かりがないのよ。

五分後、リリィは淹《い》れたてのコーヒーが入ったマグカップと、ピーナツバターを塗ったクラッカーを載せた皿を持って、ベッド・ルームに戻った。それは、彼女の車からふたりが運んできた、貴重な食料だった。

「拳銃《けんじゅう》と手錠の鍵《かぎ》は、リビング・ルームに置いてきたわ」リリィはそう言うと、彼にリビングのサイド・テーブルが見えるよう、横にどいた。「だから、コーヒーでわたしに火傷《やけど》を負わせても、脚でわたしを押さえつけても、他のどんな方法でわたしを打ち負かしても、無駄よ。拳銃も鍵も手に入れることはできない」

「ひじょうに賢いね」

リリィは、カップと皿を床に置くと、首に巻いたマフラーをはずして手のとどかないところに投げた。

ティアニーは、彼女に顔をしかめて見せた。「ぼくは侮辱されたのかな?」

「マフラーは武器になるわ」

「きみを絞め殺すのは賢明ではない。そうじゃないのかい? きみが死んでしまったら、ぼくは為《な》す術もないまま手錠につながれつづけることになる」

「危険は冒したくないの」

「なぜ、ぼくのマフラーをしているんだ?」

「カップは持てる?」

「やってみるよ。コーヒーをこぼさないとは約束できないがね。なぜ、ぼくのマフラーをしているんだ?」

「暖かいからよ、ティアニー。他に理由はないわ。あなたを好きな証拠だなんて、思わないで」

リリィは、彼の両手にカップを持たせた。ティアニーは、それを包みこむように指を絡《から》め、頭を低くしてコーヒーを飲んだ。「腰の高さに手錠をつながなくてよかったよ。もし、そうしていたら、食べることも飲むこともできなかった」

「飢えや渇きで、あなたを死なせたりはしないわ」

「リリィ、きみはなんて親切な看守なんだ。残酷で異常な罰を与えようともしない。しかし――」ティアニーは、彼女の注意を完全に引いたことがわかるまで待って、それからつづけた。「目の前できみに死なれたら、それほど残酷なことはない」

「死ぬつもりはないわ」

「ああ、死なないようにしてくれ」

その声は、何かを物語っていた。彼女を見つめる眼差《まなざ》しにも、それは感じられた。

リリィは、その両方に抵抗した。「クラッカーは？」

「コーヒーを飲んでしまってから、もらう」

リリィはうしろにさがると、ベッドから充分離れた位置にあるロッキングチェアに腰をおろし、彼から目をそむけつづけた。

「ダッチは、失踪《しっそう》事件について、きみにいろいろ話していたのかい？」

リリィは、その質問に驚いて、サッと彼に目を向けた。

「ブルーのリボンのことや、ブルーというニックネームのことをきみに話したのは、彼にちがいない」

「彼の仕事について、わたしから訊いたことは一度もなかった。でも、彼が話すことは聞いていた」

「クリアリィの失踪事件について、彼は他にどんなことを話していた？」

リリィは答える代わりに、冷たい目で彼をじっと見つめた。

「いいじゃないか、リリィ。ぼくをブルーだと思っているなら、ぼくはなんでも知っていることになる。きみが秘密を漏らすことにはならないはずだ。ダッチは、ブルーのベルベットのリボンが持つ意味を理解しているのかい？」

「ブルーのリボンが、ブルーにとってどういう意味を持ってるかっていうこと？」

彼はうなずいた。

「彼なりの考えはあるみたい」

「どういう？」

事件について知っていることをティアニーに話すのは、ためらわれた。でも、話すことで、何かを探りだせるかもしれない。「最初に姿を消したトリー・ランバートは、地元の子ではなかった。五人の中でクリアリィの住人じゃないのは、彼女だけよ」

「彼女は、学校の休みを利用して、両親とクリアリィに来ていたんだ」ティアニーは言った。「そして、紅葉を楽しもうと、ガイドつきのハイキング・ツアーに参加した。そこで母親と口論になり、十五歳の女の子にはよくあることだが、口を尖《とが》らせてひとりでどこかへ行ってしまった。そして、それきり帰ってはこなかった」

「そのとおりよ」

「そんな目で見るのはやめてくれ、リリィ。ぼくは、その子が姿を消したすぐあとにクリアリィにやって来たんだ。その話は、何週間も新聞の一面に載っていた。ぼくも、他の人たちと同じように、その記事を読んだんだよ。ぼくが今しゃべったようなことは、誰でもしゃべれる。ダッチは、リボンのことをどう考えているんだい？」

「彼女に関わりのあるもので、見つかったのはリボンだけだった」リリィは言った。

「ツアーの参加者たちは、両親も含めて、そのうち彼女が追いかけてくるものと思っていたのよ。でも、追いかけてはこなかった。それで、心配しはじめたの。日が暮れる頃には、パニックになっていた。そして二十四時間後、これは怒りっぽいティーンエイジャーのただの気まぐれではないと――自分の意思で姿を消しているのではないと――結論を出したの。怪我《けが》をして戻れなくなっているか、迷子になっているか、誘拐されたか」

「捜索隊が何週間も探しつづけたが、あの年は冬の訪れが早かった」ティアニーは、彼女の代わりにつづけた。「その子は――」

「その子なんて言うのはやめて」リリィは、苛立《いらだ》たしげに言った。「彼女には、トリー・ランバートっていう名前があるのよ」

「トリー・ランバートは、地面が割れてそこに吸いこまれてしまったかのように、姿を消したんだ。彼女の行方をたどる手がかりは、何ひとつ見つからなかった」

「ブルーのベルベットのリボン以外はね」リリィは言った。「リボンは下生《したばえ》の中で見つかったのよ。州境を越えてテネシーでね」

「それで警察は、彼女は誘拐されたと考えたんだ。リボンが見つかった場所まで行きつくには、大人でさえ困難をおぼえる難所を一五キロも歩かなくてはならないからね」彼は言った。

「トリーがその日、髪に結んでいたリボンだって、母親が確認したのよ」リリィは、しばらく近くの宙を見つめたあと、静かに言った。「リボンを見たとき、ランバート夫人は死ぬほどつらい思いをしたにちがいないわ。トリーは髪を長く――腰のあたりまで――のばしてたそうよ。きれいな髪だったんですって。その朝、彼女は髪をひとつに束ねて三つ編みにして、ブルーのリボンをつけたのよ」

彼女は、ティアニーに視線を移して言った。「他にもいろんなことをしたんでしょうけど、あなたはリボンを取って、彼女の髪をほどいたのね」

「それは、ブルーがしたことだ」

「でも、わからないわ」彼女は、ティアニーの否定の言葉を無視してつづけた。「リボンは、うっかり落としたの？　それとも、わざとその場に残したの？」

「なぜ、わざと残すんだ？」

「捜索隊を混乱させるためよ。捜索隊を誤った方向に導くため。それが狙《ねら》いなら、大成功ね。リボンが見つかったあと、訓練を受けた追跡犬に跡を追わせたのよ。でも、すぐに匂《にお》いがたどれなくなった」リリィは、しばらく無言で考えていた。「あなたは、どうしてリボンをトロフィーにしなかったの？」

「ブルーは、トロフィーを手に入れていた。トリー・ランバートをね」

彼の口調は、リリィをふるえあがらせた。「それじゃ、リボンはただの成功のシンボルだったのね」

ティアニーは、コーヒーの最後のひと口をすばやく飲んだ。「飲みおわったよ。ありがとう」

リリィは彼の手からカップを取ると、クラッカーを二枚——両手に一枚ずつ——わたした。ティアニーは、最初の一枚をひと口で平らげた。そして、二枚目を食べようと彼が身をかがめたとき、リリィの目が頭の絆創膏《ばんそうこう》をとらえた。「頭の傷は痛む？」

「これくらいなら堪えられる」

「血はもう出てないみたいね」リリィは手をのばして、もう一枚クラッカーをわたした。でも彼は、クラッカーの代わりに彼女の手首をつかみ、その指でギュッと締めつけた。「ぼくは生き残る、リリィ。しかし、きみが生き残れるかどうかのほうが心配だ」

リリィは逃れようとしたけれど、彼は手を放さなかった。「放して」

「手錠をはずしてくれ」

「だめよ」リリィは、もがいたけれど無駄だった。

「ぼくが車まで戻って、薬と吸入器を取ってくる」

「つまり、逃げるっていうことでしょ」

「逃げる？」ティアニーは短く笑った。「きみは、さっきポーチに出た。だから、外がどんなふうかはわかっているはずだ。たとえ逃げたいと思っても、どこまで行きつけると思う？　ぼくは、きみの命を救いたいんだ」

「わたしは生き延びるわ」

「顔が灰色になっている。リビング・ルームにいるときも、ゼイゼイいっていたじゃないか。きみは、苦しみもがいている」

「ええ、あなたから逃れようともがいてるのよ」

リリィが力をこめて腕を引くと、彼は手を放した。彼女はゼイゼイいいながら、何度か大きく息を吸った。「食べる？」彼女はそう訊《き》きながら、クラッカーの最後の一枚を彼に差しだした。

「ああ」

リリィは、それを手わたす代わりに、彼の口から数センチのところに持っていった。

「噛《か》みつかないでね」

ふたたびの屈辱に顔をしかめながらも、ティアニーは頭を前に傾けて、彼女の指にふれないように気をつけながら、クラッカーをくわえた。リリィは、サッと手を引っこめた。そして、彼がクラッカーを食べはじめると、空になったカップを拾いあげ、リビング・ルームに向かった。

「ぼくに行かせてくれないなら、少なくともそっちに――きみに目がとどく場所に――移してくれ」

「だめよ」

「そっちにいれば、きみだってぼくをよく見張れる」

「だめだって言ったでしょ」

「リリィ」

「だめよ！」

「リボンについてダッチがどう考えているのか、まだ聞いていない。ブルーにとって、リボンはどんな意味があるんだ？」

一瞬ためらったあと、リリィは言った。「ブルーは警察を嘲《あざけ》るために、成功のシンボルとしてリボンを使っているんじゃないかって、ダッチは言っていた」

「同感だね。しかし、ダッチとぼくの意見が合うのは、おそらくこの点に関してだけだ。彼はあまりに愚かだ。理由はいくらでもあるが、そのひとつは、きのう嵐《あらし》が近づいているというのに、きみを残してひとりで山をおりたこと。いったい、あの男は何を考えていたんだ？」

「それは、彼のせいじゃないわ。先に行くように、わたしが強引にすすめたの」

「なぜ？」

「ダッチとわたしの間のことは、あなたに話さない」

ティアニーは、まじまじと彼女を見つめ、それから言った。「尊敬するよ。ああ、心からね。ぼくだって、ぼくたちふたりのことを彼に話されるのはごめんだ」

「ぼくたちふたりなんて、存在しないわ、ティアニー」

「それは嘘《うそ》だ。まったくの嘘だ。きみだって、わかっているはずだ。きみがぼくのことを変質者だと決めこむ前、ぼくたちはぼくたちふたりと言える関係になりつつあった」

「たった一度のキスに、大きな意味を持たせるのはやめて」

「ふつうなら、キスなどたいしたことだとは思わない」彼は言った。「しかし、あのキスはふつうではなかった」

もたもたせずに彼から離れるべきだということは、わかっていた。リリィは耳をふさいだ。そして、彼の視線を避けた。それでも、その眼差しを受けて、彼女は魔法にかかったかのように身動きできなくなってしまった。

「リリィ、否定したければすればいい。しかし、ぼくが言っていることは事実だと、わかっているはずだ。ゆうべ始まったわけじゃない。きみが、あのバスに乗りこんできた瞬間に始まったんだ。あのときから、ぼくは毎日毎秒、きみにふれたいと思いつづけてきた」

リリィは、無理に動こうとするのをやめた。「これがあなたの手なの？」

「なんだって？」

「甘い言葉でおだてたわけ？　それで、彼女たちは喜んであなたについていったの？」

「きみは、ぼくの言葉をそんなふうに聞いていたのか？」

「そうよ」

「きみを口説いていると？」

「ええ」

「それで、手錠をはずさせて、きみに危害をくわえようとしていると？」

「そんなところね」

「だったら、なぜぼくがゆうべ一度のキスで引きさがったのか、説明してくれ」

ティアニーは、彼女の目を探るように見つめながら待った。でも、リリィは答えなかった。

ついに彼は言った。「状況につけこむような真似《まね》はしたくなかったんだ。ぼくたちは、危ういところにいた。まわりには誰もいない。そんなところで、ぼくたちはエイミーの話をしていた。きみは感情的にもろくなっていて、無防備で、慰めとやさしさを必要としていた。それに、ふたりは互いを求めてもいた。あのままキスをつづけたら、どこに行きつくかはわかっていた。しかし、あとになって、きみが後悔するかもしれないし、ぼくの行動に疑問を持つかもしれない。リリィ、ぼくはきみに、ちょっとでもそんな気持ちを抱いてほしくなかったんだ。だから、きみとマットレスで寝なかったんだ」

本心のように聞こえた。でも、これまでもずっとそうだった。「たいへんな犠牲的行為ね、セント・ティアニー」

「いや」彼は、ふたつのスポットライトにも匹敵するほどの眼差《まなざ》しで、リリィをまっすぐに見つめた。「きみにファックしてくれと言われたら、一瞬のためらいもなしにそうしていたにちがいない」

不意に息を呑《の》んだせいで、リリィの肺が悲鳴をあげた。「すばらしいわ、ティアニー」彼女の声はしわがれていたけれど、それは喘息《ぜんそく》のせいばかりではなかった。「甘い言葉のあとに、エロティックなことを口にする。ほんとうにうまいわ」

「手錠をはずしてくれ、リリィ」彼はささやいた。

「地獄に落ちなさい」

ゆうべは、彼を信じなければ生き延びられないと思っていた。

でも今日、彼女が生き延びられるかどうかは、彼を信じずにいられるかどうかにかかっていた。

18

「いったいなんだっていうんだ、ウェス？」

「むかっ腹を立てる前に、ひと息ついて考えてみろ」

ウェスは、ダッチがあたっていた電気ストーブの前に立った。ストーブがあったからといって洞穴のようなガレージが充分に暖まることはなかったけれど、真っ赤になったコイルを見ていると、その近くに立っていれば骨身にしみる寒さをなんとか防げるような気分になれる。でも、そんな気がするだけだ。コンクリートの床の冷たさが、ブーツの厚い靴底もウールの靴下も突き抜けて、そのまま足の裏から脚へと伝わってくる。

ダッチは、血液の流れが止まらないように足踏みをつづけた。でも、彼が足踏みをしているのは、苛立たしさのせいでもあった。ガレージに着いてからずっと、キャル・ホーキンズはトイレにこもっている。さっきダッチが見にいったときには、まだ汚らしい便器の中に吐いていた。

「いずれにしても、連中はおまえのあとを追う」ウェスが言っているのは、彼のあとを追って自分たちの車でガレージまでやって来たFBI捜査官たちのことだ。ふたりは、エンジンをかけたままのセダンの中にいた。排気管から排気ガスを吐きだしているその車は、ダッチの目に自分を追ってくる怪物のように映った。

「ベグレイとかいうやつは、おまえと同じようにティアニーを捕まえたがっている」ウェスはつづけた。「だったら、ひとりでやらずに、連中にも責任の一端を担《にな》わせてやったらどうなんだ？」

認めたくはなかったけれど、それも一理あるとダッチは思った。山でまずいことが――たとえば、逃げようとしたティアニーが、撃たれて致命的な傷を負うようなことが――起きたら、ダッチは取り調べを受け、様々な機関に調べられ、大量の書類を書かされることになる。その一部をFBIに押しつけてやってもいいじゃないか。

「これがうまくいかなくても――」ウェスはそう言いながら、トイレから出てきた生ける屍《しかばね》ともいうべきホーキンズを顎《あご》で示した。「FBIには、ヘリも、訓練をつんだ救助隊も、捜索のためのハイテク機器も、なんでもそろっている」

「しかし連中を使うからには、こっちもそれに応《こた》えなくてはならない」ダッチは言った。「ごめんだね。絶対に。それに、ティアニーを捕まえたら、おれは──」

「わかるよ。その点に関しては、一〇〇パーセントおまえに同意する」ウェスは声をひそめて言った。「特に、やつがおれたちの女をさらったというならな。おれが言いたいのは――」

「FBIをうまく利用しろ」

ウェスは、ふたりがフットボール・スターだった頃、作戦会議《ハドル》で、敵をまごつかせ叩《たた》きのめす作戦に合意したときにしていたように、ダッチの背中を叩いてニヤッと笑って見せた。「さあ、そいつを実行に移そうじゃないか」でも、ふたりして散砂車に近づいたとき、彼は顔をしかめた。「あれで、やれるのか？」

ホーキンズは運転席に座っていたけれど、両腕をダラリと垂らして救命具にすがるようにハンドルに身をあずけていた。「ああ、やってのけるのが身のためだ。しくじったりしたら、殺してやる。そのあとで、生きていたはずの寿命がつきるまで、ブタ箱に入れてやる」ダッチは助手席側のドアを開けて、散砂車に乗りこんだ。

「何かあったら、すぐうしろにいるからな」ウェスは言った。

ウェスがドアを閉めると、ホーキンズは怯《ひる》んだ。「そんなに乱暴に閉める必要はないだろう」彼はぼやいた。

「車を出すんだ、ホーキンズ」ダッチは命じた。

ホーキンズはエンジンをかけた。「車は出すさ。けど、うまくはいかないよ。もう、いやってほど言ったけど、もう一度だけ言っとくよ。山のてっぺんに行きつく見込みはゼロだ」

ダッチは、疑い深げに彼を見た。「息が酒臭いような気がするがね」

「ゆうべの酒だよ。まだ残ってるんだ」ホーキンズはそう応えながら、サイドミラーをのぞいた。

ダッチも、助手席側のサイドミラーに目をやった。ワイズ特別捜査官が、セダンをバックさせていた。それからウェスがバックで通りに車を出し、ホーキンズのために道をあけた。

ガレージを出て十秒と経《た》たないうちに、フロントガラスは雪に覆《おお》われてしまった。

ホーキンズは「だから言っただろ」と言わんばかりに、ダッチをチラッと見た。そして、ひとりごとをつぶやくと、ワイパーのスイッチを入れ、ギアを入れ替えた。散砂車は、いやいや重い腰をあげて——そう、ダッチには、そんなふうに感じられた——バスンバスンと進みはじめた。

トラックの前面のグリルに取りつけられた除雪機が、後続の車がとおるための臨時の道をつくっていく。それと同時に、ホーキンズは砂と塩を撒《ま》いていた。それで状況はよくなっているはずだったけれど、ダッチがミラーをのぞくたびに、スリップしないよう必死で車を進めているワイズとウェスの姿が映った。彼は、ミラーをのぞくのはやめることにした。

携帯電話をマナーモードに設定していたダッチは、無駄だとわかってはいたけれど、念のために留守電をチェックした。やはり、メッセージは入っていなかった。彼は、まぐれあたりを期待して、リリィの携帯の番号をプッシュした。思ったとおり、つうじなかった。

かけられるならリリィは電話をかけてくる——彼は思った。彼女の携帯もつながらないにちがいない。そうでなければ、リリィは連絡してくるはずだ。

ダッチはフロントガラスに身を乗りだし、首をのばして、クリアリィ・ピークの山頂のほうに目を向けた。でも、散砂車の屋根の数メートル上までしか見えなかった。とにかく白一色。フロントガラスにすごい勢いで吹きつけてくる雪片も、ひとひらひとひら区別がつかないくらいだった。

下がこんななら、山の上はもっとひどいにちがいない。ホーキンズを怖《お》じ気《け》づかせたくなかったダッチは、そんなことは口にしなかったけれど、心を読まれたようだった。

「のぼればのぼるほど、ひどくなるよ」ホーキンズは言った。

「一度に三〇センチくらい進めばいいんだ」

「いや、三センチってとこだね」一瞬の間をおいて、ホーキンズは言った。「思うんだが……」

ダッチは彼に目を向けた。「なんだ？」

「あんたの別れたかみさんは、助けてもらいたがってるのかい？」

＊

「どう思う、ホート？」

「どう思うか？　ええと、何についてですか？」ワイズは、散砂車が切り開いた斜面の真ん中からすべってはずれないよう、ボンネットの中央をじっと見つめていた。

「ダッチ・バートンについてだ。どう思う？」

「批判に対して、ひどく神経質です。ちょっとしたほのめかしにさえ、即座に腹を立てる」

「自尊心に欠ける人間や永遠の負け犬、あるいは、その両方の性質を併せ持つ人間の典型的な反応だ。他には?」

「彼がベン・ティアニーのもとから別れた奥さんを救いだしたがっているのは、ジェラシーのせいであって、ティアニーがブルーだという確信からではないようですね。あれは、法の執行官ではなく男の反応だ」

ベグレイは、引っかけ問題に正解した天才を見るかのように、彼をまっすぐに見た。

「別れた女房について、パーキンスは何かつかんでいるのか?」

バートン署長がリッツ・ドラッグストアにたどり着くのを待つ間、ワイズは公衆電話を使ってシャーロットのオフィスに電話をかけた。もちろんラップトップは持ってきていたけれど、オフィスのコンピュータのほうが速いし、より広範囲の情報ネットワークにアクセスできる。ワイズは、バートンの別れた妻について調べるようパーキンスに頼み、ベグレイがその情報を急いで集めたがっているとつけたした。

パーキンスは言った。「クソッ。わかったよ。十分くれ」そして彼は五分後に電話をかけてきた。

「彼女は、〈スマート〉という雑誌の編集長です」今、ワイズはベグレイに言った。

「冗談だろう?」ベグレイは叫んだ。

「いいえ」

「ベグレイ夫人は、〈スマート〉信者なんだ。週末に、あの雑誌を読んで過ごしているのを見たことがある。あの雑誌に載っていたとおりにリビング・ルームを改装したんだ。ホート、きみは結婚しているのか？」

不意の質問に、ワイズは驚いた。「えっ？　ああ、いいえ、していません」

「なぜだ？」

結婚したくないわけではなかった。それどころか、結婚したかった。問題は、彼に――そして彼の規則正しい生活に――退屈しない女性が見つからないということだった。そこにはパターンがあった。何度かデートをして――何人かとは一夜をともにして――夢中になれないまま、なんとなく別れてしまう。

最近、ワイズはネットで知り合った女性とメールのやり取りをはじめた。レキシントンに住んでいる彼女は、話していて愉快な相手だった。彼女は、彼がＦＢＩの人間だということを知らない。ＦＢＩというと、女は――彼自身よりも――そのマッチョなイメージにのぼせてしまいがちだ。カレンが――それが彼女の名前だ――知っているのは、彼がコンピュータ関係の仕事をしているということだけ。不思議なことに、彼女はいまだにワイズに興味を持ちつづけている。

この前のチャットは、一時間三十八分にも及んだ。そう、彼女は、ワイズを自宅の整然としたオフィスのコンピュータの前に釘《くぎ》づけにしたのだ。彼は、節約のために自分で髪を染めたたった一度の試みについての彼女の話に、声をあげて笑いつづけた。結局は、美容院でなおしてもらったということだったけれど、その出来はいくら払ってもかまわないと思うほどひどかったらしい。ワイズはそんな話を聞いて、自分の暮らしの中にもちょっとした道化が必要なのかもしれないと思うようになっていた。

彼女は、一度ならず、ケンタッキーの春がどんなにすばらしいか話していた。それが、みごとなケンタッキーの春を見にきてほしいという誘いにつながるものならば、真剣に考えてみようかと彼は思っていた。彼女に実際に会うことを思うと緊張した。でも、それは心地いい緊張感だった。

頰が赤くなったのをベグレイに気づかれないことを祈りながら、ワイズは堅い口調で言った。「この数年は、仕事しか頭になかったんです」

「そうか、そいつはいい、ホート。しかし、仕事は仕事であって、きみの人生ではない。そろそろ、そっちに目を向けろ」

「はい」

「ベグレイ夫人がいるから、わたしは正気をたもてるし幸せでいられるんだ。あれがいなかったら、どうしていいかわからない。そのうち、きみにも会わせるよ」

「ありがとうございます。光栄です」

「リリィ・マーティン。分別のある女性と見なして差し支えないのか？」

ワイズの頭は、クルクルと変わる話題に必死でついていこうとしていた。「はい。彼女は、ふたつの——芸術とジャーナリズムの——学位を取っています。別の雑誌の雑用係から始めて、今の地位にまでのぼりつめました。パーキンスがネットで調べた情報を送ってくることになっていますから、あとで見てみましょう。写真で見るかぎり、かなり魅力的な女性だということです」

ワイズは、ベグレイをチラッと見てから先をつづけた。「他にもあります。ベン・ティアニーのことです。パーキンスが彼のクレジットカードの明細を調べたところ、マニアックな道具を売っている店からの請求があることがわかったんです。彼は位置発信器と手錠を買っています」

「なんということだ。いつ頃のことだ？」

「八月の明細に載っていたそうです」

ベグレイは考え深げに下唇を引っぱった。「ティアニーは去年の夏にリリィ・マーティンに会ったと、エルマー氏は言っていた」

「そして、彼は彼女に惹《ひ》かれた」

「わからないのは、惚《ほ》れ合っているのかどうかということだ」ベグレイは言った。「ふたりは、去年の夏から会いつづけていたのかもしれない。別れた亭主が——あのダッチ・バートンが——知らなくても不思議ではない」

「そのとおりです」

「しかし——」ベグレイは言った。

「マーティンさんがティアニーに惹かれていなかったら、そして彼がブルーだったら——」

「ああ」ベグレイはため息をついた。「やつは、拒絶されるのを好まないだろうね」

彼はそのままムッツリと黙りこみ、沈黙の数分が過ぎた頃、腹立ちまぎれに自分の太《ふと》股《もも》を拳《こぶし》で叩いた。「クソ野郎め！　まったくわけがわからないじゃないか。リットの話では——ウェス・ヘイマーも同意していたが——ティアニーは何もしなくても女たちの気を引いているようだ。だったら、なぜ女たちを誘拐する必要があるんだ？　えっ、ホート？　どう思う？」

ベグレイはすぐにでも答をほしがっていたけれど、ワイズはまず慎重に考えた。

「ロー・スクール時代に——」

「ロー・スクールと言えば——」ベグレイは、彼の話を遮った。「きみが法学の学位を持っていることを、つい最近知ったんだ。なぜ、弁護士にならなかった？」

「ＦＢＩの捜査官になりたかったんです」彼は、ためらいもせずに答えた。「物心ついたときからずっと」タフな同級生たちは、彼のそんな野望を嘲笑《あざわら》った。両親でさえ、他に目を向けるべきだと――そんなことは、うまくいくはずがないと――ほのめかした。でも彼は、そうした懐疑的な意見には耳を貸さなかった。

「問題は、わたしには軍役に就いた経験がないということでした。警察官としての訓練も受けてはいません。わたしを見て、世界一の犯罪捜査機関で働くに適した候補者だとは、誰も思わないでしょう。わたしは、ほとんどの人間がＦＢＩ特別捜査官に対して抱いているイメージにそぐわない。だから、別の何かで目立たなければ、局はわたしを受け入れてくれないのではないかと思ったんです。それで、法学の学位があれば助けになるかもしれないと考えた。実際そのとおりでした」

彼は、ベグレイをチラッと見た。ベグレイは、突出した軍歴と、リーダーとしての資質と、何よりその勇気ゆえに、選ばれてＦＢＩに入ったのだ。ふたりが持っているものは、笑えるほどちがっていた。

ベグレイは考え深げにワイズを見つめていたけれど、その眼差《まなざ》しに厳しさは感じられなかった。もしかしたら――そうあってほしいものだが――自分はベグレイのテストに合格できたのかもしれないと、ワイズは思った。それは、小さなことではない。それどころか、たいへんなことだ。天地がひっくり返るほどの大事件だ。

「ティアニーはなぜ女性たちを誘拐するのかと、支局担当特別捜査官は尋ねられました。それで、ロー・スクール時代にあった、よく似た話をお聞かせしようと思ったんです。ロー・スクールに入った最初の学期から、わたしはクラスメイトのひとりと、クラスのトップをめぐって激しく争うようになりました。そのクラスメイトというのは、若い頃のジョン・ケネディのような容姿をしていて、スポーツマンで、カリスマ性があって、〈スポーツ・イラストレイテッド〉誌の水着モデルと付き合っているような男でした。派手にね。その上、頭もよかった。ものすごく。しかし、彼はカンニングをするんです。ロー・スクールにいる間、どの授業でも、課題も試験も毎回カンニングをしていた。そして、わたしよりもわずかにいい成績をおさめ、トップで卒業した」

「一度も見つからずに？」

「そうです」

「きみにとっては、堪えがたいことだったにちがいない」

「いいえ、少しも。カンニングなどしなくても、彼が勝っていたにちがいないんです。

彼には、カンニングなどする必要はなかったんですよ」

「だったら、なぜそんなことをしたんだ？」

「ロー・スクールには、彼が挑戦すべきものなどなかった。彼にとっては、見つかることなくカンニングすることが挑戦になっていたんでしょうね」

前方で、ウェス・ヘイマーの車のテールライトが一度、二度、三度と瞬《また》いた。ワイズはそれを、もうすぐブレーキをかける必要が生じることをしらせる合図と受け取った。彼は、アクセルを踏む足をゆるめた。ヘイマーの車の前を走っている散砂車のブレーキライトが点《つ》いて、それと同時に右側の方向指示灯が瞬いた。ワイズは、徐々に減速するようにゆっくりとブレーキを踏んだ。

ベグレイは、フロントガラスの向こうのことなど、気にもとめていないようだった。彼は、ティアニーの動機について考えこんでいた。「つまり、ここにもうひとり、何をやってもうまくいってしまう挑戦すべきものを失った人間がいたということだ。彼は、自分の力をためすために彼女たちを誘拐した。しかし、なぜ彼女たちなんだ？なぜ、他の女性では――」

ベグレイは、とつぜんシートベルトをはずして、後部座席のほうを向いた。その動作は、ワイズをひどく緊張させた。ベグレイはシートの間に手をのばし、失踪《しっそう》した五人の女性それぞれに関して、ワイズが集めた数えきれないほどのメモや情報が入っている、五冊のファイルを取りあげた。それから前に向きなおると、膝《ひざ》の上にファイルを積みあげた。ワイズは、彼がシートベルトを締めるのを見て、詰めていた息を吐いた。

「ゆうべ、このファイルを読んでいる間じゅう、同じ話を繰り返し読まされているような気がしていたんだ」ベグレイは言った。「そのわけが、今わかった」

「どういうことですか？」ワイズは、慎重にセダンを操ってカーブを曲がった。ウェス・ヘイマーの車が不意に止まったのは、そのときだった。衝突寸前のところで車を止めることができたのは、前の車との間に安全な距離をたもっていたおかげだ。ウェス・ヘイマーの車の前では、カーブを曲がったとたんに急になった斜面を、散砂車が骨を折って進んでいた。

ベグレイは、いちばん上のファイルを平手で叩《たた》いた。その不意の音に、ワイズは驚いて跳びあがった。「ホート、この女性たちには共通点がある」

「この事件の担当者は、誰ひとりとして被害者の共通点を見つけていません。職場もちがえば、見た目のタイプもちがうし、バックグランドも――」

「みんな困っている」

聞きちがえたかと思ったワイズは、危険を冒してベグレイのほうを向いた。「今、なんと?」

「彼女たちはみんな、なんらかの意味で困っている。ミリセントは、摂食障害を持っていたことがわかっている。それは、精神に、そして自分自身について抱いているイメージに、問題があったことを示しているんじゃないのか?」

「それは理解できます」

ベグレイは、ひとりひとり遡《さかのぼ》っていった。「彼女の前に姿を消したのは、カロライン・マドックスだ。彼女はシングル・マザーで、糖尿病の子供を育てるために長時間働いていた。その前が、ローリーン・エリオット」ベグレイは彼女のファイルを開いて、その中身に目をとおした。「ああ。身長一五八センチで、体重が一〇八キロ。太りすぎだ。彼女を調べたら、その体重が彼女の生涯の悩みだったことがわかるはずだ。ありとあらゆるダイエットをためしていたにちがいない。彼女は看護師だ。医療の現場で働いていた彼女は、肥満が身体《からだ》にどんな害を及ぼすか、常に思い知らされていた。体重を減らさなければ、仕事を失うというプレッシャーを感じていたかもしれない」

「何をおっしゃりたいか、わかってきました」

「ベッツィ・カルフーンは、姿を消す半年前に夫を膵臓癌《すいぞうがん》で亡《な》くしている。二十七年、連れ添った夫だ。彼女は専業主婦だった。それが何を意味するかわかるか、ホート？」

「ええと……」

「鬱《うつ》だ」

「とうぜんそうなるでしょうね」

「ベッツィ・カルフーンは、ハイスクールを卒業してすぐに結婚した。家の外で働いたことは、一度もなかったんだ。夫婦が暮らしていくのに必要なことは、いっさい夫が取り仕切っていた。おそらく彼女は、夫を亡くすまで小切手にサインをしたことさえなかったにちがいない。それが、とつぜんひとりでやっていかなくてはならなくなった。その上、彼女は生涯の愛を、生きる理由を、失ったんだ」

興奮しきっているベグレイに、それはすべて憶測だと言う勇気はワイズにはなかった。理にかなっているようには聞こえたけれど、憶測は憶測で、証拠にはなり得ないし、それでは裁判を戦えない。

「これがキーだ、ホート」ベグレイはつづけた。「彼が誘拐した女性たちは、揺るぎないキャリアを持っていたわけでもなければ、決まったロマンスの相手がいたわけでもないし、スタイルがよかったわけでも、精神的に安定していたわけでもない。姿を消す前、彼女たちはみな、飛んでくる石や矢をかわしながら生きていた。鬱で苦しんでいた者。肥満に悩まされていた者。収支が合うように、子供がそれなりに健康でいられるように、身を粉にして働いていた者。そして、ジャンク・フードを食べては吐いていた者。そこに——」ベグレイの口調は、ややドラマティックになっていた。「われらが犯罪者が登場するわけだ。穏やかで、物わかりがよくて、情け深くて、やさしくて、おまけに王子さまなみに魅力的な男がね」

その説に引かれてワイズは言った。「彼は彼女たちと友好を深め、信頼を勝ち取った」

「その広い肩で泣かせてやって、日に焼けたたくましい腕で抱きしめてやる」

「困っている女性を助けるというのが、彼の手だったんだ」

「いや、助けるだけではない。救うんだよ、ホート。解放してやるんだ。ティアニーのような男なら、無骨な冒険家というだけで、どんなセックスも思いのままだ。ああ、その気になったら、いつでもできる。それもいいかもしれない。ボーナスのようなものかもしれない。しかし、彼は自分が救済者になることで興奮するんだ」

そのとき、ワイズの中にひとつの考えが浮かんだ。それは、その仮説全体をくつがえすものだった。「トリー・ランバートのことを忘れています。最初に姿を消した女の子です。彼女はきれいな子だった。成績は、オールA。クラスの人気者で、深刻な悩みや問題を抱えているわけでもなかった。それに——」ワイズはつづけた。「ブルーは、彼女をさがしだしたわけではありません。ハイキングのグループから離れた彼女に、たまたま遭遇したんです。その日、彼女が林の中をひとりで歩くことになるなんて、彼は知らなかったはずです。彼女が誘拐されたのは、たまたまそこにいたからであって、困っていたからではありません」

ベグレイは眉《まゆ》をひそめてトリー・ランバートのファイルを開き、その中身をかきまわしはじめた。「ハイキング・ツアーの参加者たちは？」

「全員ハイキングをつづけていました。彼女がいなくなったときのアリバイは、あるということです。トリー以外に、グループから離れた人間はひとりもいなかった」

「なぜ、トリー・ランバートはグループから離れたんだ？」

「事情聴取の際、母親のランバート夫人は、その朝、トリーと口論をしたことを認めています。深刻なものではありません。ティーンエイジャー特有の不機嫌さと態度が原因のようです。トリーは、両親と旅行をしていることで、憤然としていたんじゃないでしょうか」

「娘が十五歳の頃、ベグレイ夫人とわたしも、まさにそれで悩まされていた。どうしたものかわからなくてね。われわれが外で見かけて声をかけたりすると、娘は屈辱を感じるようだった」ベグレイはそれについて一瞬考え、それからつづけた。「ブルーは、たまたまトリーに会った。十五歳の憂鬱とでも言うべき気分の中で、腹を立てているトリーにね。彼は、トリーとおしゃべりをした。同情しているふりをして、母親に敵対する彼女の味方についた。親にとやかく言われるのがどんなに腹立たしいか、よくおぼえているなどと言って……」

「それで、トリーは彼のものだ」

「あっと言う間にね」ベグレイは、きっぱりと言った。「しかし、トリーは彼といることに気詰まりを感じはじめ、両親のもとに帰ろうとする。そこでブルーは訊《き》くわけだ。『きみに必要な友達がここにいるのに、なぜ親のところへ帰るんだ？』と。気味が悪くなってきた彼女は、なんとか逃げだそうとする。ブルーはカッとなる。その手の下で、彼女は死んでいく。殺すつもりはなかったのかもしれない」ベグレイはつづけた。「手に負えなくなって、気がついたときには彼女が息をしていなかったということなのかもしれない。しかし、同じことだ。レイプしようとしまいと、彼はその行為に夢中になった」

ベグレイは、犯罪者の行動と思考をたどっているかのように、目を閉じた。「捕まりも、疑われもしなかった彼は、あとになってそれがいかに簡単なことかに気づいた。そして、彼はその味を知った。支配は、究極の自己顕示になる。快感の真髄は、誰かの運命を自分の手ににぎり、それをコントロールすることにあるんだ。

彼は、雪山にのぼっても、他のバカげた冒険をしてみても、以前ほどのスリルを感じなくなっていることに気づきはじめる。そして、トリーを殺害したときの快感を思った彼は、もう一度、誰かを手にかけることを考えて不意に勃起《ぼっき》する。

彼はクリアリィに戻って、困っている女にどんな救いを与えてやればいいか——あの興奮をふたたび味わえるかどうか——ためしてみることにする。クリアリィを選んだのは、捕まる危険がほとんどないからだ。田舎の警官は自分ほど賢くはないと、思ったわけだ。隠れる場所はいくらでもあるし、死体を隠してくれる自然がかぎりなくひろがっている。だから、ここが気に入ったんだ。スリル満点の最新の気晴らしをするには、ここは完璧《かんぺき》だ」

推測に基づくシナリオを締めくくる頃には、ベグレイの声に怒りの色が現れていた。彼は、目をカッと見開いて言った。「なぜ進まないんだ？」彼は、くもったフロントガラスをコートの袖《そで》で拭《ふ》きながら訊いた。「いったいなぜ、こんなに時間がかかるんだ？」

散砂車の運転台では、再三再四、ダッチがキャルに苛立《いらだ》ちをぶつけていた。「もっとうまくやれるはずだ、キャル」

「ああ、あんたが怒鳴らないでくれればね」ホーキンズは、泣きそうな声で応《こた》えた。「あんたのせいで、緊張するんだよ。そうやって悪態をつきまくられてて、どうしたら運転なんかできるんだ？　さっきおれが言ったことは——あんたの別れた女房が、助けてほしがってるのかって訊いたことは——忘れてくれよ。あんたを怒らせるつもりはなかったんだ。ただ、訊いてみただけだ」

「リリィのことは、おれが考える」

ホーキンズは小声で「もう助けてほしがっちゃいないよ」とつぶやいたけれど、ダッチは何も言わなかった。実際、ホーキンズの言うとおりなのだ。それに、散砂車はふたつ目の——ゆうべ曲がりきれなかった——ヘアピンカーブに近づいていた。だからホーキンズには、運転に専念してほしかった。

ダッチは、低速ギアに切り替えるホーキンズの手がふるえているのに気づいた。ウイスキーを一杯ひっかけるのを許してやるべきだったのかもしれない。一時期、酒に溺《おぼ》れていたダッチは、ちょっと飲むだけで手のふるえがピタリと止まることがあるのを知っていた。でも、今となっては遅すぎる。ホーキンズは、車をカーブに沿って進めた。

いや、進めようとした。

前輪は、ハンドルの命令どおりに右に曲がった。でも、車自体は素直に動いてくれなかった。散砂車は、まっすぐに断崖《だんがい》に向かって進みつづけた。その高さが少なくとも二五メートルあることを、ダッチは知っていた。

「右にハンドルをきれ!」

「やってるよ!」

フロントガラスの向こうに木々の頂がぼんやりと見えてくると、ホーキンズは悲鳴をあげ、反射的にクラッチとブレーキを踏み、ハンドルから手を放して、前腕で自分の顔を覆《おお》ってしまった。

ダッチには、勢いづいてすべっていく散砂車を止める術《すべ》はなかった。グリルにとめつけた除雪機が、ガードレールをグシャッと押し潰《つぶ》した。はずみのついた何トンという重さの散砂車を止めるものは、もう何もない。前輪が断崖の縁をこえたところで、一瞬動きが止まり、それから散砂車は下向きに傾いた。

ダッチは、スピルバーグの映画〈激突！〉のクライマックス・シーンを――大型タンクローリーが崖《がけ》から落ちていく場面を――思い出した。そのシーンは、スローモーションになっていた。だから、思い出したのだ。そう、彼は今、自分が乗った散砂車が、無情にも落ちていく場面を、つらいことにスローモーションで見、そして体験していた。

ぼんやりとしか見えなかった。何もかもが混ざり合っていた。でも、音ははっきりと聞こえた。フロントガラスが割れる音。大きな岩が車台の下にあたる音。枝が折れる音。金属が引き裂かれる音。ホーキンズの身の毛のよだつような悲鳴。信じられない思いと敗北感にダッチ自身があげた、動物の吠《ほ》え声にも似た叫び声。

結局は、木が落下のスピードをやわらげることで、彼らの命を救ってくれたのかもしれない。斜面にあんなに木が生えていなかったら、もっと勢いがついていたにちがいない。そうなったら、確実に死んでいた。永遠にも思えるときが過ぎたあと、散砂車は動かない何かに激突して止まった。その衝撃に、脳みそがグラグラと揺れた。惰性でいくらか前方に進んだものの、それ以上落ちることはなかった。散砂車は降伏し、身をふるわせて動きを止めた。

すごい衝撃だった。ダッチの脳が一瞬にして液化してしまわなかったのが、奇跡のように思えた。意識もあった。彼は、自分が生きていることを知って——ほとんど傷も負っていないことに気づいて——驚いていた。ホーキンズも生きているようだった。ダッチの耳に、哀れっぽい小さな泣き声が聞こえていた。

ダッチはシートベルトをはずすと、肩で助手席側のドアを押し開け、外に出た。数メートル下まで転がり落ちたところで立ちあがった彼は、ほとんど腰まで雪に埋まっていた。

その位置を把握しようとしてみたけれど、吹きつけてくる雪のせいで何も見えなかった。散砂車が激突したものの正体さえ、見えなかった。白を背景に、黒い木々の幹が無数に見えるだけ。

でも、見る必要はなかった。

それは、彼の耳にはっきりと聞こえた。

地面が、バランスをとるためにつかまっていた木の幹が、自分の身体が、ふるえるのを感じた。

ダッチは、ホーキンズに「気をつけろ!」と叫ぼうとも、彼を散砂車から引っぱりだそうとも、しなかったし、自分自身も安全な場所に逃げようとはしなかった。敗北感のせいで、俊敏に事に対処する力が失《う》せ、動けなくなっていたのだ。

ここまで人生の無益さを感じたことはなかった。リリィのもとに駆けつける望みが砕けた今、ダッチはこの場で死んでしまいたかった。

散砂車が崖の縁から消えていくのを、ウェスは信じがたい思いで見つめていた。彼は、外にいるほうが起こったことをよく理解できるとでも思ったのか、車から飛びおりて開いたドアの内側に立った。

散砂車が木々をなぎ倒しながら斜面を落ちていく音が――それから、何かに激突する凄《すさ》まじい音が――聞こえ、最後に金属のため息のような音が聞こえた。散砂車の死に際《ぎわ》の喉《のど》鳴りだ。でも、そのあとに訪れた不気味な静けさは、もっと恐ろしかった。それは、雪がコートにあたる音さえ聞こえるほどの、完璧な静けさだった。

その静けさを破ったのはベグレイとワイズだった。ふたりは、すべる坂道が許す範囲で足早にウェスに近づいてきた。彼らの車はかなりうしろに止めてあるようで、ウェスには見えなかった。先にたどり着いたベグレイは、白い息を吐きながら訊いた。

「何が起こったんです?」

「散砂車が転落したんですよ」

「クソッ、なんてことだ」

ベグレイは、罵《ののし》りの言葉を吐いたワイズをたしなめようともしなかった。その瞬間、三人は別の音を聞いた。それがなんの音かはわからなかったけれど、何を意味するかはわかった。そう、大惨事はまだ終わっていなかったのだ。

三人は、互いに困惑の目を向け合った。

あとになって彼らは、あれは木が裂ける音だったにちがいないと考えた。大人三人が手をひろげても抱えきれないほどの太い木々が、爪楊枝《つまようじ》のように簡単に折れてしまったのだ。でも、そのときは、降りしきる真っ白な雪のせいで、何が起こったのか見極めることはできなかった。

三人の思いをウェスが口にした。「いったい何が起こっているんだ?」

そのとき、彼らの目に、低い雲の、雪の、霧の、中から、着陸する宇宙船のように、赤い警告灯を瞬《また》かせながら何かが落ちてくるのが映った。送電塔だ。その凄まじい勢いに、深く積もった雪もクッションにはならなかった。後にこの恐ろしい出来事を語ったウェスは、その反動で車が完全に跳ねあがったと——四つのタイヤすべてが地面を離れたと——断言した。

ウェスとふたりのＦＢＩ特別捜査官は、畏《おそ》れのあまり、しばらく無言のまま立ちつくしていた。今、目にしたものが理解できなかった。自分たちが生きていることが信じられなかった。送電塔がもう三〇メートル手前に倒れていたら、彼らはその下敷きになっていたにちがいない。

ダッチがどうなったかはわからない。ウェスはただ、彼とホーキンズが生きていてくれることを祈った。いずれにしても、マウンテンローレル通りは絶望的だった。何トンもの鉄と折れた木々が、二階建ての建物ほどの高さに、そして広さに、降り積もってバリケードを築いてしまったのだ。こうなっては、誰も山をのぼれない。

そして同様に、山をくだりたいと思っても、誰もそこをとおり抜けることはできなくなってしまった。

S・ブラウン
吉澤康子訳

氷のまなざし（上・下）

愛する弟の自殺。家族の周辺で起こる変死事件。「運命の町」に帰郷した姉が暴く衝撃の真相、そして彼女が落ちる甘い恋の罠。

S・ブラウン
法村里絵訳

暗闇よ　こんにちは（上・下）

懐かしいラブ・ソングを流す深夜放送のパーソナリティにかかる殺人予告の不気味な電話。十代の〝乱脈な性〟を取り上げた問題作！

S・ブラウン
長岡沙里訳

心までは消せない

自分と同じ日に心臓移植手術を受けた人たちが次々に事故死してゆく……。元女優の恐怖と濃密な愛を描く迫真のラヴ・サスペンス。

S・ブラウン
長岡沙里訳

私でない私

墜落事故で上院議員候補夫人と取り違えられた女性記者エイブリーは、候補暗殺の陰謀に気づき、真相を探ろうと演技をつづける……。

J・デヴロー
幾野　宏訳

時のかなたの恋人

突然目の前に現れた男は、16世紀の伯爵だった！――永遠の絆を求めあう恋人たちの、切なく優しいタイムスリップ・ラブ・ロマンス。

E・ブロンテ
鴻巣友季子訳

嵐が丘

狂恋と復讐、天使と悪鬼――寒風吹きすさぶ荒野を舞台に繰り広げられる、恋愛小説の恐るべき極北。新訳による〝新世紀決定版〟。

氷《こおり》の城《しろ》で熱《あつ》く抱《だ》いて（上）

新潮文庫　フ－31－24

Published 2007 in Japan
by Shinchosha Company

平成十九年三月一日発行

訳者　法《のり》村《むら》里《り》絵《え》

発行者　佐藤隆信

発行所　株式会社　新潮社

郵便番号　一六二―八七一一
東京都新宿区矢来町七一
電話　編集部(〇三)三二六六―五四四〇
　　　読者係(〇三)三二六六―五一一一
http://www.shinchosha.co.jp

価格はカバーに表示してあります。

乱丁・落丁本は、ご面倒ですが小社読者係宛ご送付ください。送料小社負担にてお取替えいたします。

印刷・株式会社光邦　製本・株式会社植木製本所

ISBN978-4-10-242524-4 C0197